The Rising of the Shield Hero
4
Yusagi Aneko

Fitoria
Kirchenvater
Königin
Main
Motoyasu Kitamura

Filo
Melty
Naofumi Iwatani
Raphtalia
Charaktere

Sie hatte rote Augen.
Von Filos Impulsivität war
bei ihr nichts zu erkennen.
Ihr Gesicht war jedoch
ebenso hübsch.
Sie trug ein weiß-rotes
Kleid im gotischen Stil.
Da Filos Kleid weiß-blau
war, drängte sich ein
Vergleich auf.
»Nun, ich will mich
erst einmal vorstellen …
Ich heiße Fitoria, und ich
bin die Königin, die alle
Filolials der Welt un-
ter sich vereint.«

The Rising of the Shield Hero

Die Königin

YUSAGI ANEKO

INHALTSVERZEICHNIS

The Rising of the Shield Hero

Die Königin

Prolog: Auf der Flucht

»Mann, ist dieser Harembetreiber hartnäckig!«, fluchte ich.

Natürlich war ich gereizt. Schließlich jagte man uns schon die ganze Zeit wegen jenes Verdachts: Angeblich hatte ich Melty einer Gehirnwäsche unterzogen und entführt.

Im Augenblick bewegten wir uns im Schutz der Bäume eine Bergstraße entlang. Und der Feind war uns auf den Fersen.

»Scheiße! Nur Ärger, seit ich in diese Welt gekommen bin!«

Sofort kamen die Erinnerungen an all das in mir hoch, was ich bisher erlebt hatte.

Mein Name ist Naofumi Iwatani.

Eigentlich lebte ich in der Gegenwartsgesellschaft, war nach landläufiger Ansicht ein Otaku* und studierte im zweiten Lehrjahr an der Universität. Ich war zwanzig Jahre alt.

Alles hatte damit begonnen, dass ich aus Langeweile in die Stadtbibliothek gegangen war. Dort stieß ich auf ein Buch: das *Traktat der Waffen der vier Heiligen*. Ich las darin und fand mich plötzlich in einer fremden Welt wieder, in die man mich beschworen hatte.

Aber nicht nur das: Ich war nun einer der vier Helden, von denen die Geschichte des Buches handelte – der Held des Schildes, dem jede Möglichkeit zum Angriff fehlte.

Eine fremde Welt, hurra!

So dachte ich am Anfang. Es kam mir wie ein Traum vor, und ich konnte es kaum erwarten, mich auf meine Heldenreise zu begeben. Doch es kam anders: Man stellte mir eine niederträchtige Falle, nahm mir all meine Mittel, verleumdete und schikanierte mich!

* Nerd

Völlig zu Unrecht wurde ich einer Vergewaltigung bezichtigt und war anschließend gezwungen, mich in dieser fremden Welt allein durchzuschlagen – obwohl ich nicht einmal angreifen konnte.

Überdies stand diese Welt wegen eines Phänomens, das man als die »Wellen« bezeichnete, kurz vor ihrem Untergang.

Sobald eine jener Wellen anbrach, wurde ich gegen meinen Willen an den Schauplatz des Geschehens teleportiert und musste kämpfen.

Lästigerweise hatte ich nur meinen legendären Schild. Jene verfluchte Waffe, die ich niemals ablegen konnte.

Warum sollte ich für Leute mein Leben aufs Spiel setzen, die mich derart hereingelegt hatten? Aber es war nicht zu ändern, denn fliehen konnte ich ohnehin nicht.

Wegen des Schildes vermochte ich keine andere Waffe zu führen. Wenn ich jedoch aus Verzweiflung damit auf meine Gegner einprügelte, verursachte ich kaum Schaden.

Immerhin konnte ich ihn, um stärker zu werden, Monster und Materialien absorbieren lassen. Dann verwandelte er sich, und ich bekam Fähigkeiten dazu.

Diese Welt funktionierte nach Gesetzmäßigkeiten, die an ein Videospiel erinnerten. Ich verfügte über etwas, das sich Statusmagie nannte: Wenn ich Monster oder anderweitige Gegner besiegte, konnte ich über diese Funktion nachverfolgen, wie mein Level stieg.

Das Wort Level rief bei mir ein Gefühl des Surrealen hervor. Immerhin war es leicht zu verstehen: Je mehr ich mich anstrengte, desto stärker wurde ich. Auf die Früchte meiner kontinuierlichen Bemühungen konnte ich mich verlassen. Da ich als Otaku viel für Manga, Games und Animes übrighatte, fiel es mir auch nicht schwer, mich an das System zu gewöhnen.

Nunmehr hatte ich schon allerhand durchgemacht und war mittlerweile Level 39.

»Wie sieht's aus? Haben wir sie abgeschüttelt?«

»Nein, sie folgen uns weiterhin.«

»Mist!«

Der Name meines Verfolgers lautete Motoyasu Kitamura. Er war einundzwanzig Jahre alt. Dieser »Held der Lanze« war wie ich aus dem Gegenwartsjapan einer anderen Welt herbeigerufen worden.

Von allen vier Helden hatte er das hübscheste Gesicht. Ich war zwar selbst ein Mann, aber das musste ich ihm zugestehen.

Er war jedoch ein oberflächlicher Typ, der nichts außer Frauen im Kopf hatte.

Wie die beiden anderen Helden hatte auch er in seiner Heimat Erfahrungen mit einem Videospiel gemacht, das dieser fremden Welt ähnelte – er war sozusagen ein Profi. Er hatte die Regeln dieser Welt verinnerlicht und wusste, wie man effizient stärker wurde.

Dennoch hatte er mir keine Tipps gegeben und als man mir jene Falle gestellt und mich fortgejagt hatte, war er ganz vorn mit dabei gewesen.

Es war schon fraglich, warum er nicht lieber half, die Welt zu retten, statt seine Zeit mit solchem Blödsinn zu verplempern.

Aus anderen Versionen Japans stammten Ren Amaki, der Held des Schwertes, und Itsuki Kawasumi, der Held des Bogens.

Ren war sechzehn. Er gab den coolen, schwarzhaarigen Schwertmeister.

Itsuki war siebzehn, soweit ich mich erinnerte. Er wirkte reserviert, zeigte aber großes Geschick.

Es gab kein Anzeichen, dass die beiden sich unter meinen Verfolgern befanden, wahrscheinlich weil sie gespürt hatten, dass bei den aktuellen Vorkommnissen nicht alles mit rechten Dingen zuging.

»Soll ich meinen Unsichtbarkeitszauber anwenden?«

»Das überlasse ich dir.«

Das Mädchen, das mir die Frage gestellt hatte, hieß Raphtalia.

Sie war eine Subhumanoide der Waschbärenart und hatte die Ohren und den Schwanz eines Tanuki.

Ihr Äußeres glich dem einer Achtzehnjährigen und sie war etwas kleiner als ich. Sie war körperlich gut entwickelt, und in ihrem hübschen Gesicht spiegelte sich ihre Ernsthaftigkeit wider. Ja, selbst wenn man ihr nicht wohlwollend gegenüberstand, kam man nicht umhin, sie hübsch zu finden.

Sie hatte langes, braunes Haar – leicht gewellt und glänzend. Ihre Arme und Beine waren lang und schlank: Ich dachte immer wieder, dass sie wie ein Model aussah.

Ich hatte mir Raphtalia als Sklavin gekauft. Nachdem man mich, gerade erst in diese Welt beschworen, falsch beschuldigt und ohne Gefährten und mittellos davongejagt hatte, hatte ich ein bisschen Geld angespart.

Sie war mit einem Sklavensiegel belegt, das mir praktisch die Macht verlieh, über ihr Leben und ihren Tod zu bestimmen. Wenn sie als Sklavin gegen vorher festgelegte Regeln verstieß, leuchtete das Siegel auf und verursachte ihr Qualen.

Aufgrund des Verrats hatte ich seinerzeit niemandem mehr vertrauen können. Darum hatte ich Raphtalia gekauft: Denn sie würde mich unter keinen Umständen betrügen können. Sie war also gar nicht in der Lage gewesen, mich zu belügen.

Da ich meine Gegner nicht selbst angreifen konnte, hatte sie an meiner Stelle mit einer Waffe gekämpft.

Beim Kauf war sie noch ein kleines Mädchen gewesen, vielleicht zehn Jahre alt.

Die Angehörigen der Subhumanoidenrasse zeigten jedoch ein rapides Wachstum, wenn sie hochlevelten. Daher wirkte sie nun wie eine junge Frau.

Wahrscheinlich lag hierin begründet, dass man Menschen und Subhumanoide unterschiedlich behandelte.

Unsere erste Welle des Untergangs hatten wir gerade so überstanden: durch Aufleveln und den Erwerb besserer Ausrüstung. Als jedoch Motoyasu zu Ohren gekommen war, dass ich ein Mädchen als Sklavin hielt, hatte er mich zu einem Duell Mann gegen Mann herausgefordert – obwohl ich keinerlei Angriffsmöglichkeiten hatte.

Der König Melromarcs, der uns hatte beschwören lassen, hatte mich zu diesem Duell genötigt, und ich war mit unfairen Mitteln in die Knie gezwungen worden. Raphtalia, nun befreit, hatte jedoch erklärt, dass sie an meiner Seite bleiben wolle, und daher war sie auch weiterhin als meine Sklavin mit mir unterwegs.

Allerdings stellte sie ohnehin nichts an, was das Sklavensiegel aktivieren würde, daher hatte ich ihre Beschränkungen gar nicht groß eingestellt. Wir standen demnach nur formell in einer Herr-Dienerin Beziehung.

Ferner war dies Raphtalias Wunsch: Sie wollte als Gefährtin eines Helden die Welt retten und gegen die Wellen kämpfen. Sie hatte nämlich ihr Heimatdorf und ihre Eltern bei der ersten Welle verloren. Indem sie gegen die Wellen des Untergangs kämpfte, konnte sie dazu beitragen, das Schicksal der Welt zum Guten zu wenden.

Ein Held, berufen die Welt zu retten, und seine Sklavin, die durch eine Welle alles verloren hatte, was ihr lieb und teuer gewesen war … Wir hatten ein gemeinsames Ziel.

Anfangs hatte ich Raphtalia lediglich als eine leicht zu handhabende Sklavin angesehen, doch mittlerweile verließ ich mich vollkommen auf sie. Sie war meine rechte Hand, und ich empfand mich als ihr Ersatzvater. Ich wollte ihr nach Möglichkeit nicht zu viel zumuten, hätte sie gern an einem sicheren Ort gewusst. Ich zwang sie zu nichts, denn sie brannte von sich aus für ihre Bestimmung.

Sie war übrigens Level 40.

»Ich kümmere mich drum.«

»Sorry. Ich lass dich ständig schuften.«

»Ach was, Herr Naofumi. Dafür bin ich doch hier. Das braucht dir nicht unangenehm zu sein.«

»Na gut ... Mann, die gehen mir wirklich auf den Geist.«

»Oh ja ...«

Ich hatte schon wieder gejammert.

»Und was sollen Mel und ich machen?«

»Ach ja. Filo, du bleibst in deiner Menschengestalt. Wenn irgendwas ist, nimm deine Filolialform an. Und du, Mel, bist einfach still.«

»Guuut!«

»Musst du so tun, als würde ich immer nur Krach machen?«

»Na schön, na schön. Dann sicherst du eben nach hinten hin ab.«

Das erste der beiden kleinen Mädchen, die mich gerade angesprochen hatten, hieß Filo.

Es war allerdings nur dem Anschein nach eines: mit blondem Haar, blauen Augen und Flügeln auf dem Rücken.

Ihre Augen waren unschuldig, und sie wirkte naiv.

Auf der Brust trug sie eine Schleife. Ihr Kleid war schlicht, brachte jedoch ihr hübsches Antlitz und die Flügelchen hervorragend zur Geltung.

In Wahrheit war sie allerdings kein Mädchen, sondern eins jener Vogelmonster, die gern Kutschen zogen: ein Filolial ... Wir nahmen an, dass sie eine sogenannte Filolial-Königin war.

In ihrer wahren Gestalt war sie so etwas wie eine Mischung aus Strauß und Pinguin, größer als ein Mensch und ungeheuer schnell.

Ihr Federkleid war von einem Weiß, in das sich ein Hauch von Pfirsich mischte.

Ihr Naturell konnte man wohl am besten als ... arglos bezeichnen? Dafür war sie ein richtiger Vielfraß, ein absoluter Kontrast zu ihrem niedlichen Anblick.

Sie war so verfressen, dass sie sogar vergammeltes Drachenfleisch verschlingen wollte.

Wir hatten im Zelt des Sklavenhändlers zueinander gefunden, als ich Raphtalias Sklavensiegel hatte erneuern lassen. In einer Ecke hatte eine Truhe mit Monstereiern gestanden. Das war eine Art Tombola gewesen, bei der man auf gut Glück ein Ei ziehen durfte.

Mittlerweile waren knapp zwei Monate vergangen, seit sie geschlüpft war.

Aus irgendeinem Grund hatte sie irgendwann gelernt, die Gestalt eines Engels anzunehmen, und nun verbrachte sie relativ viel Zeit so – zumindest wenn sie nicht gerade die Kutsche zog.

Das Ziehen der Kutsche stand für sie über allem, und eine Zeit lang hatte sie sich Gedanken gemacht, ob ich sie eigentlich wertschätzte.

Vor Kurzem hatte sie eine Freundin gefunden und gelernt, dass es noch mehr gab als fressen, schlafen und herumtollen.

Außerdem hatte Filo mir ermöglicht, in den Reisehandel einzusteigen und ein beträchtliches Sümmchen zu verdienen.

Ich war für Filo das Herrchen ... Raphtalia sah sie wahrscheinlich als große Schwester an. In meinen Augen war sie ... so etwas wie eine Tochter.

Wie Raphtalia war sie Level 40.

»Herr Naofumi ... Deine Hand.«

»Okay.«

Raphtalias Schwanz bauschte sich, als ihre Magie sich entfaltete. Also ergriff ich ihre Hand.

»Ah, ihr haltet Händchen«, rief Filo. »Ich will aaauch!«

»Wir halten nicht Händchen! Denk doch mal über die Situation nach!«

»Immer willst du den Meister für dich allein!«

»Jetzt sei mal leise, sonst entdecken die uns noch. Hey, Mel, pass du auch ein bisschen auf Filo auf!«

»Mach ich doch schon! Filo, beherrsche dich ein bisschen!«, sagte sie gereizt.

»Menno ... Weißt du was, Raphtalia? Ich schaff es noch, dass der Meister mich am liebsten hat.«

»Was du immer redest.«

»Wir müssen uns beeilen, sonst holen die uns noch ein!«

Die Letzte im Bunde war Melty.

Ihr voller Name lautete Melty Melromarc. Von der Statur her war sie Filo recht ähnlich, nur waren ihre Haare von einem hübschen, auffallenden Indigoblau und sie hatte sie zu zwei Zöpfen gebunden.

Man konnte ihr an den Augen ablesen, dass sie sich nichts gefallen ließ.

Die gotischen Kleider, die sie normalerweise anhatte, standen ihr am besten, doch momentan trug sie Bauernsachen aus grobem Stoff. Ihr Gesicht war nicht weniger hübsch als das von

Raphtalia oder Filo, und ich nahm an, dass sie zu einer schönen Frau heranwachsen würde.

Ihren Charakter konnte ich nicht gut einschätzen. Sie ließ aber immer wieder irgendwelche scharfzüngigen Bemerkungen fallen. Wie gerade eben, als ich sie gebeten hatte, leise zu sein, und sie gereizt reagiert hatte.

Anfangs hatte sie noch respektvoll gesprochen, relativ normal eigentlich, doch je mehr Zeit wir zusammen verbrachten, desto angespannter wurde unser Verhältnis.

Nun, eigentlich nicht wirklich verwunderlich. Immerhin war dieses Mädchen mit dem Namen Melty die zweite Prinzessin jenes Königreichs, das mich unterdrückte. Da wir sie im Augenblick beschützten, musste sie sich notgedrungen mit uns begnügen. Allerdings waren nun auch wir ihretwegen auf der Flucht.

Das Reich Melromarc war dem Helden des Schildes nicht freundlich gesonnen. Dass er durch seine Geschäfte die Gunst der Leute gewonnen hatte, hatte einigen Personen gar nicht gefallen. Und deswegen hatten sie mir wieder einmal irgendetwas in die Schuhe geschoben, weswegen nun nach uns gesucht wurde.

Der Vorwurf: Ich sollte Melty, zweite Prinzessin Melromarcs und erste Anwärterin auf den Thron, entführt haben.

Es konnte einem der Gedanke kommen, dass ich sie vielleicht lieber einfach der Krone hätte aushändigen sollen, aber so einfach war es nicht. Weil Melty so weit oben in der Erbfolge stand, hatte es jemand auf sie abgesehen, wollte selbst an Macht gewinnen. Es war gut möglich, dass sie einem Attentat zum Opfer fiel, wenn wir sie arglos auslieferten.

Deswegen hatten wir uns schließlich verbündet.

Um unsere Unschuld zu beweisen, mussten wir sie zu ihrer

Mutter, der Königin, bringen. Die war jedoch gerade nicht im Land und es stand auch kein Treffen in Aussicht.

Zu allem Überfluss hatte sich Melty auch noch mit Filo angefreundet.

Melty liebte Filolials und war daher wohl mit unserem Vielfraß auf einer Wellenlänge. Sie hatten sich auf Anhieb verstanden.

Offenbar hatte ihr die Königin aufgetragen, zwischen mir und ihrem Vater zu vermitteln – dem König, der mich in jene Falle gelockt hatte.

Letztendlich war alles Mögliche passiert, weswegen wir keinen besonders guten Draht zueinander hatten.

Unter anderem hatte es sie furchtbar wütend gemacht, dass ich sie ständig mit »Prinzessin« angeredet hatte, daher nannten wir uns nun beim Vornamen.

Auch für sie schien Raphtalia wie eine große Schwester zu sein, auf die man sich verlassen konnte.

Melty war Level 19. Seit wir gemeinsam reisten, war sie einmal aufgestiegen.

»Raphtalia, was ist das für ein Zauber, den du da wirkst?«

Mit ihr redest du höflich. Warum bist du zu mir dann immer so ruppig?

Während ich noch darüber nachgrübelte, brachte Raphtalia ihren Zauberspruch zum Abschluss.

»Ich, als Quelle deiner Macht, befehle dir: Ergründe das Wesen der Dinge und mach uns unsichtbar! – All Hiding, Stufe eins!«

Aus Magie erschaffenes Laub regnete auf uns nieder und dann waren wir nicht mehr zu sehen.

Wir versteckten uns im Dickicht und atmeten so leise wie möglich. Gleich darauf tauchten Motoyasu und seine Leute aus der Richtung auf, aus der wir gekommen waren.

»Wo ist er hin?«

Das war Motoyasu, der Lanzenheld.

»Herr Motoyasu, hat er uns etwa abgehängt?«

Er hatte drei Gefährten an seiner Seite, alle weiblich.

Ich wusste den Namen derjenigen nicht, die ihn gerade angesprochen hatte.

»Gehen wir lieber weiter.«

»Naofumi hat doch Raphtalia bei sich. Bestimmt verstecken die sich hier irgendwo.«

Gutes Gespür! Er hatte den Nagel auf den Kopf getroffen.

Um uns zu enttarnen, bräuchte er aber einen entsprechenden Skill seiner legendären Waffe oder einen Zauber. Sonst bliebe ihm nur, was natürlich nicht ungefährlich wäre, aufs Geratewohl mit Magie um sich zu ballern.

»Oh? Da sind Fußspuren!«, rief er seinen Gefährtinnen zu. »Hier sind sie!«

Nur führten diese Spuren nicht in unsere Richtung. Ich hatte Filo aufgetragen, zu unserer Tarnung falsche Fußspuren zu hinterlassen. Und er schien darauf hereinzufallen.

»Dann sollten wir ihnen folgen. Ach … teure Melty, hat er dir einfach mit seiner gemeinen Schildmagie das Gehirn gewaschen. Aber ich werde dich retten, ganz bestimmt!«

Es war die Bitch, die Meltys Namen gesagt hatte und über meine Magie hergezogen war. Dieses Miststück von Prinzessin war damals bei jener Verleumdung die Rädelsführerin gewesen. Sie trat als die Abenteuerin Main Sufia auf, aber ihr eigentlicher Name war Malty S. Melromarc.

Sie war Meltys große Schwester.

Andere in Not zu sehen: Nichts machte sie glücklicher. Und für sich selbst wollte sie natürlich immer nur das Beste vom Besten.

Es war davon auszugehen, dass sie die Intrige, wegen der man Jagd auf uns machte, eingefädelt hatte.

In der Thronfolge stand sie hinter Melty, wohl weil sie sich regelmäßig danebenbenahm.

So hatte sie Melty während des letzten Kampfes ernsthaft attackiert, um sich ihren Platz als künftige Königin zu sichern.

Ich bezeichnete sie insgeheim immer nur als die Bitch.

Irgendwann würde ich ihr das alles heimzahlen!

»Geht ruhig schon weiter. Ich schließe gleich zu euch auf.«

Sie ließ Motoyasu und die anderen vorgehen, dann fing sie an, sich in alle Richtungen umzusehen.

»Wir können uns die Mühe auch sparen und ich fackle einfach den Wald ab.«

Sie zückte eine Flasche, öffnete sie und versprengte die enthaltene Flüssigkeit.

Das gefiel mir ganz und gar nicht. Aber wenn ich jetzt hervorsprang, um ihr Einhalt zu gebieten, dann käme nur Motoyasu angerannt. Es war wohl besser, die Füße still zu halten.

»Naofumi ...«

»Schhht!«

Melty rüttelte besorgt an meiner Schulter. Offenbar hatte sie eine Ahnung, was ihre Schwester vorhatte.

»Fire, Stufe eins.«

Plötzlich schoss Feuer aus ihren Händen auf den verschütteten Inhalt der Flasche zu. Sofort züngelten Flammen empor.

Tatsächlich: Dieses Miststück setzte den ganzen Berg in Brand, nur um uns hervorzulocken.

So etwas tat eine Kronprinzessin nicht. Alles, was sie tat, war verbrecherisch. War Moral für sie ein Fremdwort?

Nachdem sie ihr Feuer verschossen hatte, lief sie Motoyasu nach.

Die Flammen griffen ungehindert um sich und die Bäume fingen der Reihe nach Feuer. Ich blickte mich um und sah, dass auch in der Richtung, aus der Motoyasu gekommen war, Rauch aufstieg.

»Herr Naofumi!«

»Melty, kannst du das Feuer mit Magie löschen?«

»Das in der näheren Umgebung ja, aber nicht, wenn es zu weit weg ist. Und bis ich da ankomme, hat es sich schon zu sehr ausgebreitet.«

Verdammt ...!

Die Bitch folgte Motoyasu mit einigem Abstand und schoss dabei weitere Flammen in die Bäume.

War sie denn nie zufrieden? Wie sehr wollte sie uns noch tyrannisieren?

Wahrscheinlich wollte sie mir später auch diesen Waldbrand anhängen.

Was sollte ich tun? Hatten wir genug Zeit, das Feuer zu löschen?

»Meister, der Rauch brennt so in den Augen!«

»Da hast du recht. Verwandle dich in einen Filolial. Und dann nichts wie runter vom Berg!«

»Mhm!«

»Und was ist mit dem Feuer?«, fragte Melty.

»Es ist zwar nur ein Tropfen auf dem heißen Stein, aber ... Kannst du's vielleicht regnen lassen?«

Wassermagie war ihre Stärke. Ich hoffte, dass sie den Schaden wenigstens begrenzen konnte.

»Ich kann's versuchen, aber versprich dir nicht zu viel.«

Sie konzentrierte sich und fing an zu murmeln.

»Ich, als Quelle deiner Macht, befehle dir: Ergründe das Wesen

der Dinge und lasse einen gnädigen Regen niedergehen! – Squall, Stufe zwei!«

Sogleich erschienen Wolken über uns und es begann zu regnen.

Allerdings hatte der Zauber keine besonders große Reichweite. Aber immer noch besser als nichts.

»Das entwickelt sich hier bald zu einem Flammenmeer! Raphtalia, Melty, habt ihr irgendwelche Einwände gegen eine Flucht?«

»Unglaublich! Was denkt sich meine Schwester nur?«

»Sie will dafür bestimmt mir die Schuld in die Schuhe schieben.«

Überall breitete sich Qualm aus. Wenn nur der Regen ein bisschen was bringen würde ...

Mit einem *Fluff* kehrte Filo in ihre Filolialgestalt zurück. Wir sprangen auf und traten unseren Notrückzug an – in eine andere Richtung als die, in die Motoyasu verschwunden war. In den Wirren des Waldbrandes würden wir ihn wohl endlich abschütteln können.

Kapitel 1: Eine Stadt voller subhumanoider Abenteurer

Wir waren Motoyasu los und hatten es heil vom Berg heruntergeschafft. Nun fragte ich mich, was wir als Nächstes tun sollten.

»Wir müssen nach Südwest … Aber wohin genau?«

In einem Reich südwestlich von Melromarc wollten wir uns mit der Königin treffen und sie um Hilfe wegen unserer aktuellen Schwierigkeiten bitten. Nur hatte uns jener Schatten, der uns dazu geraten hatte, leider nicht gesagt, wo genau wir sie finden würden.

Es war also ein sehr grober Plan. Wir würden im Südwesten die Landesgrenze überschreiten und darauf hoffen müssen, dass wir dann irgendwie auf sie stoßen würden.

Da fiel mir ein: Wie hatte uns Motoyasu überhaupt aufgespürt?

Ich konnte mir nur vorstellen, dass er Augenzeugenberichten gefolgt war.

Steckten Schatten der feindlichen Seite dahinter?

Die *Schatten* waren eine Gruppe von Geheimkundschaftern der Königin. Sie waren uns schon mehrmals zu Hilfe gekommen.

Allerdings zogen sie nicht alle an einem Strang, und es sollte auch welche geben, die uns feindselig gesonnen waren.

Im Augenblick lagen die Fraktionen miteinander im Streit: Die der Königin, die uns unterstützte, und die der Drei-Helden-Kirche, die mir die Entführung Meltys anhängen wollte und ihr nach dem Leben trachtete. Spionage war die Stärke der Schatten, daher war es wohl ein Leichtes für sie gewesen, Motoyasu meinen Aufenthaltsort mitzuteilen.

Die Schatten, auf die ich bisher getroffen war, waren uns wohlgesonnen gewesen und hatten Ninjas geähnelt. Ihre Aufgaben waren vielfältig, beispielsweise dienten sie als Aufklärer oder Doubles.

»Wir haben keine Zeit. Wir müssen uns irgendwo verkriechen und warten, bis Motoyasu und seine Leute weitergezogen sind, sonst treiben die uns noch tagelang vor sich her.«

Der Blödmann behinderte unsere Reise in den Südwesten Melromarcs beträchtlich.

Wir waren unmerklich ziemlich weit von unserem Weg abgekommen.

»Filo.«

»Jaaa?«

»Kannst du nicht irgendeinen dieser Schatten aufspüren?«

»Hm ... Ist es nicht eher Raphtalias Stärke, versteckte Sachen zu finden?«

»Ach so?«

»Stimmt das, Raphtalia?«, fragte nun auch Melty.

»Ich möchte euch da nicht zu große Hoffnungen machen. Na ja, ich hab zwar manchmal so ein ungutes Gefühl ... aber dafür müssten sie uns schon ziemlich nahe kommen.«

»Stimmt, manchmal kommt es einem vor, als würde man aus der Ferne beobachtet werden. Schwierig, sich zu verstecken.«

Es dürfte ein höchst schwieriges Unterfangen sein, unbemerkt an Schatten .. Aber wir hatten ja auch Schatten auf unserer Seite, die uns womöglich helfen würden, Motoyasu abzuschütteln. Außerdem ... verfolgte uns Motoyasu nachts nicht.

Vielleicht hatte die Bitch im Dunkeln keine Lust zum Kämpfen. Schlafmangel war schließlich schlecht für den Teint. Blöde Brandstifterin.

Es wäre am besten, wenn wir sie ganz loswürden.

»Ah!«

Melty blickte mich an, als wäre ihr plötzlich ein Geistesblitz gekommen.

»Was?«

»In dieser Gegend lebt ein Adliger, mit dem ich bekannt bin. Vielleicht dürfen wir uns bei ihm eine Weile versteckt halten. Dann könnten wir fliehen, nachdem wir den Helden der Lanze endgültig abgeschüttelt haben. Wie wäre das?«

»Wir sollen in die Stadt? Du und ich? In letzter Zeit kann selbst Filo sich da nicht mehr blicken lassen.«

Erstens würden die Leute mich erkennen. Schließlich gab es Kristallbilder von mir. Die ähnelten den Hologrammen meiner Welt. Es gab mittlerweile in ganz Melromarc niemanden mehr, der mein Gesicht nicht kannte.

Filo würden sie ebenfalls erkennen: Vor Kurzem war nämlich aufgeflogen, dass sie sich in einen gewöhnlichen Filolial verwandeln konnte, und die Farbe ihres Gefieders allein erregte nun bereits Verdacht.

Schon aus der Ferne ließ sich erkennen, dass in dem Dorf Soldaten Melromarcs patrouillierten.

»Und dann auch noch zu einem Adligen?«, fragte ich skeptisch.

Der Adel des Reichs empfand dem Helden des Schildes gegenüber Antipathie. Von Melty und Vertretern der Drei-Helden-Kirche wusste ich, dass er als Feind Melromarcs galt. Bei den Bürgerlichen mochte ich wegen meines Reisehandels im Ansehen gestiegen sein, aber ich musste davon ausgehen, dass der Adel mich noch immer hasste.

»Ich glaube, das dürfte kein Problem sein.«

»Warum?«

»Er denkt genauso wie ein Fürst, der eng mit meiner Mutter verbündet war.«

»Wie darf ich das verstehen?«

»Er hat im Reichsinneren zwischen den Belangen der Menschen und der Subhumanoiden vermittelt.«

»Na, dann soll der doch deinen Vater und die Drei-Helden-Kirche zum Schweigen bringen.«

Wenn es hier solche Leute gab, warum stand ich dann allein mit meinem Kampf gegen jene Verleumdungen da? Wenn er ein Verbündeter der Königin war, musste er doch über die Umstände im Reich Bescheid wissen.

»Jener Fürst hat die Region Seaetto regiert, aber ... Er hat während der Welle sein Leben gelassen.«

»Oje ...«

Es war eine Schande, wenn gute Menschen umkamen.

»Er soll während der Welle bis zuletzt gekämpft haben, um sein Volk zu beschützen. Schließlich war es sein Herrschaftsgebiet.«

»Ach, tatsächlich?«, meinte Raphtalia.

»Ja, er ist der ersten Welle in Melromarc zum Opfer gefallen.«

Hm? Die erste Welle also?

Ich blickte in Raphtalias Richtung. Die hatte sie doch miterlebt.

Sie nickte.

»Ja, aus der Gegend komme ich. Aber nachdem unser Lehnsherr umgekommen war und wir gerade dabei waren, unser Dorf wieder aufzubauen ...«

Also stimmte es tatsächlich.

»Nachdem dieser Fürst gestorben war, wurden all jene vertrieben, die den Subhumanoiden wohlgesonnen waren. Alle Gleichgesinnten sollen auf Befehl meines Vaters strafversetzt worden sein.

Aber das war nicht das einzige Problem: Das Volk von Seaetto soll durch Aufrührer schreckliches Leid erfahren haben.«

»Die Initiative ist von Reichssoldaten ausgegangen«, berichtete Raphtalia wütend.

Melty nickte wortlos. Sie wusste wohl sehr gut, was dies bedeutete.

»Ich glaube, meine Mutter wird sie hart bestrafen, wenn sie heimkehrt. Sie hat zwar schon einen Brief geschickt, aber der hat offensichtlich wenig Wirkung gezeigt. Raphtalia, wenn diese ganze Angelegenheit geklärt ist, musst du ihr diese Soldaten beschreiben.«

»Gern.«

»Dein Vater kriegt aber auch nichts geregelt.«

»Vater ...«, murmelte Melty mutlos.

Ich konnte es ihr nicht verdenken. Schließlich trachteten ihr eigener Vater und ihre große Schwester ihr nach dem Leben.

Melty zufolge wurde er ja nur manipuliert, aber ob der Drecksack tatsächlich unbeteiligt war?

Das größte Rätsel waren jedoch diese Adligen und die Königin, die Subhumanoide begünstigten, obwohl die doch in Melromarc geächtet wurden. Welche Ziele verfolgten sie wohl? Mir lagen nicht genügend Informationen vor, daher konnte ich mir auf all das keinen Reim machen. Aber wir schweiften ab. Zurück zum Thema.

»Und in dieser Gegend wohnt nun also dieser Adlige, der in enger Beziehung zu diesem Lehnsherrn stand?«

»Schon möglich. Jedenfalls hab ich ihn nicht mehr im Umfeld meines Vaters gesehen, daher nehme ich an, dass er in seinen Herrschaftsbereich zurückgeschickt wurde.«

»Das ist ja schon ein bisschen wie würfeln.«

Dem Mann schien ja ein kalter Wind entgegenzuwehen. Aber tatsächlich war mir diese Gegend nicht ganz unbekannt.

Im Laufe der Zeit hatte Filo unsere Kutsche immerhin schon durch die meisten Regionen Melromarcs gezogen. Ich war diesem Adligen, von dem Melty erzählte, sogar schon einmal begegnet.

Wenngleich nicht als Schildheld: Als der Heilige mit dem Göttervogel hatte ich ihm billigen Schmuck teuer verkauft.

Ich erinnerte mich an ihn als einen intelligent wirkenden jungen Adligen. Ein sanftmütiger Mann. Insgeheim gab ich ihm den Namen »der Sanftmütige«.

Damals hatte ich mir innerlich ins Fäustchen gelacht, aber hatte er vielleicht gewusst, dass ich der Schildheld war, und mir trotzdem etwas abgekauft?

Möglich. Er war umgänglich gewesen.

Ich hatte zudem den Eindruck gehabt, dass sich viele subhumanoide Abenteurer in der Stadt aufhielten. Raphtalia käme vielleicht hinein, ohne Verdacht zu erregen.

»Die Stadt zu betreten, bringt ein großes Risiko mit sich. Besonders für Melty und Filo.«

»Warum?«

Melty legte den Kopf schief. Filo kopierte die Bewegung.

»Du fällst auf mit deiner Haarfarbe.«

Meltys Haar war charakteristisch, dieses tiefe Blau ... oder eher Indigo.

Der Ton war so selten, dass sie immer herausstechen würde, verkleidet oder nicht.

Filo, ob nun in der Filolialform, als Königin oder Mensch, würde sich ebenfalls kaum verstecken können. Drei komplett vermummte Leute würden aber erst recht auffallen.

»Dich würden sie auch erkennen, Naofumi.«

»Na ja, mag schon sein, aber …«

»Du, Meister, und wenn ihr nachts alle auf meinen Rücken steigt, und wir springen über die Stadtmauer?«

»Keine schlechte Idee, aber die Wachen würden uns sofort bemerken.«

»Raphtalia könnte ihre Magie anwenden … Aber auch dann könnten sie uns noch mit Aufspürmagie entlarven.«

»Was sollen wir tun? Es klingt ja schon so, als wäre dieser Mensch vertrauenswürdig …«

Sicher konnten wir auch einfach weiterhin fliehen, aber sich tagelang mit Motoyasu herumschlagen zu müssen, wäre schon sehr anstrengend.

Ich spürte, wie sich Erschöpfung in mir ausbreitete. Außerdem war Motoyasu ja nicht unser einziger Feind. Wir mussten auch mit kopfgeldgierigen Abenteurern oder Soldaten rechnen. Ich wollte mich endlich einmal ausruhen.

»Nun …«

Raphtalia hob die Hand.

»Was?«

»Es könnte doch auch sein, dass sie unseren Besuch bereits erwarten.«

Hm … Durchaus denkbar.

Was den Helden des Schildes anging, schien das Land ja … gespalten zu sein.

»Genau«, sagte Melty. »Und, Naofumi, vielleicht würden sich die Subhumanoiden-Abenteurer hier mit uns einlassen.«

»Warum?«

»Hast du's schon vergessen? Aus Sicht Melromarcs, das Subhumanoide unterdrückt, ist der Held des Schildes der Feind. Wie sieht es dann wohl bei den Subhumanoiden aus?«

Ach, natürlich. Zu den Königreichen, die keine gute Beziehung zu Melromarc hatten, gehörten ja auch die der Subhumanoiden.

Die Drei-Helden-Kirche stellte hier praktisch die Staatsreligion, demnach war die Wahrscheinlichkeit hoch, dass verfeindete Länder den Schildhelden freundlich behandeln und mit ihm kooperieren würden.

In dem Fall würden die Subhumanoiden uns vielleicht zuhören.

Ja, ich meinte mich auch zu erinnern, dass die Subhumanoiden unter den Abenteurern von Anfang an recht gern bei mir gekauft hatten. Es käme auf einen Versuch an.

»Gut, dann wollen wir dort erst mal die subhumanoiden Abenteurer ansprechen.«

»Ja.«

»Wäre doch schön, wenns klappt.«

»Los geeeht's!«

Und damit brachen wir in Richtung der nahen Stadt auf, wobei wir uns im Verborgenen hielten.

»E... Entschuldigung!«

»H... Hey!«

Wir waren nahe der Stadt, in der jener Adlige lebte, der uns vielleicht bei sich Unterschlupf gewähren würde. Ich hatte einen Subhumanoiden-Abenteurer gesehen, ihm aus meinem Versteck zugerufen und mich ihm genähert, doch ...

»Ach, Mensch ... Das ist schon das zehnte Mal, oder? Naofumi, was hast du denen nur getan?«

»Was weiß denn ich!«

Sobald die Subhumanoiden mich sahen, setzten sie entschuldigende Mienen auf und nahmen Reißaus.

Was hatte das zu bedeuten? War ich mittlerweile selbst bei denen als Schildteufel verschrien?

So kamen wir jedenfalls nicht weiter …

»Die scheinen uns … aber nirgendwo gemeldet zu haben, oder?«

»Hm, stimmt. Die haben zwar immer schnell das Weite gesucht, aber es ist nie ein Soldat bei uns aufgetaucht.«

Wir hatten erwartet, dass irgendwann die hier stationierten Kräfte angerannt kommen würden, aber das schien nicht zu geschehen.

Konnte es sein, dass diese Subhumanoiden, die wir ansprachen, fluchtartig einen anderen Weg einschlugen?

»Soll ich mal nachfragen?«

»Raphtalia, kann ich dir das zumuten?«

»Klar.«

»Wenn irgendwas ist, ruf unbedingt um Hilfe.«

»In Ordnung.«

»Pass gut auf dich auf, große Schwester!«

Und damit ging Raphtalia stellvertretend für mich los und sprach subhumanoide Abenteurer an.

Etwas Sorgen machte ich mir schon. Die schlichen schon alle ziemlich angespannt die Straße entlang. Es war wohl tatsächlich kein angenehmes Leben für sie, hier in Melromarc, wo sie diskriminiert wurden.

Was machten die überhaupt hier? Für die große Anzahl von ihnen musste es ja einen Grund geben.

Nachdem Raphtalia sich eine Weile unterhalten hatte, kehrte sie zurück.

»So, da bin ich wieder.«

»Wie ist es gelaufen?«

»Nun ja … Ich hab sie beiläufig gefragt, warum sie vor dir weglaufen, und sie haben geantwortet, dass man ihnen verboten hätte, direkt mit dem Helden des Schildes zu sprechen.«

»Warum das denn?«

»Das ist mir auch ein Rätsel. Ich habe vorsichtig nachgehakt, wollte keinen Verdacht erregen … Sie meinten, der Held des Schildes selbst habe das gesagt.«

Ein früherer Schildheld hatte den Subhumanoiden das eingeflüstert? Mann, wie lästig.

Hatte dann Raphtalia nur mit mir gesprochen, weil sie nicht gewusst hatte, dass ich der Held des Schildes und in Problemen, die Subhumanoide betrafen, nicht so bewandert war? Ich hatte es doch wirklich schwer, mich in dieser Welt zurechtzufinden!

»Naofumi, hast du irgendwelchen Subhumanoiden gesagt, sie sollen dir nicht zu nahe kommen?

»Nicht, dass ich wüsste.«

»Eigenartig, oder? Aber ich habe auch schon von Mutter gehört, dass der Schildheld nicht wolle, dass man sich ihm nähert, und die Subhumanoiden, die ihm vertrauen, würden sich daran halten.«

Ach so?

»Weil Meister gesagt hat, dass man ihm nicht zu nahe kommen soll?«

»Ja, oder?«

»Ich kann mich echt nicht erinnern! Ich dachte, das hätte vielleicht der Schildheld einer früheren Generation gesagt?«

»Nein, das war‘s nicht. Wurde da vielleicht etwas falsch weitergetragen?«

Das war doch bloß wieder ein Störmanöver der Drei-Helden-Kirche!

»Der Held des Schildes soll das einige Tage nach seiner Ankunft in unserer Welt gesagt haben ...«

Damals hatte ich so neben mir gestanden, dass ich mich an fast nichts mehr aus der Zeit erinnerte.

Ich war felsenfest überzeugt gewesen, dass mich alle nur aufs Kreuz legen wollten, und hatte alle, die mich angesprochen hatten, harsch abgefertigt.

Sollte ich tatsächlich jemandem, der aufrichtig mein Gefährte hatte werden wollen, gesagt haben, er solle mir fernbleiben?

»Naofumi? Kann es sein, dass ...«

»Und? Können wir nun in die Stadt oder nicht?«

Ich wollte lieber schnell das Thema wechseln. Ansonsten würden mir Meltys Blicke noch unerträglich.

»Ja, die Leute, mit denen ich gesprochen habe, haben einen wohlwollenden Eindruck auf mich gemacht. Sie sagen, sie finden dumm, was Melromarc macht. Und die Drei-Helden-Kirche sei am Ende.«

»Und es hat uns keiner verpfiffen oder so?«

»Die Subhumanoiden haben gesagt, selbst wenn der Schildheld in ihre Nähe käme, würden sie ihn niemals verraten.«

»Hm ... Es ist zwar immer noch riskant, aber vielleicht sollten wir es drauf ankommen lassen?«

Im schlimmsten Fall wären wir mit unserer flinkfüßigen Filo im Nu über alle Berge.

Wir würden uns die Umhänge über die Köpfe werfen und ....

»Hallo?«

»Hm?«

Hatte mich da gerade jemand angesprochen, obwohl ich mich im Gebüsch versteckte?

Da sah ich auf dem Weg den zart gebauten Mann mit seiner Brille auf der Nase. Er saß auf dem Bock einer etwas edleren Kutsche, die gerade anhielt.

Ja, ich erinnerte mich an ihn. Das war der Adlige aus der Stadt … der Sanftmütige.

»Ihr seid doch Prinzessin Melty und der Held des Schildes, nicht wahr?«

»J… Ja.«

»In der Tat.«

»An so einem Ort kann man sich nicht vernünftig unterhalten. Dürfte ich Euch auf mein Anwesen einladen?«

Der Richtung nach zu urteilen, aus der er angefahren gekommen war, war er vielleicht sogar hier, um uns abzuholen. Wie überaus zuvorkommend!

»Wenn das ein Trick ist, uns an die anderen Helden auszuliefern, gibt's Ärger!«

»Naofumi, also wirklich …«

»Und zwar von meinem Gefolge und dieser wilden Prinzessin hier.«

»Was sagst du da?!« Melty starrte mich unverwandt an. »Du bist doch wohl hier der Barbar!«

»Quatsch nicht! Einen größeren Intellektuellen findest du nicht unter den Helden.«

»Ich möchte mich noch einmal herzlich für jenes Schmuckstück bedanken. Das Material ist zwar eher schlicht, das findet man überall, doch das Design des Helden ist für mich von hohem Wert. Es mag ein Fünffaches des Marktwerts gewesen sein, aber ich finde, ich habe damit einen vortrefflichen Einkauf getätigt!«

Meltys Blicke taten mir richtig weh.

»Es tut mir aufrichtig leid«, sagte Raphtalia beschämt.

»Gehen wir erst mal mit, Naofumi. Wir reden später darüber, was du angestellt hast.«

»Warum sollte ich mit dir so ein Gespräch führen?«

»Damit das gleiche Problem nicht später erneut auftritt. Vielleicht bist du ja selbst schuld daran, dass man dich den Schildteufel schimpft!«

»Ich höre nichts als Heldengeschichten über mich.«

»Du bist wohl auch noch stolz auf deine Gaunereien!«

Pah, dass ich meine Feinde hinters Licht führte, kostete mich nun wirklich keinen Schlaf.

Gewitztheit sah für den Feind im Allgemeinen eben wie Niedertracht aus.

»Hör mal, wenn wir hier solchen Krach machen, kommt am Ende noch der Lanzenheld!«

Uff ... Da hatte sie nicht unrecht. Widerstrebend stiegen wir zu dem Adligen in die Kutsche.

Während der Fahrt blickte ich aus dem Fenster. Es waren noch gar nicht so viele Tage vergangen, aber ich verspürte beim Anblick der Dörfer bereits eine gewisse Nostalgie. Obwohl die Straßen schon alle ziemlich provinziell aussahen.

Es waren in der Stadt tatsächlich eine Menge Subhumanoide unterwegs. Viele Abenteurer.

Dann fuhren wir auf das Anwesen. Wir stiegen aus und betraten die Residenz.

»Wenn ich so unhöflich sein dürfte ...«

Melty verneigte sich, dann schritt sie ins Haus hinein.

In einer förmlichen Umgebung konnte sie offenbar höflich sein. Allerdings sprach sie ja auch mit den anderen Helden hochachtungsvoll.

Nur mir gegenüber zeigte sie ein mieses Betragen. Abermals fragte ich mich, was es damit auf sich haben mochte. Andererseits hatte ich mir ja bisher auch keine sonderliche Mühe gegeben, einen guten Eindruck bei ihr zu hinterlassen.

»Es muss schrecklich gewesen sein, so verfolgt zu werden. Ihr solltet Euch eine Weile hier erholen.«

Der Sanftmütige ließ uns Essen in den Speisesaal bringen, in den er uns geführt hatte.

Filo zeigte keine besonders guten Manieren, aber er lächelte nur, schien es amüsant zu finden.

»Und nun hat es Euch also am Ende Eurer Flucht in mein Herrschaftsgebiet verschlagen?«

»Genau. Wir hatten uns überlegt, dass wir uns eine Weile versteckt halten sollten, um Motoyasu … den Helden der Lanze abzuschütteln.«

»Ich würde Euch gern etwas fragen: Berichten zufolge sollt Ihr Euch die Flucht ermöglicht haben, indem Ihr die Berge in der Nähe in Brand gesetzt habt; doch was ist wirklich vorgefallen?«

Dieses Miststück! Obwohl sie es selbst gewesen war, hatte sie es wie erwartet mir zugeschoben.

Melty sah zerknirscht aus.

»Deine Schwester hat ja die Ruhe weg. Genau damit hab ich gerechnet.«

»Dass sie so weit gehen würde …«

»Also hat es sich tatsächlich anders zugetragen?«

»Jupp, ich bin hier nicht der Übeltäter. Das war die Prinzessin, eine der Gefährtinnen des Lanzenhelden. Wir hatten uns versteckt und wollten warten, bis sie verschwunden sind, da hat sie einfach alles abgefackelt.«

Der Sanftmütige stieß einen tiefen Seufzer aus. Sicher konnte er nicht fassen, wie barbarisch sie war.

»Ich verstehe. Ich freue mich, wenn ich Euch beistehen kann, aber ... Gibt es vielleicht noch etwas?«

»Wir wüssten gern, wie wir die Königin finden. Wir versuchen ja, Motoyasu zu entwischen, aber das zieht sich jetzt schon Tage. Wir verlieren zu viel Zeit ...«

Der Sanftmütige dachte eine Weile nach. Dann nickte er.

»Ja, nun verstehe ich Eure Situation. Ich will gern auf jede erdenkliche Weise helfen. Jedoch ... muss ich auch meine eigene Lage bedenken, daher weiß ich nicht, wie viel ich tatsächlich für Euch tun kann.«

»Wir erwarten nicht viel. Wir sind für alles dankbar.«

Ich wusste noch nicht, ob er mein Vertrauen verdiente, und hatte ohnehin nicht vor, mich allzu lange bei ihm aufzuhalten.

»Wir würden gern eine Weile Rast machen. Und anschließend würde ich gern herauskriegen, was die anderen Helden treiben ...«

Motoyasu war nicht unser einziger Feind. Ich hatte keine Ahnung, wann Ren und Itsuki einen Vorstoß wagen würden. Es würde uns eine Riesenhilfe sein, wenn der Sanftmütige das für uns in Erfahrung bringen konnte.

Natürlich bestand eine hohe Wahrscheinlichkeit, dass auch er von den Schatten der Drei-Helden-Kirche beobachtet wurde. Daher wollte ich aufbrechen, sobald ich alle nötigen Informationen und unseren Proviant beisammenhatte.

Außerdem mussten wir noch über die Reichsgrenze ... Auf dem sichersten Weg, der sich finden ließ.

»Na schön. Was die anderen Helden gerade tun, werde ich sicher in Erfahrung bringen können. Bitte geduldet Euch ein Weilchen.«

»Wir fallen dir nicht lange zur Last. Morgen wollen wir weiter.«

»So bald?«, protestierte Melty. »Sollten wir uns nicht ein bisschen länger ausruhen?«

»Dann steigt die Gefahr, dass die Wind davon bekommen. Wir bereiten unserem Gastgeber nur Schwierigkeiten, wenn wir länger bleiben.«

»D... Das mag ja sein, aber ...«

»Nun, dann werde ich einmal schauen, was sich herausfinden lässt. Bitte macht es Euch bis dahin bequem.«

»Vielen Dank.«

»Eigentlich würde ich ja lieber länger bleiben ...«

»Das Fräulein Melty scheint sich ein wenig verändert zu haben, seit es mit dem Helden des Schildes auf Reisen ist, nicht wahr?«

»W... Was soll das denn bitte heißen?«

»Früher habt Ihr stets den Amtspflichten den Vorrang gegeben, ganz gleich wovon die Rede war, und habt Eure Empfindungen nicht offen gezeigt. Das Volk wird sich über diese Veränderung bestimmt freuen.«

Der Sanftmütige sah nur das Erfreuliche. Er lächelte Melty freundlich an.

»D... Das stimmt doch gar nicht.«

»Was ist denn, Mel?«

»Kümmere dich nicht drum, Filo. Unser Gastgeber beurteilt mich einfach, wie es ihm gefällt.«

»Hmmm.«

»Wie war Melty denn früher?«, fragte Raphtalia den Sanftmütigen.

»Sie hat immer sehr höflich gesprochen und sich die größte Mühe gegeben, in Wort und Tat Ruhe walten zu lassen. Selbst die Königin hat sich deswegen schon gesorgt. Aber es scheint, als würde sie sich durch den Umgang mit dem Helden des Schildes in eine vorteilhafte Richtung entwickeln. Es freut mich sehr, dies zu sehen.«

»N... Nun aber genug davon!«

»Höflich, ja ...? Bei unserer ersten Begegnung hab ich das auch gedacht. Was ist da wohl passiert?«

»Herr Naofumi ... Meinst du nicht, das liegt an dir?«

»An mir? Kann ich mir kaum vorstellen.«

Ob sie nun mit mir unterwegs war oder nicht, ihr Charakter war noch immer derselbe. Nur die Maske war herunter, das war alles.

Dennoch war sie mir tausendmal lieber als so ein dahergelaufener Dreckskönig oder eine Feuerteufelin, die immer nur an sich selbst dachte.

»Natürlich liegt es an dir, Naofumi!«

»Zieh mal nichts an den Haaren herbei. Du mit deiner Brandstifterschwester. Hysterie liegt bei euch in der Familie.«

»Wie bitte? Du scherst mich ausgerechnet mit ihr über einen Kamm?! Wie ich mich hier beleidigen lassen muss!«

Sie funkelte mich böse an.

Sie schien die Brandstifterin also ebenfalls nicht ausstehen zu können. Gut, die machte es einem auch nicht unbedingt leicht, sie zu mögen.

In der Hinsicht war Motoyasu schon erstaunlich. Wenngleich das absolut nichts war, wofür man ihn loben konnte.

Dennoch: Melty war die kleine Schwester der Bitch, bestimmt hatte sie auch ein paar solcher Eigenschaften. Es war sicher nur Zufall, dass sie keinen Gefallen daran gefunden hatte, andere herabzusetzen. Aber diesen Gedanken würde ich wohl besser für mich behalten.

»Nimm das sofort zurück!«

»Jaja. Melty ist nicht wie die Brandstifterin. Zufrieden?«

»Das klingt nicht so, als ob du das ehrlich meinst!«

»Tja, wie kommt das wohl?!«

»Wie bitte?!«

Das war wohl ihr neuer Lieblingssatz.

»Beruhige dich«, spielte Raphtalia die Schlichterin. »Du weißt doch, dass man nicht so viel auf das geben kann, was Herr Naofumi in solchen Momenten sagt.«

Filo nickte zustimmend. Wo kam denn plötzlich dieser komische Zusammenhalt her?

»Nun, da wir mit dem Essen fertig sind, geht gern auf Euer Zimmer und ruht Euch aus. Ich nehme an, dass wir morgen alle Informationen beisammenhaben, die sich ermitteln lassen.«

Also führte man uns zu unserem Gästezimmer, wo wir uns hinlegen wollten. Da unsere Unterredung jedoch etwas zu glatt gelaufen war, warf ich immer wieder prüfende Blicke aus dem Fenster, um mich zu vergewissern, dass alles in Ordnung war. Es schien kein Gift im Essen gewesen zu sein, aber wer konnte sagen, inwieweit wir ihm vertrauen konnten?

»Naofumi, jetzt komm mal langsam zur Ruhe!«

»Sorry, aber eins hab ich in dieser Welt schnell gelernt: In solchen Situationen lasse ich beim Schlafen lieber ein Auge offen.«

»Aber ... Wie willst du dich dann erholen?«

»Man hat mir schon mal im Schlaf meine ganzen Sachen geklaut. Wenn man im falschen Moment einschläft, kriegen sie einen dran.«

»Herrje ... Warum traust du anderen nur so wenig über den Weg?«

»Daran sind nur deine Schwester und dein Vater schuld!«

»Das verstehe ich ja, aber du solltest trotzdem ein bisschen Vertrauen entwickeln!«

»Was kümmert's dich? Ich ruh mich aus, wie es mir passt.«

»Du bist nicht als Einziger wütend auf meinen Vater und meine Schwester, da kannst du ganz beruhigt sein!«

»Wieso, wer denn noch?«

»Na, meine Mutter! Vor meiner Abreise hat sie nach jedem neuerlichen Vorfall ihre Wut an Bildern oder Statuen von den beiden ausgelassen.«

»Ach ja? ... Na, geschieht ihr aber irgendwie auch recht. Wenn man keinen Blick für Männer hat, was soll dann dabei für eine Tochter rauskommen?«

»Jetzt redest du auch noch schlecht über meine Mutter?!«

Seit Melty bei uns war, gab es ständig solch ein Gezeter.

Sie wusste doch genau, dass die es auf uns abgesehen hatten. Wie sollte ich da nicht wachsam sein? Sonst würden die uns noch alle umbringen.

»Herr Naofumi, dann schlaf du bitte zuerst, und wir halten Wache.«

»Hm? Na, meinetwegen.«

»Warum hörst du immer sofort, wenn Raphtalia was sagt?«

»Weil Raphtalia mein Vertrauen genießt.«

»Und mir kannst du wohl nicht vertrauen?!«

»Geht so ...«

In ihrer Lage konnte sie es sich gar nicht erlauben, mich zu hintergehen. Man wollte ihr schließlich an den royalen Kragen. Außerdem hatte sie uns im Kampf unterstützt. Es war demnach nicht so, dass ich ihr gar nicht über den Weg traute.

Bisher hatte sie sich ganz so gezeigt, wie man es von einer zweiten Prinzessin und ersten Thronfolgerin erwarten würde. Insofern war sie wohl schon eine vertrauenswürdige Person.

Aber das eine hatte mit dem anderen nichts zu tun.

Es hing auch mit der gemeinsam verbrachten Zeit zusammen: Mit Raphtalia hatte ich schon so viel mehr durchgemacht.

So verhielt es sich wohl mit dem Vertrauen.

»Mel, ich will mich mal im Haus umgucken.«

Filo kam so plötzlich damit an, als hätte sie alles, was bisher gesagt worden war, überhaupt nicht mitbekommen.

»Gute Idee. Vielleicht bringt uns das auf andere Gedanken. Raphtalia, wir spazieren ein bisschen herum, ja?«

»Eine Expeditiooon!«, verbesserte Filo sie.

Mel lächelte liebevoll, winkte und dann verschwanden die beiden aus dem Zimmer.

Endlich Stille.

In dem Moment wurde ich von meiner Erschöpfung übermannt.

Ich legte mich hin, vertraute Raphtalia den Wachdienst an und gönnte mir ein wenig Ruhe.

Hm ... Ich hatte das Gefühl, dass jemand näher kam. Wie lange hatte ich wohl geschlafen?

Seit die Bitch mich verraten hatte, war ich immer sofort hellwach, wenn sich mir jemand im Schlaf näherte.

»Geh nicht noch näher ran, sonst wacht Herr Naofumi noch auf!«

»Ich will aber beim Meister schlafen ...«

Filo war offenbar von ihrer Erkundungstour durch das Anwesen zurück.

Dann war wohl auch Melty wieder da, schließlich waren sie gemeinsam aufgebrochen.

Jetzt würde wieder der Lärm losgehen. Dabei war ich gerade erst eingeschlafen ...

»Das sollst du nicht. Wie oft hab ich dir das schon erklärt?«

»Aber du hast gesagt, dass du auch schon bei ihm geschlafen hast, Raphtalia!«

»Wenn du vor dem Einschlafen schon in seiner Nähe bist, ist es wohl in Ordnung.«

»Dann frag ich ihn das nächste Mal, solang er noch wach ist.«

»Ich glaub nicht, dass er viel davon hält.«

Erstaunlich, wie gut Raphtalia mich kannte.

Ich schlief unruhig, wenn mir dabei jemand zu nahe kam. Und tatsächlich war ich nun, da Filo sich herangepirscht hatte, wach.

»Huaaah ...«

Raphtalia war anscheinend auch müde, so wie sie gähnte.

»Du solltest dich auch ein bisschen hinlegen«, sagte Melty. »Ich übernehme die nächste Wache.«

»Wenn du so nett wärst ...«

»Natürlich.«

»Na dann, gute Nacht.«

Sie legte sich ins Nachbarbett, und bereits kurz darauf hörte ich sie leise atmen.

Dann lauschte ich noch eine Weile, wie Melty und Filo leise miteinander plauderten.

Melty musste Filo immer wieder bitten, leiser zu sprechen.

»Sag mal, Filo?«

»Waaas?«

Mit schwacher, leiser Stimme murmelte Mel: »Also, was man

da vorhin über mich gesagt hat, dass ich immer sehr darauf bedacht gewesen sein soll, höflich mit allen zu sprechen …«

Ach, was der Sanftmütige gesagt hatte, beschäftigte sie wohl noch.

Ja, anfangs waren Meltys Umgangsformen wirklich besser gewesen. Wollte sie behaupten, dass das eher ihrer eigentlichen Natur entsprach?

»Aber … seit ich regelmäßig mit Naofumi rede, werden meine Worte allmählich immer grober. Anfangs konnte ich normal mit ihm umgehen, aber jetzt bin ich nur noch am Nörgeln.«

Ihre Stimme klang beinahe so, als kämen ihr die Tränen.

Huch? So schlimm war das für sie?

»Auch vorhin, als er mich beleidigt hat. Ich hab mich selbst erschrocken, wie hysterisch meine Stimme da geklungen hat … ganz so, als wäre ich gar nicht mehr ich selbst! Sag mal, Filo, stimmt etwas nicht mit mir?«

»Äääähm …«

Ausnahmsweise war Filo einmal um eine Antwort verlegen.

Da hatte Melty wohl nicht die beste Ratgeberin gewählt. Was sollte Filo schon dazu sagen? Raphtalia hätte eher eine Antwort gewusst. Ich hätte mich vielleicht aufsetzen und mich mit ihr aussprechen sollen, aber wenn Melty erfuhr, dass ich alles mitgehört hatte, würde sie sich nur noch mehr aufregen.

»*Hast du dich nur schlafend gestellt und gelauscht?!*«

In dem Fall würde sich ihr Kummer nur weiter anstauen.

Ich kannte die Ursache nicht, aber es schien, als hätte der Umgang mit mir irgendetwas in ihr entfacht, und seitdem konnte sie nicht mehr schweigen und musste sich ständig beschweren. Nein, in dieses Wespennest wollte ich nicht stechen. Da hielt ich mich lieber raus.

»Mel ... Was hältst du eigentlich vom Meister?«

»Was? Was meinst du damit?«

»Na, du quengelst nur beim Meister so rum, oder?«

»K... Kann schon sein.«

»Mit ihm kannst du reden, wie du willst. Stimmt's?«

»Hä? M... Meinst du?«

»Also, wenn du mit dem Meister redest, dann siehst du immer ganz lebendig aus. Das hab ich genau gesehen.«

Wow, Filo konnte ja richtig reden!

Die hysterische Melty war also die echte Melty? Dann war sie aber eine ganz schöne Nervensäge.

Ihre Eltern hatten sie gut erzogen, daher konnte sie höflich und ernsthaft auftreten. Es war eine angelernte Tugend. Wenn sie aber mit mir zusammen war, dann kam ihre wahre Natur als kleine Schwester der Bitch so richtig zum Vorschein. Wollte Filo darauf hinaus?

»D... Das stimmt nicht ... Nicht im Geringsten! Filo, sag doch nicht solche Sachen.«

»Tut mir leid, Mel, ich wollte nichts Komisches sagen! Wir lassen uns einfach beide vom Meister lieb haben!«

»Was redest du da? So ist das überhaupt nicht!«

»Ach ... nicht?«

Worüber stritten sich die beiden denn da ...?

War das etwa ... ein Traum oder so etwas? Melty würde sich doch nie so verletzlich zeigen.

Ja, davon wollte ich lieber ausgehen.

Als ich zum nächsten Mal aufwachte, schliefen Raphtalia und Filo friedlich im Nachbarbett, während Melty am Fenster stand und melancholisch hinausblickte.

Als ich aufstand, wandte sie sich zu mir um. Ihr gefasster Blick ließ jenen Traum in meinen Erinnerungen aufblitzen.

»Du bist wach.«

»Ja. Soll ich dich langsam mal ablösen?«

»Musst du nicht. Ich bin nicht besonders müde.«

»Aha?«

Dann standen wir beide am Fenster und blickten schweigend hinaus, was schon irgendwie eigenartig war. Es war absolut still im Zimmer.

»Du, Naofumi?«

»Was denn?«

»Seit wir hier sind, denke ich ständig, dass es vielleicht noch eine Möglichkeit gibt: Ich könnte mit der Unterstützung dieses Adligen meinen Vater aufsuchen.«

»Ob das 'ne gute Idee ist?«

Es stimmte schon: Eigentlich hatten sie es auf uns abgesehen, Melty wurde bloß als Entführungsopfer gehandelt. Der Sanftmütige mochte degradiert worden sein, aber für Melty mochte es immer noch sicherer sein, wenn er sie zu dem Drecksack brachte … vielleicht.

Vorausgesetzt er käme ins Schloss und dürfte bei ihm vorsprechen.

Das war sicher effektiver, als wenn wir dem Drecksack zusammen mit ihr gegenüber träten.

»Ich frage mich halt … ob ich euch nur Schwierigkeiten bereite. Ich würde gern tun, was ich zu tun habe.«

Für ihr zartes Alter machte sie sich ganz schön viele Gedanken. Ich sollte sie wohl stärker wertschätzen. Dass sie zu dem Dreckskönig gehen wollte, um unsere Unschuld zu beweisen …

»Wenn es nachweislich sicher wäre, könnte man darüber nachdenken.«

»Ich bin mir der Gefahren natürlich bewusst. Es wäre aber immerhin besser, als mit jemandem zu gehen, auf den meine Schwester Einfluss nehmen kann.«

Aus Meltys Sicht waren alle, die mit der Bitch in Beziehung standen, potenzielle Attentäter, die ihr nach dem Leben trachteten. Solang sie mit uns unterwegs war, würde sie immer wieder in gefährliche Kämpfe verwickelt werden.

Wenn wir alle Aufmerksamkeit von ihr ablenkten, könnte sie von sich aus tätig werden. Und sie musste ja nicht zwingend dabei sein, wenn wir die Königin aufsuchten.

»Es ist nur eine Option, die wir im Hinterkopf behalten sollten.«

»Verstanden. Du hast dir ja ganz schön viele Gedanken gemacht.«

»Behandelst du mich schon wieder wie ein Kind?!«

»So hab ich das nicht gemeint. Ich seh dich jetzt eben in einem anderen Licht.«

»So, wie du das sagst ...«

Und schon begann ein weiterer Streit. In dem Moment hatte ich keine Ahnung, dass schon sehr rasch die Zeit kommen würde, den besprochenen Plan in die Tat umzusetzen.

Kapitel 2: Ein schicksalhaftes Wiedersehen

Die Sonne war gerade hinter dem Horizont verschwunden.

Während ich aus dem Fenster blickte, kam eine Kutsche aufs Grundstück der Residenz gefahren. Melty und Filo hatten unterdessen ihre Erkundungstour wieder aufgenommen. Offenbar hatten sie noch nichts gefunden.

Ich weckte Raphtalia und versetzte sie in Alarmbereitschaft.

Was war hier los?

Ein rundlicher Herr mittleren Alters stieg aus, klopfte an die Tür und betrat das Haus, gefolgt von mehreren Dutzend Männern, die wie Soldaten aussahen.

Einige Minuten verstrichen, dann klopfte eins der Hausmädchen des Adligen an unsere Tür.

»Was gibt's?«

»Ihr müsst sofort von hier fliehen!«

»Ich hab rausgeguckt und kann mir schon denken warum. Wenn du uns denen auslieferst, bist du dran.«

Es war auch nicht ganz auszuschließen, dass der Sanftmütige uns in Wahrheit hergelockt hatte, um uns hereinzulegen.

Je nachdem, wie das Dienstmädchen reagierte, würden wir die Scheibe eintreten und uns aus dem Staub machen.

»Ein Adliger aus der Nachbarschaft … ist hier, weil er den Verdacht hegt, dass der Held des Schildes sich in diesem Herrenhaus befinden könnte.«

»Was?«

Das musste dann wohl dieser beleibte Mann gewesen sein. Bis jetzt passte alles zusammen.

»Herr Naofumi!«

Raphtalia winkte mich zu sich. Verstohlen warf ich einen Blick aus dem Fenster.

Da sah ich, dass der untersetzte Mann und seine soldatischen Anhänger gerade den Sanftmütigen gefesselt herausführten und in die Kutsche verluden.

Nein, es wirkte nicht so, als hatte er uns täuschen wollen.

Wir hatten ja gewusst, dass er keinen guten Stand hatte. Offenbar hatten sie nur einen Vorwand gebraucht, um ihn zu verhaften, und nun war der Moment gekommen.

Was sollten wir tun? Wenn wir jetzt das Fenster einschlugen und einen Fluchtversuch unternahmen, gefährdeten wir unseren Gastgeber nur noch mehr.

»Wenn Ihr bitte, unserem Lehnsherrn zuliebe, fliehen könntet, damit Ihr hier nicht gefunden werdet?«, bat uns das Hausmädchen an der Tür.

Ja, in dieser Situation war es wohl das Beste, klammheimlich zu verschwinden.

»Ihr müsst Euch beeilen, sie kommen schon! Durch den Dienstboteneingang schafft Ihr es noch hinaus. Ich bitte Euch ...«

»Was ist mit Filo und Melty?«

»Sie bereiten sich ebenfalls gerade auf eine Flucht vor.«

»Verstanden. Aber lass dir nichts Komisches einfallen: Wenn ich wittere, dass ihr mich in eine Falle locken wollt, kommt sofort der Gegenschlag.«

Eilig rafften wir unsere Sachen zusammen, dann öffnete ich die Tür und wir machten uns wie angewiesen auf den Weg zum Dienstboteneingang.

Gerade kamen wir am Küchenbereich vorbei, da flüsterte sie: »Versteckt Euch bitte hier!«

Sie hatte Leute bemerkt, daher schob sie uns nun in das Pausenzimmer der Mägde.

Von der anderen Seite der Tür hörten wir Stimmen.

»Hier steckst du also. Hast wohl was zu verbergen?!«

An die Stimme des Mannes konnte ich mich nicht erinnern. Bestimmt war es einer der Soldaten, die der Adlige aus der Nachbarstadt mitgebracht hatte.

»Es besteht der Verdacht, dass sich der Schildteufel auf diesem Anwesen aufhält. Also gehorche und komm sofort hierher!«

»Ah!«

Das Hausmädchen hatte geschrien.

»W... Wartet! Die Küche ist unser ...«

»Sei still und behindere uns nicht bei der Arbeit.«

Wieder schrie die Magd, und der Soldat lachte. Abstoßender Typ.

»Gut möglich, dass der Schildteufel sich irgendwo im Haus versteckt. Also lässt du uns jetzt alles durchsuchen!«

Laute Stiefeltritte waren zu hören.

Vorerst schien er nicht in das Zimmer zu wollen, in dem wir uns versteckten, aber ... Was sollten wir tun?

Wir brauchten einen Plan für den Fall, dass man uns fand. Und wo waren überhaupt Filo und Melty? Die fehlten auch noch ...

In dieser Lage schien es schwierig zu fliehen, ohne entdeckt zu werden. Aufs Schlimmste gefasst wandte ich mich Raphtalia zu. Sofort legte sie die Hand an den Griff des Schwertes an ihrer Hüfte und nickte: Sie war bereit.

Wir waren zwar in der Unterzahl, aber nicht chancenlos. Für den Sanftmütigen wäre das zwar ungünstig, aber ...

Es klackte und die Tür des Zimmers, in dem wir uns verkrochen hatten, begann sich zu öffnen.

»Da ist die zweite Prinzessin!«, rief plötzlich jemand.

»Ich bin die zweite Prinzessin Melromarcs, Melty Melromarc. Was hat es zu bedeuten, dass Ihr hier mit derart vielen Soldaten aufkreuzt?«

Das war Meltys Stimme, fest im Tonfall und voller Majestätswürde. Ganz anders als die hysterische Stimme, mit der sie mich stets beglückte.

Ich ahnte bereits, was sie vorhatte.

Filos Stimme war nicht zu hören, was wohl bedeutete, dass sie nicht dabei war.

Die Tür zu unserem Versteck schloss sich wieder.

Was nun? Melty hatten sie gefunden. War dies der Moment, einen schnellen Durchbruch zu unternehmen?

»Wo ist der Schildteufel?«, donnerte der Soldat.

»Schweig! Du hast wohl vergessen, mit wem du sprichst!«

»Aber, aber, Prinzessin Melty!«, erklang plötzlich eine andere Stimme.

Es war zu hören, wie der Soldat beim Haltung annehmen die Hacken aneinanderschlug.

»Ah …«

Raphtalia war ein Laut entwichen. Sofort legte sie sich eine Hand auf den Mund.

Was war das? Sie wurde zusehends blasser, ihr brach der kalte Schweiß aus und sie zitterte.

»G… Geht's dir gut?«, fragte ich leise. Ihr Anblick machte mir Sorgen.

Sie zitterte immer noch, nickte aber mehrmals. Einen allzu guten Eindruck machte sie jedoch nicht.

»Das ist doch nicht der richtige Ort, um Verstecken zu spielen«, sagte der Mann. Es musste der fremde Adlige sein. »Sagt, wo befindet sich der Schildteufel?«

»Bedauerlicherweise hält sich der Held des Schildes hier nicht auf.«

»Oh ... Was soll das bedeuten?«

»Ich habe ihn gebeten, mich zurückzulassen und zu fliehen. Ich habe die Absicht, im Reich zu verbleiben und ihn von jedem Verdacht reinzuwaschen.«

Hatte sie vor, den Plan umzusetzen, über den wir gerade erst gesprochen hatten? Wie unüberlegt!

»Ich verstehe ... Das hört sich erst einmal plausibel an. Das heißt also, Ihr haltet Euch allein hier auf und der Schildteufel ist bereits weitergezogen?«

»Ja. Und ich habe nicht die geringste Ahnung, wohin er gegangen ist.«

»Männer, habt ihr das Anwesen gründlich durchsucht?!«

»J... Jawohl! Er war nicht zu finden!«

Jemand schnalzte mit der Zunge.

»Dann ist wohl nichts zu machen, hm? In dem Fall begleitet mich bitte, Prinzessin Melty.«

»Na schön.«

Sie redeten noch weiter, aber die Stimmen entfernten sich.

He, sollen wir sie etwa einfach so zurücklassen? Das geht doch nicht!

»Herr Naofumi!«

»Okay.«

Gerade wollten wir die Tür aufstoßen ...

»Der Held des Schildes ist nicht hier!«, rief Melty plötzlich auffallend laut.

Wahrscheinlich hatte sie geahnt, dass wir uns in der Nähe versteckten und uns jeden Moment zeigen konnten.

Verdammt ... Wenn wir jetzt hinausstürmten, würden wir ihr nur den Plan verderben!

»Ich werde meinen Vater persönlich ersuchen, alle Anklagen fallen zu lassen. Also bringt mich sofort zum Schloss.«

»Nein, erst einmal müsst Ihr mich auf mein Anwesen begleiten. Danach reden wir weiter. Der Herr wird uns in allem leiten.«

Melty sog erschrocken die Luft ein.

Ich hatte es ja gleich gewusst. Nein, ich würde mich nicht länger zurückhalten!

Ich stieß die Tür auf, aber da stellte sich mir die Magd von vorhin in den Weg.

»Bitte ... So macht Ihr nur Prinzessin Meltys Plan zunichte. Und auch unser Lehnsherr würde umso schlimmer bestraft!«

»Das ist doch eh egal, wenn wir erst mal unsere Unschuld ...«

Aber das Hausmädchen fiel mir ins Wort.

»Sorgt wenigstens dafür, dass sich keine Verbindung zwischen Euch und dem Lehnsherrn herstellen lässt ... Ich flehe Euch an!«

So finster sah es aus? Würden sie ihn gar auf der Stelle umbringen, wenn herauskäme, dass der Sanftmütige uns Obdach gewährt hatte?

Je mehr wir waren, desto unflexibler gestaltete sich unsere Flucht. Wir würden wohl kaum den Sanftmütigen und seinen ganzen Hausstand mitschleifen können. Es ging nun also darum, seine Überlebenschancen zu erhöhen. Später, wenn wir ... Melty holen kamen, müsste er beweisen können, dass er nichts damit zu tun hatte.

Verraten zu werden oder selbst jemanden zu verraten: Mir widerstrebte beides gleichermaßen.

Dass es einen nichts angehe, war schnell dahingesagt. Aber wir standen in der Schuld des Sanftmütigen. Ich durfte ihm keinen weiteren Schaden zufügen, indem ich ihn noch tiefer in die Angelegenheit verstrickte.

»Diese Informationen hat der gnädige Herr für Euch in Erfahrung gebracht: Der Held der Lanze sucht gerade an einem entlegenen Ort nach Euch. Auch Schwert und Bogen scheinen gerade nicht in der Nähe zu sein.«

Motoyasu war nicht unser einziger Feind, wir mussten auch mit lästigen Angriffen irgendwelcher Aristokraten rechnen.

Langsam öffnete die Magd die Tür.

»Wo ist Filo? Haben sie sie auch mitgenommen?«

»Das blonde Mädchen, mit dem Ihr gekommen seid? Es war nicht bei Prinzessin Melty.«

Also durchsuchten wir das verwaiste Herrenhaus nach Filo.

Was für ein Ärger. Nicht nur hatten sie Melty entführt, jetzt war auch noch dieser Plagegeist verschollen.

Schließlich fanden wir sie: Sie hatte sich auf dem Dachboden verkrochen.

Da sie, selbst als ich sie gerufen hatte, zunächst in ihrem Versteck geblieben war, hatte ich als letztes Mittel das Monstersiegel einsetzen müssen, um sie zu zwingen, sich zu zeigen.

Gut, dass sie in der Nähe gewesen war.

»Auaaa ... Du bist gemein, Meister!«

»Was kann ich dafür? Du hättest ja gleich rauskommen können.«

»Das stimmt, Filo. Was hast du denn da getrieben?«

Aber Filo beachtete die Schelte nicht weiter.

»Hä? Wo ist Mel?«, fragte sie unbekümmert.

»Hast du nicht gemerkt, dass sie weg ist?«

»Hm? Wir haben ein bisschen rumgetobt. Dann meinte sie, lass uns Verstecken spielen, also hab ich mich versteckt. Sie hat gesagt, ich darf auf keinen Fall rauskommen.«

Filo hatte die Situation offenbar nicht begriffen ...

Melty wollte anscheinend, dass wir sie zurückließen, über die Grenze flohen und in einem anderen Reich um Asyl ersuchten ... Dann konnte sie in Ruhe die Vorgänge hier vor Ort aufklären.

Aber ihr musste doch klar sein, dass es ihren Tod bedeutete, wenn sie der Drei-Helden-Kirche in die Hände fiele. Sie musste darauf hoffen, dass die Schatten intervenieren und ihr Leben beschützen würden. Die Wortwahl ihres Entführers ließ darauf schließen, dass er unter dem Einfluss der Drei-Helden-Kirche stand.

Nun stellte sich lediglich noch die Frage, ob sie sie sofort auslöschen oder sie Motoyasu und der Bitch übergeben würden, damit die das erledigten.

Sie hatte es nicht mit einem Dummkopf zu tun. Zumindest würde er durchschauen, dass ihre Geschichte gelogen war.

Wollten sie uns etwa ... aus der Reserve locken? Vielleicht würden sie sogar den Sanftmütigen foltern.

Wenn wir Melty im Stich ließen und uns einfach aus dem Staub machten, würde das die Wahrscheinlichkeit enorm steigern, dass wir zur Königin gelangten.

Die nötige Zeit für unsere Flucht hatte uns Melty verschafft.

Ich musste mich also fragen ... was ich mit dieser Chance anzufangen gedachte.

Sollten wir uns die Sache schönreden nach dem Motto, sie wollte es ja so, daher würden wir sie eigentlich nicht im Stich lassen, und unserer eigenen Sicherheit den Vorrang geben?

Klar, Melty war die kleine Schwester der verhassten Bitch. Andererseits hatte sie mich kein einziges Mal hintergangen. Tatsächlich hatte sie uns sogar Zeit erkauft, damit wir mit dem Leben davonkamen.

In dem Fall ... blieb mir nur eine Möglichkeit, selbst wenn es mich in Lebensgefahr brachte. Sie hatte auf mich vertraut und das musste ich ihr nun vergelten.

»Filo, hör mir jetzt gut zu!«

»Mhm. Waaas?«

»Melty ist mit denen mitgegangen, um uns zu beschützen.«

»Hä?!«

Plötzlich begriff sie. Mit einem Fluff nahm sie ihre Königinnenform an, bereit, sofort loszustürmen.

»Warte mal! Wo willst du überhaupt hin?«

»Schnell Mel retten!«

Ich wandte mich an das Hausmädchen.

»Ich frage vorsichtshalber: Wohin haben die Mel mitgenommen?«

»Zum Anwesen des Fürsten der Nachbarstadt, denke ich. So weit ist das nicht ... Sie könnten bereits dort sein.«

Das war mir während meiner Handelsfahrten schon aufgefallen: Bis zur Nachbarstadt war es ein Katzensprung.

Raphtalia war dort als Verkäuferin auf Antipathie gestoßen und hatte nichts verkaufen können. Daher hatten wir noch mitten am Tag unsere Zelte abgebrochen.

Hineinzukommen war umständlich gewesen. Hinaus hingegen ...

Damals hatte dies keinen besonderen Verdacht bei mir erregt. Nun, da ich meine Fantasie spielen ließ, fielen mir schon ein paar Möglichkeiten ein.

Erstens: Dort wurden Subhumanoide, ohnehin schon gebeutelt in Melromarc, besonders scharf diskriminiert. Ich wusste nicht allzu viel über die Verhältnisse im Reich, aber möglich war es schon.

Zweitens: Es gab ein Machtgefälle zwischen den beiden Fürsten der Städte. Die Nachbarstadt war deutlich größer.

Offen gesagt war diese Stadt, in deren Herrensitz wir uns gerade befanden, verglichen mit der anderen eher ein Nest.

Diese beiden Gründe, dazu vielleicht noch die jeweilige Abstammung der beiden Adelsleute …

Und hatte es *über die Nachbarstadt* nicht eine Legende gegeben? Wie war das noch gewesen? Irgendein Held der Vergangenheit hatte ein Monster erschlagen oder mit einem Bann belegt. Die Stelle hatten sie zu einem Mahnmal oder so etwas gemacht, falls ich mich richtig erinnerte.

»Gibt es einen Grundriss von dem Herrensitz oder so was?«

»Jemand aus diesem Haus war schon ein paarmal dort. Ihr könntet anhand seiner Aussagen einen Plan anfertigen!«

Aha. Nun, die Aussagen von jemandem, der schon einmal in dem Gebäude gewesen war, waren bestimmt hilfreich.

Dergestalt gelangte ich also zu einer etwas vereinfachten Karte.

Das Herrenhaus hatte drei Geschosse und es gab einen Innenhof. Ich erfuhr, dass Melty wahrscheinlich in ein Zimmer ganz hinten im ersten Stock gebracht worden war.

»Okay. Tut mir leid wegen der Umstände. So, ihr beiden, dann wollen wir mal!«

»Ja!«

»Mhm!«

Es war schon schlimm genug, dass sie den freundlichen Herrn dieses Anwesens verschleppt hatten. Wie konnte ich verhindern, dass wir ihm noch weitere Schwierigkeiten bereiteten?

Uns blieb nichts anderes übrig, als jede Bekanntschaft mit ihm zu leugnen und zu behaupten, wir seien nur wegen Melty da. Dann könnte er behaupten, er hätte uns Melty streitig gemacht. Andernfalls würden sie ihn vielleicht noch zu Tode foltern.

In dieser Stadt gab es viele Subhumanoide, ein besonders seltener Umstand in Melromarc. Wir mussten sie beschützen, so gut es nur ging.

Also jagten wir der Kutsche nach, die Melty fortgebracht hatte.

»Scheiße ...«

Die Subhumanoiden in der Stadt sahen so aus, als wären sie bereit, Blut zu vergießen. Anscheinend ... war der Sanftmütige ziemlich beliebt.

Wenn ich angeboten hätte, sie anzuführen, hätte sich das wohl durchaus vorteilhaft entwickeln können, aber ich hatte Sorge, dass wir in irgendetwas hineingerieten. Außerdem konnte das unvorhergesehene Nebenwirkungen nach sich ziehen: Es könnte herauskommen, dass der Lehnsherr uns Unterschlupf gewährt hatte.

Es war wohl effektiver, wenn Raphtalia, Filo und ich Melty im Alleingang befreiten.

Und so sprang Filo schließlich mit uns auf dem Rücken über die Mauer zur Nachbarstadt.

Hatten wir etwa Glück und waren mithilfe von Raphtalias Verschleierungsmagie und im Schutz der Nacht eingedrungen, ohne dass man uns entdeckt hatte?

»Ist es das Anwesen auf der Anhöhe da?«

Über der Stadt ragte ein großes Herrenhaus auf. Das war bestimmt ein schöner Platz für einen Fürsten, um von dort aus zu regieren.

»Ja ... Das ist es«, wisperte Raphtalia.

»Was hast du?«

»Nichts.«

Irgendwie verhielt sie sich eigenartig.

»Als ich das letzte Mal hier war … ist es mir nicht aufgefallen. Aber jetzt bin ich sicher.«

»Was ist mit dir, große Schwester?«

Raphtalia starrte von der Stadtmauer aus das Herrenhaus an. Sie war eigenartig angespannt.

»Nutzen wir die Dunkelheit und schleichen uns hin. Wir sollten uns lieber beeilen, sonst passiert noch etwas Schlimmes, fürchte ich.«

Raphtalias Zauber verfehlte seine Wirkung nicht. Auf Filos Rücken näherten wir uns über die Dächer hinweg der Residenz des Lehnsherrn. Es wäre durchaus möglich gewesen, entdeckt zu werden, doch blickte in dieser Nacht kein Bürger zu den Dächern auf.

»Selbst die Stadtpatrouillen scheinen uns noch nicht bemerkt zu haben. Dabei sind die doch dafür da, um die Prinzessin vor dem bösen Schildhelden zu beschützen.«

»Wahrscheinlich stellt dieser Adlige in der Nacht unaussprechliche Dinge an. Selbst wenn er erfährt, dass du auf dem Weg bist, Herr Naofumi, reagiert er vielleicht verspätet.«

»Du weißt doch was?!«

»Gut, also … Diese Stadt ist nicht wie die andere. Der ansässige Adlige hätte es schwer, seine Gräueltaten zu begehen, wenn die Wächter allzu aufmerksam wären.«

»Sprichst du von deiner Zeit als Sklavin?«

»Ja.«

Sie nickte langsam.

War der Adlige etwa jener Dreckskerl, der Raphtalia gefoltert und ihr tiefe seelische Wunden zugefügt hatte?

In dem Fall konnte man nicht wissen, was er mit Melty anstellen würde.

»Hörst du, Filo? Wir müssen schnell sein, sonst passiert Mel etwas Schreckliches!«

»Ich werde sie retten, das schwöre ich!«

Filo sprang über den hohen Zaun, der das Anwesen des Fürsten umgab.

»Wuh! Wuh!«

Es waren Monster, die zur Bewachung des Hauses abgestellt waren: Sie hatten sofort etwas gewittert und kamen angerannt. Im Prinzip waren das Wachhunde. Sie hießen Guardia, hatten langes schwarzes Fell und sahen aus wie Wölfe.

Auf dem Rücken hatten sie ein eigenartiges Organ, mit dem sie einen Ton erzeugen konnten. Es waren im Prinzip Monster mit Pfeifen dran. Mit ihrem Gebell und den Pfeifen konnten sie ungewöhnliche Vorfälle melden.

»Halt die Klappe!«

»Wahuuu...«

Filo versetzte einem heranstürmenden Guardia einen Tritt und brachte ihn so zum Schweigen.

Sie hatte ihn erledigt, ehe er hatte pfeifen können. Filo war schon erschreckend, wenn sie Ernst machte.

»Was ist los?«

Ein Wächter kam angerannt, der wohl doch etwas gehört hatte.

»W... Was ist ... Uff!«

»Entschuldige, aber du musst still sein.«

Raphtalia hatte ihm ihren Schwertknauf in den Bauch gerammt. Er verlor das Bewusstsein, ehe er Alarm schlagen konnte.

Mittlerweile war sie gut in Übung. Wir waren geradezu Phantome!

»Meister? Schnell weiter!«

»Ich hab hier diese provisorische Karte ... Aber vielleicht fällt dir noch was anderes ein, Raphtalia?«

»Ich kenne nur ... den Keller.«

»Glaubst du, er hält Melty da unten gefangen?«

Raphtalia schüttelte wortlos den Kopf.

Dieser Adlige fand Gefallen daran, Subhumanoide zu quälen. Es war wohl kaum möglich, dass er Melromarcs zweite Prinzessin in seinen Keller steckte und dort folterte, oder etwa doch?

Erst einmal mussten wir in das Gebäude eindringen, sonst würden wir es nie herausfinden.

Eigentlich war unser einziges Ziel, Melty zurückzuerobern.

Außerdem waren keine Helden hier. Mit den Soldaten des Reichs würden wir schon fertig ... glaubte ich zumindest.

In dem Moment sah ich, wie massenhaft Wächter aus dem Tor liefen.

»Was wird das denn?«

»Filo, erkennst du was?«

Filo stellte sich auf die Zehenspitzen und blickte den Soldaten nach.

Vom Schutzwall der Stadt her war Fackelschein zu sehen und am Tor stieg Qualm auf.

»Hm? Ähm ... Ich glaub, die kämpfen da irgendwie.«

»Wer gegen wen?«

»Ähm ... Subhumanoide gegen Soldaten?«

Also hatte die Verhaftung des Sanftmütigen tatsächlich zu einem Aufruhr geführt, und jetzt drängte wohl eine Gruppe subhumanoider Abenteurer heran, die ihn verehrten. Und die Soldaten gingen sicher davon aus, dass ich ihr Anführer war. Das war unsere Chance.

»Die Soldaten machen uns freiwillig den Weg frei ... Perfekt!

Solang die beschäftigt sind, stürmen wir zur Vordertür rein und holen uns Melty zurück!«

»Dann los!«

»Was? Herr Naofumi, sollten wir nicht lieber vorsichtig sein?«

»Wenns nur solche Soldaten sind, schaffen wir die schon. Und bisher haben die eh nur gepatzt. Die können nichts.«

Raphtalia und Filo waren beide Level 40 und würden erst weiter aufsteigen können, wenn sie das Ritual des Klassenaufstiegs vollzogen hatten. Bei der Welle war aber zu erkennen gewesen, dass alle Soldaten den beiden in Kampfkraft unterlegen waren.

Wie du mir, so ich dir. Er hatte die Residenz des Sanftmütigen ohne Vorwarnung überfallen, und jetzt würden wir es ihm mit gleicher Münze heimzahlen.

»Wer den ersten Zug macht, gewinnt. Wir wollen sowieso aus diesem Reich verschwinden und müssen vor den anderen Helden fliehen. Sie sind nicht hier. Was schadet's also, wenn wir ein bisschen Krach machen?«

»Verstehe ... Na gut.«

»Auf los geht's los!«

Auf meinen Befehl hin stürmte Filo vor und trat ein Fenster ein. Dann drangen wir in das Gebäude ein.

»Halt dich nicht zurück, Filo! Marschier nur weiter so vorwärts, als wolltest du durch die Wand!«

Nun mussten wir nur noch herausbekommen, in welchem Zimmer Melty gefangen gehalten wurde.

Der Skizze, beziehungsweise dem Bericht zufolge war sie wahrscheinlich im ersten Stock, aber das musste nicht stimmen.

»Wüte du hier weiter rum, Filo! Raphtalia und ich gehen solang Melty befreien.«

»Alles klar! Hiah!«

Während Filo nach links den Korridor entlangwetzte, durchquerten wir auf der Suche nach einer Treppe den Innenhof.

Dort entdeckten wir einen seltsamen Felsen.

Was mochte das sein? Ein Gedenkstein?

Einen komischen Geschmack hatte dieser Adlige, so etwas im Innenhof aufzustellen.

Andererseits zeugte ja bereits seine Quälerei von Subhumanoidensklaven im Keller von widerwärtigem Geschmack. Das konnte man nicht verstehen.

Wo Filo tobte, hörten wir es rumpeln.

So ... Wie würde dieser Adlige nun wohl reagieren?

Vielleicht würde er bei dem Lärm als Erstes an mich denken, der Melty zurückerobern will. Dann war zu erwarten, dass er Melty als Geisel verwenden würde.

Er konnte aber auch gut von einem Aufstand der Subhumanoiden ausgehen, schließlich hatte er den Sanftmütigen entführt. In dem Fall wäre der die passende Geisel.

Wir hatten den Aufstand der Subhumanoiden zu nutzen gewusst. Wenn er allerdings Filo herumwüten sehen würde, wüsste er sofort Bescheid.

»Herr Naofumi! Hier!«

Raphtalia hatten den Hof durchquert und deutete in einen Korridor, an dessen Ende eine Tür zu sehen war.

»Da geht's in den Keller!«

»Glaubst du, Melty ist da unten?«

»Nein ... Aber ich kann mir gut vorstellen, dass er irgendwelche Sklavenkinder dort gefangen hält.«

»Haben wir gerade die Zeit, sie zu retten? Die würden uns ziemlich behindern.«

»Schon, aber ... Ich ...«

Wenn er hier jemanden gefangen hielt, waren das zweifelsohne Subhumanoide.

Raphtalia hatte hier, ehe wir uns begegnet waren, Schlimmes durchgemacht.

Sie hatte mir von ihren grässlichen Erfahrungen erzählt. Bestimmt war es für sie, als würde sie ihrem früheren Ich zu Hilfe kommen oder ihren Gefährten.

Eigentlich hatten wir nicht die Zeit, aber wenn wir die Gefangenen befreiten, würden wir möglicherweise Leben retten.

Raphtalia war wahrscheinlich gerade hin und her gerissen.

»Na schön, wir kümmern uns darum. Aber erst müssen wir Melty retten. Unserem Feind kann nicht entgangen sein, dass wir hier sind.«

»Okay!«

Wir hörten ein Klong, und dann, wie jemand im ersten Stock herumrannte.

Filo ... Was treibst du denn?

»Meeeeel!«

Filos Stimme echote durch das Herrenhaus. Jupp – sie war einfach nicht aufzuhalten.

Da keine Helden zugegen waren, gingen wir davon aus, dass niemand hier war, der es mit Filo aufnehmen konnte.

»Eliminiert die Eindringlinge!«

Einige Wachleute kamen angerannt und waren sofort in Alarmbereitschaft, als sie uns sahen.

»D... Der Schildteufel! Das müssen wir sofort dem Lehnsherrn berichten!«

»Raphtalia!«

»Alles klar!«

Sie hatte bereits ihr Schwert gezogen und stürmte auf die Soldaten zu.

Ich setzte ihr nach. Einer der Männer war töricht genug, mit seinem Schwert nach mir zu schlagen. Ich verwendete gerade den Chimera Viper Shield.

Als Schildheld konnte ich zwar nicht angreifen, hatte dafür aber die Fähigkeit zur Konterattacke.

Der Chimera Viper Shield verfügte über die Konterfunktion Schlangengiftzahn (mittel).

Wenn ich dem Angriff meines Gegners standhielt, regte sich die Schlange, mit der mein Schild geschmückt war, und schnappte zu. Ihre Zähne verströmten ein Gift.

»D… Der ist zu stabil! W… Was ist das, hat sich die Verzierung gerade bewegt?! Uah!«

Wie geplant wurde mein Angreifer von der Schlange gebissen und litt Schmerzen.

Schlangengiftzahn (mittel) konnte mit ein wenig Pech durchaus tödlich enden.

»Ich würde dir empfehlen, schnell abzuhauen und im nächsten Krankenhaus ein Gegengift aufzutreiben. Nicht, dass du noch draufgehst.«

Das kam davon, wenn sie mich unterschätzten, weil ich nur abwehren konnte.

»Ächz …«

»Verfluchter Schildteufel!«

Ein Wächter warf sich seinen vom Gift gefällten Kameraden über die Schulter, und dann traten sie den Rückzug an.

Es wäre ein Leichtes gewesen, ihnen nachzusetzen, aber es war nicht unser Ziel, jemanden umzubringen. Wir wollten nur Melty hier herausholen.

Der Sanftmütige hatte lediglich ihr Unterschlupf gewährt, zum Helden des Schildes bestand keinerlei Verbindung ... Diese Geschichte wurde immer schwieriger zu verkaufen.

Just in diesem Augenblick rebellierten da unten die Subhumanoiden, die ihn verehrten.

War es dennoch erforderlich, dass ich etwas sagte?

Ich stürmte auf die Wächter zu und spielte den Schurken.

»Also, wo ist Prinzessin Melty? Und erzählt mir bloß nichts von dem Adligen aus der Nachbarstadt, das ist uns egal – wir wollen nur die Prinzessin zurück!«

Die bedrohten Wächter führten uns zu ihr.

Als wir ankamen, sah ich, wie Filo und der untersetzte Adlige sich Auge in Auge gegenüberstanden. Der dicke Mann hielt Melty ein Messer ans Genick, daher näherte sich Filo ihm nicht. Am Boden lag reglos der Sanftmütige.

Es hatte den Anschein ... als wäre er gefoltert worden. Meltys Augen waren feucht, vielleicht hatte sie geweint.

Dieser Perversling.

»Fürst!«

»Was macht ihr denn? Bringt doch nicht den Schildteufel hierher! Verräterische Bande!«

»Du musst gerade reden.«

Filo hatte es allein hergeschafft, daher mussten wir wohl nicht mit dem Erscheinen weiterer Wachen rechnen.

»Mel!«

»Filo! Bleib, wo du bist! Ich ... hab beschlossen, mich von diesem Herrn zu meinem Vater bringen zu lassen.«

»Glaubst du denn, das macht der?«

»...«

Offensichtlich wusste Melty keine Antwort auf meine Frage.

Nun, wenn er das ernsthaft vorgehabt hätte, dann wäre er wohl sofort mit ihr aufgebrochen. Stattdessen hatte er, als er sie mitgenommen hatte, etwas von seinem Gott gefaselt. Höchstwahrscheinlich war er ein glühender Anhänger der Drei-Helden-Kirche, der Staatskirche Melromarcs. Ihr hatte ich in erster Linie die falschen Anschuldigungen zu verdanken.

Einmal angenommen, der König wusste wirklich nichts von alledem, wie Melty behauptet hatte: Wie würde er sich verhalten, wenn er die Wahrheit erführe?

Wenn jene Kirche ihre Finger im Spiel hatte, dann war ohnehin kaum damit zu rechnen, dass sie Melty einfach bei ihrem Vater abliefern würden.

»Ha ha ha! Na los, wagt ihr auch nur einen Schritt – dann stoße ich Prinzessin Melty diesen Dolch ins Genick.«

»Und wenn wir gar keinen Schritt machen?«

»Was?«

»Air Strike Shield.«

Ich löste meinen Skill aus und ließ einen Schild als Wand zwischen Melty und dem Adligen erscheinen.

»Wa...«

»Jetzt!«

»Mhm!«

Nun, da Melty durch meinen Schild geschützt war, stand der Adlige frei. Filo rannte mit Höchstgeschwindigkeit auf ihn zu und verpasste ihm einen Sprungtritt.

Der Adlige keuchte.

Filo hatte ihn voll erwischt, und er krachte gegen die Wand.

»Raphtalia!«

»Ja!«

Raphtalia lief zu Melty und suchte sie nach Verletzungen ab.

»Tritt gleich noch mal nach.«

»Herr Naofumi ... Ich versteh dich, aber ... Ich finde, Melty und der Herr dort gehen vor. Filo macht das schon.«

»Hmmm ...«

»Ja ... Ich konnte nur nicht so hart zutreten, weil Mel danebenstand. Aber der Dicke hält schon ganz schön was aus!«

Er gehörte zum Adel dieses Reichs. Daher hatte er sicher einen Klassenaufstieg hinter sich.

Ich lief zu dem Sanftmütigen und sprach Heilmagie auf seine Wunden.

Dann half ich ihm auf und flüsterte ihm ins Ohr: »Ich hab dir nur Ärger gemacht. Du hast absolut nichts mit uns zu schaffen. Wenn hier rauskommt, dass du doch mit uns in Verbindung stehst, foltern sie dich das nächste Mal erst so richtig.«

»Das alles ... tut mir furchtbar leid. Sorgt Euch nicht ... Dieser Mann hatte gewiss nicht die Absicht, mich am Leben zu lassen und zurückzuschicken. Ich bin nur froh, dass ich nun endlich die Gelegenheit bekomme, mich formell der Subhumanoiden anzunehmen.«

»Okay ...«

»Wir haben so lange vergeblich verhandelt ... Bitte gebietet ihm Einhalt!«

Nun, ich hatte ganz sicher nicht vor, den Mistkerl so einfach vom Haken zu lassen.

Allerdings kamen nun nach und nach die Wachen angerannt.

Indem ich die Hand gegen den Adel Melromarcs erhoben hatte, hatte ich weitere Schuld auf mich geladen. Ich konnte nur darauf hoffen, dass Ren und Itsuki bis zur Wahrheit vordringen würden.

Es wäre zu ärgerlich, wenn ich sie mit dieser Sache nun endgültig gegen mich aufgebracht hätte.

Als die Wachen den Adligen erblickten, von Filo in den Staub getreten, schrien sie entsetzt auf.

Ich beendete meine Erste-Hilfe-Behandlung und half dem Sanftmütigen auf. Er lächelte Melty freundlich an.

»Prinzessin Melty, Held des Schildes, ich weiß Eure Güte zu schätzen. Es waren eben doch alles nur Gerüchte …«

»Wenn du bei uns bleibst, wirst du nur weiter in Kämpfe verwickelt.«

Ich konnte nicht noch mehr Begleiter gebrauchen. Er war nun einmal ein Zivilist, und ich konnte auch nicht alles regeln.

»Das ist mir klar. Ich werde meinen Einfluss geltend machen und untertauchen, bis die Lage bereinigt ist.«

»Ach so?«

»Da sind wir froh.«

Wir hatten ihm Schwierigkeiten bereitet, aber wenn es sich auf diese Weise zum Guten wenden ließ, konnte ich innerlich ein wenig aufatmen.

Nachdem Raphtalia sich versichert hatte, dass es Melty und unserem Gastgeber gut ging, starrte sie schließlich auf den am Boden liegenden Adligen hinunter. Ihr Schwanz bauschte sich und Filo, Melty und ich konnten ihren Zorn förmlich spüren.

»Was ihr getan habt«, regte sich der Dicke, »ist mit Folter nicht zu bereinigen. Das sollt ihr mit dem Leben bezahlen!«

»Das Gleiche könnten all die Subhumanoiden sagen, die du auf dem Gewissen hast.«

Mit einer gleitenden Bewegung zog Raphtalia ihr Schwert.

»Unfug! Das sind schließlich keine Menschen! Die müssen ja einen regelrechten Todeswunsch verspüren, wenn sie nun sogar in meine Stadt eindringen!«

»Nun ... Ich wusste ja, was für ein Mensch du bist.«

»Hm? Du scheinst mich zu kennen ... Ach, jetzt weiß ich's wieder! Du bist doch die Sklavin, die ich vor einer Weile verkauft hab!«

»Ja ... Zumindest dafür hab ich dir zu danken.«

»Hi hi hi ... Du bist doch wohl nicht dem Gefolge des Schildteufels beigetreten? Ich erinnere mich an alles: dein verheultes Gesicht, die Schreie ... Lange hat mich nichts derart befriedigt. Und nun willst du wohl abermals Verzweiflung durch meine Hand erfahren?«

»Nein.«

Raphtalia wandte sich kurz zu mir um, dann blickte sie erneut den Adligen an.

Ich sah, dass das Schwert in ihrer Hand nun schwach leuchtete.

Raphtalia besaß die Fähigkeit, sich unsichtbar zu machen und einen Gegner von hinten zu erstechen, als käme das Schwert aus dem Nichts. Doch in diesem Moment strömte eine gänzlich andere Macht durch ihre Klinge.

»Ich war nie die Richtige, um Naofumi Ratschläge zu geben. Darum ... habe ich auch nie allzu nachdrücklich Einspruch erhoben, wenn es um Rache ging.«

Das stimmte: Sie hatte mich zwar gewarnt, aber niemals davon abgehalten.

Eigentlich war sie ein herzensgutes Mädchen. Insofern war dieses Verhalten schon ungewöhnlich gewesen.

Aber ich hatte völlig außer Acht gelassen, dass es auch in ihrem Leben jemanden gab, an dem sie sich rächen wollte.

Nun, dann würde ich ihr dabei helfen. Ich wollte ihr beistehen.

Auch wenn es ethisch fragwürdig war: Mich hatte sie auf ihrer Seite.

Damals, als die Bitch, Motoyasu, derReckskönig und überhaupt alle mich drangsaliert hatten, hatte Raphtalia sich in die Schusslinie gestellt und mich beschützt. Sie hatte mich gerettet.

Und dieser Adlige hatte ihr Leid zugefügt. Das war unverzeihlich.

»Vielleicht kann ich niemanden beschützen, so wie Herr Naofumi mich beschützt hat. Damals wusste ich, dass mein Wunsch, mein Heimatdorf zurückzubekommen, sich nicht erfüllen würde. Aber ...« Sie richtete ihr Schwert auf ihren Feind. »Wenn ich dich jetzt nicht aufhalte, werden noch viele weitere so leiden wie Riphana und ich. Das kann ich nicht zulassen!«

»Pah ... Die kleine Subhumanoide will mir ihre Zähne zeigen?! Soll sie nur! Ich werde dir deine Torheit schon vor Augen führen!«

Ein Wachmann reichte ihm eine Peitsche, und er machte sich bereit.

Soso ... Ein Peitschenschwinger bist du also.

Diese Waffe verursachte mir ein ziemlich ungutes Gefühl. Was hatte das wohl zu bedeuten?

»Meister ... Ich mag die Peitsche irgendwie nicht ...«

Filo rückte mit Melty ganz eng an meine Seite.

»Hi hi hi ... Dieses Schätzchen hat über etliche Jahre das Blut von Subhumanoiden aufgesogen. Womöglich wäre selbst der Schildteufel diesem einzigartigen Stück nicht gewachsen.«

Oha, lag etwa so etwas wie ein Fluch auf dem Ding?

Vielleicht verursachte sie zusätzlichen Schaden, über einen Fluch oder so etwas.

Widerlich. Mit so etwas verwünschte man nicht nur seinen Gegner, sondern auch sich selbst.

»Friss das!«

Der Adlige schwang in weitem Bogen seine Peitsche.

Raphtalia und ich duckten uns und entgingen dem Hieb.

Um in der Enge des Zimmers ausweichen zu können, war Filo gezwungen, ihre Menschengestalt anzunehmen. Schützend stellte sie sich vor Melty.

Auch der Sanftmütige hatte geschaltet und sich zusammengekauert.

Scheiße, in so einem engen Zimmer kann man sich doch nicht kloppen!

Einer der Wachsoldaten wurde von der Peitsche erwischt.

Seine Rüstung verformte sich. Er spuckte Blut und brach zusammen.

Die Peitsche war viel zu mächtig. Wir mussten uns schwer in Acht nehmen, sonst wurde es gefährlich.

»A... Aber Herr!«

»Worauf wartet ihr? Bringt den Schildteufel und seine Bande um!«

»J... Jawohl!«

Die Wächter kamen auf uns zugestürmt.

Einer schwang sein Schwert in weitem Bogen nach Raphtalia.

»Du störst!«

Sie beugte sich zurück und entging dem Hieb um Haaresbreite. Dann verkeilte sie ihr eigenes Schwert mit der Waffe des Gegners und wuchtete es schwungvoll nach oben.

Das Schwert des Wächters blieb in der Decke stecken.

»Ah ...«

Sie nutzte das Überraschungsmoment, um ihm einen Tritt in den Bauch zu verpassen, der ihn fortschleuderte, dann rannte sie zu dem Adligen.

»Saubande! Nutzloses Pack! In einem Krieg wärt ihr schon tot!«

Ärgerlich schwang er seine Peitsche nach Raphtalia.

Sie wich aus und richtete ihr Schwert auf ihn.

»Verd...«

Die Peitschenschnur wickelte sich um das Bein eines Tisches, und ihr Ende sauste nun von hinten auf Raphtalia zu.

Geschickter Kerl!

Es zeugte schon von großem Können, in einem so engen Zimmer mit der Peitsche zu kämpfen.

»Kannst du knicken! Air Strike Shield!«

Ich hatte den Kurs des Riemens vorausberechnet und den Weg mit meinem Schild blockiert.

»Scheiße ... Weich aus!«

Wo mein Schild erschienen war, knickte die Schnur ein weiteres Mal um, fast wie eine lebendige Schlange.

Sie wickelte sich um Raphtalias Schwert, wollte ihre Hände fesseln.

Augenblicklich ließ sie ihre Waffe los und ging auf Distanz.

»Oho ... Entschlusskräftig bist du ja. Aber wie willst du mit bloßen Händen gegen mich gewinnen?«

Mit bloßen Händen ... Raphtalia war sicherlich kräftig, aber es war doch eher fraglich, ob es für diesen Gegner reichen würde. Die Lage war brenzlig.

Mit seiner Peitsche angelte der Adlige Raphtalias Schwert vom Boden, dann schwang er es nach ihr.

Sie wich jedoch aus ... und zog dabei ihr anderes, magisches Schwert, die Klinge vorerst verborgen.

Dieses Zauberschwert, ein Prototyp, hatte sie vom Waffenhändler bekommen. Die Klinge wurde aus Magie geformt.

»Ich hab ja noch das hier.«

Der Adlige fing an, hämisch zu lachen.

»Was willst du denn mit dem Spielzeugschwert ausrichten?«

Eins hatte er jedoch nicht bedacht. Erwartete er etwa, dass ich nur Däumchen drehen würde?

»Daraus wird nichts!«

Als er wieder zuschlagen wollte, packte ich den Peitschenriemen.

Es fühlte sich unangenehm an. Ein Verbrennungsschmerz lief durch meine Hand.

Das musste der Fluch sein.

»Wie töricht vom Schildhelden, meine Peitsche zu berühren!«

»Hm. So schlimm ist es auch wieder nicht.«

Es brannte zwar, aber nicht so, dass ich es nicht aushalten konnte.

»Dafür habe ich dich jetzt im Griff, und …«

»Ich kann angreifen!«

Raphtalia ließ ihre Klinge erscheinen und holte aus, um dem Adligen einen Schwertstreich schräg über die Brust zu verpassen.

»Hoppla!«

Trotz der gespannten Peitsche sprang er zurück und wich dem magischen Schwert aus.

»Du bist ja recht flink! Aber wohl nicht wie ich.«

Dieser Adlige war trotz seiner pummeligen Statur erstaunlich mächtig.

Wie er seinen Wachmann gefällt hatte … Er würde wohl selbst bei den Wellen eine gute Figur abgeben.

Ich blickte zu Melty und dem Sanftmütigen hin.

»Dieser Mann … soll früher zusammen mit meinem Vater im Krieg gegen die Subhumanoiden gekämpft haben.«

So war das also: Er war ein Veteran. Das erklärte natürlich sein kämpferisches Geschick.

Hatte er nicht gerade schon von jenem Krieg gesprochen? Uns fehlte die nötige Erfahrung, wir hatten bisher ja nur ernsthaft gegen Monster gekämpft.

»Glaubt bloß nicht, dass es zum Sieg reicht, wenn ihr nur meine Peitsche ausschaltet!«

»Dito. Ich kann zwar nur abwehren, aber Raphtalia wird sich schon um dich kümmern!«

»Pah! Prahlst hier mit deiner Untergebenen, einer wertlosen Subhumanoiden! Vor der muss ich mich gewiss nicht fürchten.«

»Raphtalia.«

»Ja!«

Sie nickte entschieden und hielt die Hand über die Spitze ihres Schwertes. Nun leuchtete es noch heller als zuvor.

»Filo!«, rief sie.

»Waaas?«

»Wenn wir den erledigen wollen, musst du mit Melty zusammen zaubern.«

»Verstanden. Komm, Mel!«

»Äh, aber ... Meinst du?«

Verwirrt blickte sie zwischen dem Adligen und uns hin und her.

Dann nickte sie einmal nachdrücklich, als hätte sie einen Entschluss gefasst, und fing an, sich zu konzentrieren.

»Oha, die Gehirnwäsche des Schildteufels? Du wagst es, die zweite Prinzessin wie eine Schachfigur ...«

»Mit meinem Gehirn ist alles in bester Ordnung. Ich ... halte nur Euer Verhalten für fehlgeleitet und werde Euch daher nun, als Prinzessin, zur Rechenschaft ziehen.«

»Wie töricht ...«

»Dann geb ich mein Bestes!«

»Filo, pass auf! In einem so engen Zimmer darfst du nicht zu starke Magie anwenden, sonst werden alle Anwesenden getroffen.«

»Mhm. Verstanden!«

»Ich, als Quelle deiner Macht, befehle dir: Ergründe das Wesen der Dinge und schieße Wasser auf ihn! – Aqua Shot, Stufe zwei!«

»Ich, als Quelle deiner Macht, befehle dir: Ergründe das Wesen der Dinge und schlitze ihn mit einer Klinge aus Luft auf! – Wind Cutter, Stufe zwei!«

Fast zeitgleich feuerten Melty und Filo ihre Zauber ab.

Eine Wasserkugel schoss aus Meltys Händen, und Filo schleuderte eine Klinge aus Wind auf den Adligen.

»Hmpf!«

Oje. Plötzlich hatte der Dicke eine weitere Peitsche in der Hand und schlug damit das Wasser weg. Filos Klinge wich er aus.

»Jetzt!«

Raphtalia nutzte seine kurze Blöße und rannte mit erhobenem Schwert auf ihn zu.

»So wollt ihr mich besiegen? Ha!«

Er schwang seine Peitsche.

Das würde ihm so passen.

Seine eine Peitsche hielt ich immer noch mit einer Hand fest, mit der anderen packte ich nun auch die zweite.

»Was?!«

»Hiaaaaah!«

Auf mich abgestimmt schleuderte Raphtalia ihr magisches Schwert, und es fuhr ihm durch die Brust. Mit dem Fuß angelte sie das Schwert des am Boden liegenden Wachmanns.

Das magische Schwert hatte den Effekt, dem Gegner Magie abzuziehen. Damit hatte sie schon einmal die Bitch ausgeschaltet. Es musste also eine Wirkung zeigen.

»Uff … Noch nicht!«

»Doch! Haaaaaaaaaaaaaargh!«

Und damit stieß sie dem Adligen ihr Schwert tief in die Schulter.

»Uaaaaaaaaaaaaaaaaaaaargh! Niedere Subhumanoide, du wagst es, mich zu verletzen? Mich, der ich den Krieg gegen die Subhumanoiden überlebt habe?«

»Du willst gegen Subhumanoide gekämpft haben? Spar dir solches Gerede fürs Schlachtfeld. Dies hier ist keins.«

»Unverzeihlich! Hierfür bist du nun auf jeden Fall des Todes!«

»Du bist lediglich ein Feigling, der sich an Schwächeren vergeht! Gegen welche Subhumanoiden willst du gekämpft haben? Nach allem, was ich über dich weiß, waren das sicher Frauen und Kinder … allesamt wehrlos! Du hast kein Recht, so etwas Kampf zu nennen!«

Und dann, noch im Schwung, presste sie ihn gegen die splitternde Fensterscheibe des Zimmers. Es gelang ihr, das magische Schwert herauszuziehen, das andere blieb in seiner Schulter stecken.

»Haaaaaaaaaaaah!«

»Du … Aaaaaaaaaaaaaah!«

In dem Augenblick ließ ich die beiden Peitschen los und sah nur noch, wie der Adlige in die Tiefe stürzte.

Das war knapp gewesen. Beinahe hätte er mich mitgerissen.

»D… Der Schildteufel hat den Lehnsherrn besiegt!«

Die Wachleute begannen zu zittern, dann flohen sie aus dem Zimmer.

»Jene Flagge, an jenem Tag«, murmelte Raphtalia. »Ich werde sie mir zurückholen, du wirst schon sehen!«

Am Fenster stehend blickte sie zum Himmel auf, dann wirbelte sie herum und kam zu mir gelaufen.

»Ist dir auch nichts passiert?«

»Hm? Nö, alles klar.«

Ich hatte noch einen winzigen Rest von jenem Weihwasser übrig, mit dem ich Raphtalias Wunden behandelt hatte. So ein leichter Fluch würde sich damit bestimmt im Handumdrehen aufheben lassen.

Durch das zerbrochene Fenster blickte ich in den Hof hinab. Dort lag er, auf dem Rücken.

War er … tot?

Raphtalia zufolge hatte dieses Scheusal Subhumanoidensklaven auf dem Gewissen, insofern geschah es ihm wohl recht.

»So, wollen wir das Durcheinander nutzen und abhauen?«

»Aber erst …«

»Ja, schon klar.«

Erst wollte sie die Gefangenen befreien, die vielleicht Subhumanoide waren.

Diesen Wunsch würde ich ihr natürlich erfüllen.

Ich wandte mich dem Sanftmütigen zu.

»Der Stinker hatte offenbar Spaß daran, in seinem Keller Subhumanoide einzusperren und zu quälen.«

»Da ist er in diesem Reich wahrscheinlich nicht der Einzige …«

»Wir wollen die Sklaven zwar befreien, aber wir werden gerade gejagt. Wenn wir die geschwächten Subhumanoiden mitnehmen, helfen wir am Ende weder denen noch uns selbst. Ich weiß, ich verlange viel, aber …«

Mir war selbst bewusst, was für eine anmaßende Bitte das war. Aber es war Raphtalias Wunsch, was hätte ich also anderes tun sollen?

»Hm … Jetzt, da ich von allem weiß, werdet Ihr meine Hilfe wohl annehmen müssen, ob Ihr nun wollt oder nicht.«

Der Sanftmütige lächelte mich freundlich an.

Bisher hatte er uns nicht belogen. Wir mussten uns wohl auf ihn verlassen.

»Sorgt Euch nicht. Die meisten meiner Verbündeten sind Subhumanoide, die werden mir sicher gern helfen.«

»Schön wär's ja …«

Ohne weitere Umschweife ließen wir uns von Raphtalia in den Keller führen. Die Tür war abgeschlossen, doch ein kurzer, kräftiger Tritt von Filo löste das Problem.

Sobald wir eintraten, stieg mir ein widerlicher Gestank in die Nase.

Wie im Sklavenzelt hing Verwesungsgeruch in der Luft. Man nahm ihn unwillkürlich wahr und wollte gar nicht näher hinsehen.

Das hier war … schlimm.

»Mir gefällt's hier gar nicht …«

Filo hielt sich dicht bei mir.

Melty schien sich ebenfalls zu fürchten, aber sie wirkte entschlossen, sich allem zu stellen.

»Da vorn ist es.«

Als wir in das schummrige Kellergewölbe vordrangen, lagen dort alle möglichen Folterinstrumente herum, außerdem Leichen, bereits skelettiert.

Wie viele waren diesem Adligen zum Opfer gefallen?

In dem Moment sah ich, dass Raphtalia in einer Ecke reglos vor einem Skelett stand. Sie hatte die Hände zusammengefaltet, als würde sie beten.

»Raphtalia?«

»Das da … ist ein Mädchen, mit dem ich im Dorf immer gespielt habe. Sie hieß Riphana und …«

Untröstlich blickte sie auf das Kinderskelett hinunter, den Kopf gesenkt.

Das war sicher ... eine Freundin von ihr gewesen.

»Riphana war immer fröhlich und lebhaft ... Sie mochte alte Sagen.«

Melty hörte sich alles an, und ihr Gesicht verfinsterte sich immer mehr.

Immerhin war sie eine Prinzessin dieses Königreichs. Solches Elend mit eigenen Augen zu sehen, gab ihr sicher zu denken.

Vieles ließ sich mit den Wellen entschuldigen – das hier nicht.

Dieses Scheusal hatte sich das Chaos zunutze gemacht, um seine kranke Neigung ungehemmt auszuleben. Ach, gab es in diesem Reich denn keine anständigen Leute?

»Sie war mädchenhafter als ich, ein liebes Kind ...«

»Hm ...«

Und dieses Häuflein Knochen war nun alles, was von Raphtalias Freundin übrig geblieben war ... Ich spürte, wie auch mich ein tiefer Kummer überkam.

Hätte sie nur etwas mehr Glück gehabt, dann hätte ich sie vielleicht noch kennengelernt ...

»Sie hat davon geträumt, irgendwann einmal jemanden wie den Helden des Schildes zu heiraten.«

»...«

Dieser Traum hatte sich jedoch nicht erfüllt. Stattdessen hatte sie in diesem modrigen Gelass ihr Leben ausgehaucht... Dieser Gedanke ließ unmittelbar Hass jenem Regenten gegenüber in mir aufwallen.

Bestimmt hatte sie wieder und wieder um ihr Leben gebettelt.

Nur weil sie eine Subhumanoide gewesen war, hatte sie Höllenqualen leiden und sterben müssen. Ich konnte mir nicht einmal ausmalen, wie es ihr dabei ergangen sein musste.

Verglichen mit diesem Kind hatte ich noch Glück gehabt. Eins konnte ich aber immerhin sagen. *Dein Peiniger ist tot.*

»Was sagst du? Wollen wir sie mitnehmen?«

Wenigstens ihre Gebeine konnten wir retten und ihr irgendwo ein Begräbnis gewähren.

»Ja ... Es täte mir leid, sie an so einem Ort zu lassen.«

»Kann ich gut verstehen.«

Schweigend sammelten wir die Knochen auf und steckten sie in einen Sack.

»Und sind hier noch andere Sklaven?«

»Einen habe ich gefunden«, antwortete der Sanftmütige, der schon weiter vorgedrungen war.

Wir verstauten die letzten Knochen, dann gingen wir zu ihm und dem Gefangenen hinüber.

Der Junge hatte Narben am ganzen Körper. Er musste ziemlich schlimm gequält worden sein.

Seine Augen blickten leblos ins Leere.

Er hatte die Ohren eines Hundes und mochte wohl etwa zehn Jahre alt sein.

Obgleich männlich, konnte man ihn vom Äußeren her durchaus als niedlich bezeichnen. Ja, solche Jungen gab es, die mit zehn Jahren noch wie Mädchen aussahen.

»Wer ... seid ihr?«

»Diese Stimme ...«

»Und wer bist du?«, fragte er Raphtalia.

»Kennst du diesen Jungen etwa?«

»Ja ... Das ist Kiru. Stimmt's?«

»Woher weißt du, wie ich heiße?«

»Hast du mich vergessen? Ich bin groß geworden, aber ... Ich bin's doch, Raphtalia!«

»Hä?!«

Der Junge namens Kiru blickte erschrocken auf.

»Du lügst doch! Raphtalia war kleiner als ich und nicht so schön wie du. Obwohl ich sie schon niedlich fand ...«

Kirus Stimme klang, als hätte er schon mit dem Leben abgeschlossen. Er ließ den Kopf hängen.

»Er hat dir sowieso nur gesagt, dass ... du so tun sollst, als würdest du mich kennen ... Du willst mich reinlegen.«

Sein Blick war getrübt, das Gesicht von Verzweiflung gezeichnet. Es fiel mir wieder ein: So hatte Raphtalia damals auch ausgesehen.

»Dann werde ich dir eben beweisen, dass ich es wirklich bin. Zwei Monate, bevor alles angefangen hat, hast du eine hübsche Muschel gesucht, die du deinem Vater zum Geburtstag schenken wolltest. Du bist ins Meer gefallen und wärst fast ertrunken. Sadina musste dich retten ...«

Das musste eine Kindheitserinnerung sein. Ich musste unwillkürlich lächeln.

Von so etwas konnte Raphtalia natürlich nur berichten, wenn sie es selbst miterlebt hatte.

Nun musste der Junge – Kiru – ja einsehen, dass sie die Wahrheit sagte.

»Hä?! Du bist wirklich ... Raphtalia?«

Ungläubig musterte er sie von oben bis unten.

»Ja doch! Und einmal hast du im Umland giftige Pilze gefunden und dir damit den Magen verdorben. Du hast dich versteckt, wolltest nicht, dass man dich so sieht. Als ich dich gefunden habe, hast du gesagt, ich dürfe es niemandem verraten. Und du hattest die ganze Zeit diese Krämpfe …«

»Ich fass es nicht! Ja, ich glaub dir! Du bist wirklich Raphtalia!«

Das wurde aber auch Zeit.

»Raphtalia, wieso bist du so groß … und so schön?«

Zu wissen, dass die Subhumanoiden sich rasch entwickelten, wenn sie hochlevelten, war eine Sache. Es mit eigenen Augen zu sehen, konnte einen aber wohl dennoch in Erstaunen versetzen.

Sogar ich war ja völlig überrumpelt gewesen, als die kleine Raphtalia mit einem Mal eine junge Frau gewesen war.

Es spielte bestimmt auch eine Rolle, dass sie im selben Dorf aufgewachsen waren.

»Weißt du, ich bin jetzt Naofumis Sklavin. Er ist der Held des Schildes.«

»Hä?!«

Der Subhumanoidenjunge blickte zu mir auf.

Sein Blick war unstet, was daran liegen mochte, dass er so entkräftet war. Ob er alles nur verschwommen sah?

Ich holte Wundsalbe hervor und machte Anstalten, sie aufzutragen.

»Fass … mich nicht an!«

»Ganz ruhig. Das wird den Schmerz ein bisschen lindern.«

Als Nächstes vielleicht das Vitaminpräparat? Für so etwas war es ja eigentlich nicht gedacht, aber nun, da ich diesen Jungen in Not vor mir sah, wollte ich ihm natürlich helfen.

Ich war keinesfalls der freundliche Heilige, von dem die Leute einander erzählten, aber bei Freunden Raphtalias drückte ich schon mal ein Auge zu.

»Uh …«

Erst hatte Kiru sich gewehrt, aber nun gab er sich einen Ruck und nahm meine Medizin. Mein Schild barg alle möglichen mysteriösen Kräfte in sich. Unter anderem steigerte er die Wirkung von Medikamenten. Und diese Kraft kam auch sogleich zur Anwendung. In solchen Situationen war dieser Schild wirklich nützlich.

Es schien dem Jungen bereits etwas besser zu gehen: Eine gesündere Farbe kehrte in sein Gesicht zurück.

Meine Heilmagie wirkte leider nicht gegen alles. Die Wunden waren weitgehend verheilt. Die Körperkraft, die er eingebüßt hatte, war jedoch noch nicht völlig wiederhergestellt. Aber er hatte wohl begriffen, dass er gerettet war. Nun schlief er ein und begann, friedlich zu atmen. Er musste am Ende seiner Kräfte sein.

»So etwas hat die Krone also zugelassen …«, murmelte Melty bitter. »Meine Mutter hat mich von Anfang an auf Auslandsreisen mitgenommen. Sie wollte mir klarmachen, dass Subhumanoide auch Menschen sind. Und dennoch … Das ist unverzeihlich.«

»Geht's nicht ein bisschen hysterischer? ›Das werde ich ihnen nie im Leben verzeihen!‹ oder so? Ich erkenn dich ja gar nicht wieder!«

»So bin ich doch gar nicht, Naofumi! Für wen hältst du mich eigentlich?«

Plötzlich riss sie erschrocken die Augen auf und legte sich eine Hand vor den Mund.

»Für eine hysterische Melty, die ständig mit feuerrotem Kopf rumzetert?!«

»Wie bitte?!«

»So, wir wollen hier keine Wurzeln schlagen. Nichts wie raus hier.«

Der Sanftmütige bot an, Kiru zu tragen, also ließen wir ihn und kehrten dem Folterkeller den Rücken.

Als wir die Treppe hinaufstiegen, sagte ich: »Erste Priorität ist, aus der Stadt rauszukommen. Filo kann uns aber nicht alle tragen.«

Zu dritt war es ohnehin schon eng genug. Fünf Personen hätten niemals Platz auf ihrem Rücken.

»Wie wäre es, wenn wir erst mal den Adligen, Kiru und Melty auf Filo reiten lassen?«

»Das ginge wohl.«

Hauptsache, wir schafften es irgendwie alle aus der Stadt hinaus.

Vom Tor drang weiterhin Lärm herüber. Was dort wohl vor sich ging?

Nachdenklich blickte ich zu Boden. Da sah ich mit einem Mal Blutspuren, die sich bis in den Innenhof erstreckten … Ich folgte ihnen mit dem Blick.

»Hm?!«

»Was hast du?«

Stumm zeigte ich zum Hof. Da begriff auch Raphtalia und nickte.

»Hu … Hua ha ha ha … Nun weiß ich, wie ich euch alle umbringe!«

Da stand der Adlige, der aus dem ersten Stock gestürzt war und eigentlich hätte tot sein sollen, und lachte unheimlich.

Scheiße! So ein zäher Dreckskerl!

Mit blutender Schulter stand er zu dem Gedenkstein im Hof gewandt und murmelte gerade irgendeinen Zauberspruch.

Das war gefährlich. Kiru war immer noch sein Sklave. Mit dem Sklavensiegel konnte er ihn im Handumdrehen umbringen.

Was nun …? Wir hatten Raphtalias Kindheitsfreund gerade erst gerettet. Ihn jetzt zu verlieren, wäre an Sinnlosigkeit kaum zu übertreffen. Allerdings musste er nicht zaubern, um das Sklavensiegel zu steuern. Über die Statusmagie-Optionen konnte er Kiru auch direkt umbringen.

Aber was zauberte er denn dann?

»Wir ... müssen ihn davon abhalten!«, sagte der Sanftmütige eindringlich.

»Wovon denn überhaupt?«

»Held des Schildes, kennt Ihr denn nicht die Legende dieser Stadt?«

»Ich hab nur gehört, irgendwas wurde hier mal umgebracht oder eingesperrt oder so was?«

»Genau. Es heißt, ein Held einer vergangenen Zeit hätte hier ein Monster gebannt – mitten in dieser Stadt!«

Ich hatte eine schreckliche Vorahnung.

»Dann ist das da ...«

»Ja. Der Stein dort: Er hält das Ungeheuer in seinem Bann! Über Generationen hinweg ist dieser Ort von einem Adligen auf den nächsten übergegangen. Und nun ...«

Ich wusste, worauf er hinauswollte: Der Adlige versuchte gerade, das Siegel zu brechen.

»Rückzug, sofort!«

»Alles klar!«

Der Sanftmütige verließ mit Kiru im Arm den Garten, und wir näherten uns dem Adligen, der noch immer an jener Stelle stand und murmelte.

»Endlich bist du hier, Schildteufel!«, sagte er mit lauter Stimme und blickte mich mit irren Augen an.

»Ich weiß zwar nicht, was für ein Siegel du da brechen willst, aber du hörst sofort damit auf!«

Raphtalia und Filo gingen in Kampfstellung.

Hier war es nicht so eng wie in jenem Zimmer, hier konnten sie sich frei bewegen.

»Zu spät! Wärst du nur nicht gekommen, dann hätten wir immer noch Frieden in der Stadt!«

»Frieden, soso ... Hättest du Melty nicht verschleppt, wär's gar nicht so weit gekommen!«

»Das ist alles deine Schuld, Schildteufel!«

»Du bist nur ein Feigling, der meint, er könne Schwächere piesacken. Es hat keinen Wert, sich dein dummes Gerede anzuhören.«

Ich wusste nicht, was hinter diesem Siegel lauerte, aber ich war auch nicht scharf darauf, es herauszufinden.

Wir durften keine Zeit vergeuden und unnötig kämpfen, sonst erwartetem ums gleich Riesenprobleme.

Die anderen Helden hätten sich wahrscheinlich über die Gelegenheit gefreut, ein Monster zu besiegen und die Materialien abzugreifen. Aber schlafende Hunde sollte man nicht wecken.

»Ich bin kein Feigling! Es ist mein Recht, minderwertige Kreaturen wie Subhumanoide zu töten.«

Nein ... Es half nichts, über die Beweggründe dieses Menschen nachzudenken. Sie waren einfach unbegreiflich.

Auch ich hatte mich schon einmal gefreut, jemanden leiden zu sehen, den ich nicht ausstehen konnte. Insofern hätte ich es vielleicht verstehen müssen. Doch nicht mal im finstersten Winkel meines Herzens wünschte ich jemandem wirklich den Tod.

Wenn es um den Hass auf ein bestimmtes Individuum ging, gut, das ließ sich vielleicht noch nachvollziehen. Aber eine ganze Spezies zu diskriminieren, nur weil sie Subhumanoide waren, dafür hatte ich kein Verständnis.

Jedenfalls war mir ein Rätsel, warum der Typ sich so verhielt.

Als ich zu dem Obelisken aufblickte, ergriff mich eine innere Unruhe. Ich musste das sofort unterbinden.

Ich machte einen Schritt vorwärts, wollte gerade einen Skill einsetzen, um den Adligen festzuhalten. Doch bereits in dem Moment brach mit einem Knacken der Stein und stürzte in sich zusammen.

»Mich kümmert das alles nicht mehr. Solang ich nur den Schildteufel umbringe, ist mir Gottes Segen sicher! Ha ha ha ha ha!«

Der Adlige lachte schallend wie ein kaputtes Spielzeug. Dann rumpelte es und die Erde begann zu beben.

»Was … ist das?«

»Ja, vernichte alles! Gebanntes Ungeheuer! Merze ihn aus, den Schildteufel!«

Ein violetter Lichtschein senkte sich auf das Herrenhaus herab.

Als ich hochschaute, sah ich, ganz wie bei den Wellenrissen, wie sich allmählich etwas zeigte, was zuvor verborgen gewesen war.

»Meister!« Filos Gefieder sträubte sich am ganzen Körper, als sie hinaufstarrte.

»Scheiße, was …«

Nach und nach reckten sich die klauenbewehrten Beine eines Reptils aus dem Riss. Es folgte der Leib, von einer undurchdringbar wirkenden Haut überzogen, und zuletzt der Kopf, mit gewaltigen Glupschaugen und Kiefern, die aussahen, als könnten sie Metall zerbeißen. Schließlich stand das Ungeheuer in voller Größe vor uns.

Es war ein mehr als zwanzig Meter großer fleischfressender … Dinosaurier.

Kapitel 3: Tyrant Dragon Rex

»O… Oh nein …«

Plötzlich war aus dem Nichts ein Dinosaurier aufgetaucht.

Einen Drachen konnte man ihn nicht nennen, er wies eindeutig die Merkmale eines Dinosauriers auf.

Konkret gesagt ähnelte er einem Tyrannosaurus Rex, nur schien er … noch zerstörerischer und riesiger zu sein.

Er gehörte nicht zu den Fabelwesen, nein – das war klar erkennbar ein Dinosaurier. Und er war … einfach plötzlich aus einem Riss im Himmel über dem Anwesen gefallen.

»Ha ha ha! Ehre sei unseren Göttern!«

Unter dem Gewicht des Ungetüms brach das Gebäude in sich zusammen. Und der Adlige, der mit vor Wahnsinn funkelnden Augen mitten im Geschehen stand, wurde unter einem der enormen Füße zermalmt.

Durchgeknallt bis zum letzten Moment. Aber vor seinem Ableben hatte er uns noch das hier eingebrockt. Wie sollten wir ein solches Ungeheuer nur bezwingen?

»Wir müssen hier alle weg, sofort! Filo, hast du verstanden?«

»Mhm!«

Eilig lief sie zu der Tür des Innenhofs, wo der Sanftmütige sich mit Kiru versteckt hatte, ließ die beiden aufsteigen und kam zurückgerannt.

Und dann liefen Raphtalia, Filo und ich, so schnell wir nur konnten, auf den Ausgang des Anwesens zu.

»GROOOOOOOOOOOOOOOOOOOOOAAAAR!«

Der gewaltige Dinosaurier tobte und riss mit bemerkenswerter Leichtigkeit die verbleibenden Hausmauern ein.

»Ich fass es nicht: Jetzt gibt's hier auch noch Dinosaurier!«

Bisher hatte ich keine gesehen, daher war ich davon ausgegangen, dass es hier auch keine gab. Doch nüchtern betrachtet war es so überraschend auch wieder nicht, immerhin existierten in dieser Welt ja auch Drachen.

Und Drachen und Dinosaurier waren nun auch nicht so verschieden.

»Wieso geht er so weit, nur um dich umzubringen, Naofumi?«

»Da sagst du was. Und über die Wahl seiner Mittel hätte er ruhig noch mal nachdenken können!«

War es ihm derart zuwider gewesen, dem Helden des Schildes zu unterliegen, dass er sogar bereit gewesen war, die ganze Stadt zu opfern?

Kurz gesagt: Lieber war er gestorben, als sich mir geschlagen zu geben ... So sehr hatte er mich gehasst.

»Schnell!«, rief Raphtalia. »Sonst kriegt er uns noch!«

Da hatte sie nicht unrecht.

»Filo!«

»Jaaa?«

»Mach dich größer, sodass wir alle auf dir Platz haben.«

»Naofumi, du verlangst Unmögliches von ihr.«

»Nein, nein, ich glaube an Filo, die schafft das.«

»Was? Kannst du das etwa, Filo?«

»Bestimmt«, meinte auch Raphtalia. »Wir reden hier schließlich von Filo!«

Wir liefen neben Filo her, auf deren Rücken der Sanftmütige und Kiru saßen.

»Äh ... Das schaff ich nicht, so groß kann ich mich nicht machen.«

»Nicht?«

Na, vielleicht hatte sie recht.

»Und wenn sie noch wachsen würde?«

»Ach, meinst du?«

Ob sie immer noch im Wachstum war?

»Hey, gut möglich!«

»Wäre schon praktisch, oder?«

»GROOOOOOOOOOOOOOOOOOOOOOAR!«

Melty blickte über die Schulter, dann sah sie wieder mich an und nickte mehrmals.

Der Dinosaurier jagte uns, als hielte er uns für Beutetiere.

Wir hatten nicht die Möglichkeit, lange drüber zu reden. Wenn nichts geschah, würden wir noch als Dinosaurierfutter enden.

Wie er uns hinterherstürmte und jeder seiner Schritte die Erde erzittern ließ … Das war irgendwie wie im Film.

Man geriet tatsächlich ins Straucheln, wenn einem so etwas Schweres nachjagte und den Erdboden derart erschütterte. Nun verstand ich auch endlich, warum die Leute in solchen Filmen immer hinfielen.

Eigentlich konnte Weglaufen ja nicht so schwer sein. Doch sobald man einmal stürzte, war es vorbei.

Bis jetzt hatten wir noch einen Vorsprung, denn das Monster musste sich erst einen Weg durch die letzten Mauerreste bahnen. War jedoch die Residenz dem Erdboden gleichgemacht, würde er uns, abgesehen von Filo, im Handumdrehen einholen.

»Was machen wir? Kämpfen?«

»Hier?! Wir sind mitten in der Stadt! Kannst du dir vorstellen, was das für eine Verwüstung anrichtet?«

»Klar, aber …«

Ich wusste nicht, ob wir gewinnen konnten, aber einfach davonzulaufen, schien auch nicht die Lösung zu sein.

»Na, dann fliehen wir eben aus der Stadt und locken es irgendwohin, wo keine Menschen sind. Das scheint mir am vernünftigsten.«

Nun war es aus den Trümmern heraus. Passanten stießen Schreie aus und gerieten in Panik. Wenn sie mich am Ort des Geschehens erblickten, wäre nur wieder ich es gewesen, der diese Missetat begangen hatte.

Das war eine heikle Situation. Ren und Itsuki mussten nur gründlich ermitteln, dann hätten sie im Nu zahllose Indizien, die auf mich hindeuteten.

Der Dinosaurier blickte in alle Richtungen, suchte wohl nach seiner verloren geglaubten Beute.

Vielleicht würden wir ihn im Getümmel abhängen können, aber … aus irgendeinem Grund blickte er direkt in unsere Richtung. Ich hatte ein ganz ungutes Gefühl.

Ah, nun leuchtete sein Name vor meinen Augen auf: Tyrant Dragon Rex hieß dieses Ungeheuer anscheinend.

In seiner Brustregion leuchtete irgendwas, und auch Filos Bauch hatte zu strahlen angefangen.

»Du … Filo.«

»Waaas?«

»Dein Bauch leuchtet, und das Ungeheuer guckt hierher. Meinst du, da gibt's einen Zusammenhang?«

»Hm … Die brüllende Eidechse da? Vielleicht … Ich glaub, die hat mich auf dem Kieker …«

»Na, dann lauf mal aus der Stadt raus und lock den Dino hinter dir her!«

»Was?«, rief Melty. »Naofumi, du willst Filo doch nicht etwa opfern?«

»Quatsch! Filo soll ihn nur irgendwohin locken, wo keine Menschen sind, und dann zurückkommen.«

»Aber er hat es doch ausgerechnet auf sie abgesehen! Meinst du nicht, der folgt ihr geradewegs wieder hierher?«

»Auch wieder wahr ...«

Filo mit ihren flinken Füßen würde schon zurechtkommen, aber vielleicht sollte ich sie lieber doch nicht zum Lockvogel machen.

»Das will ich nicht! Ich will lieber bei dir bleiben, Meister!«

»Herr Naofumi, du darfst wirklich nicht zu viel von ihr verlangen.«

»Ihr habt ja recht, aber ...«

»Der Held des Schildes hat es schwer«, sagte der Sanftmütige, als wäre ich nicht anwesend.

»Na ja, jedenfalls macht er Jagd auf Filo, also bleibt uns wohl nichts anderes übrig als ihn an einen menschenleeren Ort außerhalb der Stadt zu locken und dort gegen ihn zu kämpfen.«

Nicht auszudenken, wie viel Schaden er anrichten würde, wenn wir mitten in der Stadt kämpften.

Der nächste Ausgang war ... Hm, überraschend nah. Und Filo mit ihren starken Beinen würde es auch über die Mauer schaffen.

»Also, ich finde, wir sollten ihn zur Sicherheit der Bewohner aus der Stadt locken. Und was macht ihr?«, fragte ich den Sanftmütigen und Melty. »Wir sollten uns wohl lieber trennen.«

Kiru konnte nichts dazu sagen, er war noch nicht wieder bei Bewusstsein, aber unter diesen Umständen konnten wir ihn unmöglich mitnehmen.

»Ich denke, ich werde mit diesem Kind fliehen ... Vorher helfe ich aber noch bei der Evakuierung.«

»Wird das denn was?«

»Es scheinen ja Subhumanoide aus meiner Stadt zugegen zu sein, daher nehme ich an, es wird kein Problem sein.«

Damit stieg er von Filo ab.

»Mir ist nicht wohl dabei, dich einfach hier zurückzulassen.«

»Nicht doch. Ihr erduldet doch diese ganzen Scherereien schließlich nur meinetwegen! Ihr müsst Euch wirklich keine Sorgen machen.«

»Na schön ... Melty, was ist mit dir?«

»Ich komm mit, das ist doch wohl klar!«

Es wäre sicher besser gewesen, wenn sie sich zusammen mit dem Sanftmütigen versteckt gehalten hätte. Das war ja auch irgendwie der neue Plan gewesen: Sie hatte erwogen, den Dreckskönig aufzusuchen ... Aber da sie dann riskierte, jemand Mächtigem in die Hände zu fallen, konnte sie ebenso gut bei uns bleiben – sie war so oder so in Gefahr.

»Dann wäre wohl alles geklärt.«

»Uh ...«

Kiru stöhnte und öffnete die Augen. Er schien noch benommen zu sein und konnte nicht fokussieren. Kraftlos streckte er Raphtalia eine Hand entgegen.

»Kiru, wir sind in einer schrecklichen Lage und müssen ein Ungeheuer weglocken. Bleib unbedingt am Leben, ja?«

»Raphtalia ... Geh nicht, sonst ...«

»Mach dir keine Sorgen, Kiru! Ich will gehen und tun, was ich tun muss. Und ... ich hole uns auch die Flagge zurück, warte nur!«

Dann nahm sie den Armreif ab, den ich ihr vor einiger Zeit gemacht hatte, und legte ihn ihm an.

»Schnell, Herr Naofumi, wir müssen los. Ehe noch mehr Schaden entsteht.«

»Hm ... Bist du sicher? Wegen des Armreifs?«

»Ich hätte dich fragen sollen! Es tut mir schrecklich leid.«

»Ach was, der gehört dir. Was du damit machst, ist allein deine Sache.«

Raphtalia hatte damit wohl eine Art Schwur geleistet. Dagegen hatte ich nichts einzuwenden.

»Leb wohl, Kiru …«

»Aber Raphtalia, ich …«

»GROOOOOOOOOOOOOOOOOOOOOOOOOAR!«

Das Brüllen des Tyrant Dragon Rex ließ mir beinahe das Trommelfell platzen.

Wir galoppierten sofort davon und hörten nicht mehr, was Kiru sagte.

»Ab die Post!«

»Ja!«

»Roger!«

Alle schritten zur Tat.

Der Dinosaurier raste los, als könnte er nach dem langen Schlaf ein bisschen Bewegung vertragen.

Der Sanftmütige war schon nicht mehr zu sehen.

Und wir drei fegten auf Filos Rücken die Straßen hinunter und sprangen über den Wall.

»GROOOOOOOOOOOOOAR!«

Der Tyrant Dragon Rex rannte uns geradewegs hinterher und brach einfach durch die Steinmauer.

Wir preschten über das mondbeschienene Grasland hinweg. Aus der Stadt hinter uns stiegen Rauchwolken auf.

Nein, das war nicht ich gewesen. Ich wollte glauben, dass dies alles nicht meine Schuld war.

»Ich glaub, er ist tatsächlich hinter Filo her …«

»Sieht ganz so aus.«

»Naofumi, wenn wir nicht schnell verschwinden, kriegt er uns noch!«

»Weiß ich selbst. Filo, drück auf die Tube!«

Ehe es zum Kampf kam, wollte ich so weit wie möglich von der Stadt weg sein.

Wenn wir ihn in die Flucht schlugen, würde er mit etwas Pech auf seinem Weg alles plattwalzen.

Mit diesem Gedanken lockten wir ihn weiter in die Natur hinaus.

»Ob's so langsam reicht?«

Die Stadt war mittlerweile hinter uns immer kleiner geworden. Wir hatten eine beachtliche Distanz zurückgelegt.

»Also, stellen wir uns mal dem Kampf. Sind alle bereit?«

»Jederzeit.«

»Mit euch ist man wirklich ständig in Lebensgefahr!«

»Filo, hast du's auch kapiert?«

»Mhm, ich geb mein Bestes!«

»Dann los!«

Auf mein Kommando hin blieb Filo stehen und machte kehrt.

Der Tyrant Dragon Rex stürmte noch immer auf uns zu, und jeder seiner Tritte ließ den Erdboden erbeben. Er stieß weißen Dampf aus seinen Nasenlöchern aus und zwischen seinen spitzen Fangzähnen troff Geifer hervor.

Wenn ich zwischen diese Kiefer geriet, würde wohl selbst ich dem nicht standhalten können. Aber ich hatte nicht die Absicht, mich fressen zu lassen.

Wir sprangen ab und machten uns kampfbereit.

»GROOOOOOOOOOOOOOOOOOOOOOOOOOAR!«

Die Bestie schnappte aus vollem Lauf nach mir.

»Nichts da! Air Strike Shield!«

Vor der herabfahrenden Schnauze des Dinosauriers ließ ich meinen magischen Schild entstehen.

Es ließ mich an jenen Kampf gegen den Zombiedrachen zurückdenken.

Damals waren wir relativ gut zurechtgekommen. Würden wir es auch diesmal schaffen?

Mit einem *Klonk* zersprang mein Energieschild, allzu leicht, nach nur einem Biss. Damit hatte sich das Ungeheuer jedoch eine kleine Blöße gegeben.

»Hiaaah!«

Filo ergriff die Initiative.

Mit voller Wucht trat sie dem Tyrant Dragon Rex gegen den Unterkiefer.

Mittlerweile trug sie auch die Eisenkrallen, konnte also noch viel härter angreifen als damals gegen den Zombiedrachen. Im Gegensatz zu ihm wankte der Tyrant Dragon Rex jedoch nicht einmal sichtlich unter ihrem Kick.

»Uah ... Der ist aber hart!«

»Pass auf!«

Nachdem sie damals den Zombiedrachen getreten hatte, hatte sie kurz ihre Deckung fallen lassen, und er hatte sie hinuntergeschluckt. Jenes Monster jedoch hatte keine Zähne mehr gehabt, und auch seine inneren Organe waren verwest gewesen. Diesmal würde sie es nicht so leicht haben.

»Mhm!«

Direkt nach ihrem Tritt sprang sie zurück, dann rannte sie, schnell, wie sie war, zwischen den Beinen des Tyrant Dragon Rex hindurch und verpasste ihm noch einen Kick, diesmal in den Bauch.

Auch ihre Technik hatte sich seit dem vorigen Kampf verbessert.

»Aqua Shot, Stufe zwei!«, rief Melty und feuerte einen Zauber auf den Dinosaurier ab.

Eine komprimierte Klinge aus Wasser flog auf ihn zu.

»Ha!«

Auch Raphtalia näherte sich ihm blitzartig, lud ihr Schwert mit Magie auf und hieb nach ihm.

Bei beiden Angriffen war das Schlitzgeräusch scharfer Klingen zu hören ... Doch unser Gegner war zu mächtig und wir somit von einem tödlichen Treffer weit entfernt.

»Meister, Plattform!«

»Okay. Air Strike Shield! Second Shield!«

In rascher Folge ließ ich in der Nähe des Tyrant Dragon Rex zwei magische Schilde entstehen. Ich brauchte fünfzehn Sekunden, um diesen Skill wieder anwenden zu können. Eigentlich eine kurze Zeitspanne, aber im Vergleich zu Filos Tempo ...

»Hiah! Ha! Huah!«

Filo nutzte die Plattformen und trat immer wieder nach dem Dinosaurier.

»GROOOOOOOOOOOOOOOOOOOOAR!«

Offenbar hatte er die Kicks alle weggesteckt. Er stieß ein zornerfülltes Brüllen aus und schlug wild mit Kopf und Schwanz um sich.

Filo brachte sich rechtzeitig in Sicherheit und entging den Attacken.

Vielmehr war nun Raphtalia in Gefahr.

Ich lief zu ihr und fing den Schwanzhieb des Tyrant Dragon Rex ab.

»Argh ...«

»H... Herr Naofumi!«

Der Schlag hatte eine ziemliche Wucht. Aushaltbar, aber wenn schon der Schwanz eine solche Durchschlagskraft besaß, wollte ich es lieber nicht auf einen Biss ankommen lassen.

Das war gefährlich.

Die Bewegungen des Monsters waren träge, daher konnten wir gerade eben noch mithalten, nur wie wie sollten wir es zu Fall bringen?

Schön, dass Filo so spielerisch mit ihm umspringen konnte, aber wenn es selbst ihr nicht gelang, einen entscheidenden Treffer zu landen, wie viel härter war es dann für Raphtalia?

Auch von Meltys Magie war nicht allzu viel zu erwarten. Tatsächlich leistete sie mit ihren Zaubern Filo Schützenhilfe, aber den entscheidenden Treffer würde sie nicht anbringen.

Wäre es ein Game gewesen, hätten wir das Monster besiegen können. Wir hätten einfach ewig auf es eingedroschen und ihm Hitpoint für Hitpoint abgezogen ... Vielleicht wäre es uns gelungen. Doch leider war dies kein Spiel.

Wenn das Monster einen Nachteil witterte, würde es Reißaus nehmen. Klar, wir konnten von Glück sagen, wenn wir es überhaupt fertigbrächten, es in die Flucht zu schlagen. Schlimm wäre jedoch, wenn dann auf seinem Pfad eine Stadt lag, wo Leute lebten.

Überdies hatte der Dinosaurier eine hohe Angriffskraft, das hatte ich bei dem Schwanzhieb gemerkt. Es war unklar, ob außer mir jemand so einen Schlag aushalten würde.

Im schlimmsten Fall würde ich wieder auf den Schild des Jähzorns zurückgreifen müssen. Damit würde ich den Attacken wohl standhalten können. Und so bekäme ich auch die Chance zum Gegenangriff.

Der Schild des Jähzorns war der mächtigste meiner Schilde, aber auch dementsprechend gefährlich.

Mein Zorn gegenüber dieser Welt hatte ihn ins Leben gerufen. Als ich geglaubt hatte, der Zombiedrache hätte Filo gefressen, da hatte ich ihn zum ersten Mal angewendet.

Dabei hatte mich mein Zorn übermannt, und ich hatte die Kontrolle verloren.

Infolgedessen war Raphtalia, die mich hatte retten wollen, von einem schweren Fluch getroffen worden.

Die ungeheure Macht dieses Schildes forderte einen hohen Preis. Man durfte ihn nicht leichtfertig anwenden. Nur hatte ich in ernsten Situationen wie diesen meist gar keine andere Wahl, wenn wir nicht sterben wollten.

»Ich bin in Ordnung.«

»Gut ... Dann mach ich weiter.«

»Sei aber vorsichtig!«

»Ja!«

Raphtalia hieb mit ihrem Schwert nach dem Tyrant Dragon Rex.

Leider richtete sie wieder nichts aus.

Auch Filo schlug sich wacker, aber es war klar, dass sie das nicht ewig durchhalten würde. Auch ihre Ausdauer war nicht unerschöpflich.

Wie groß die Ausdauer des Dinosauriers war, wussten wir nicht, aber geringer als unsere war sie wohl kaum. Wenn das so weiterging, würde er irgendwann eine Möglichkeit zum Angriff finden, und dann sah es düster aus.

Habe ich keine andere Wahl?

Als ich meinem Schild ein Stück vom Kern des Zombiedrachen gegeben hatte, hatte er einen Grow-up durchlaufen und war zum Schild des Jähzorns II geworden. Das hatte Einfluss auf Filo gehabt, die den Großteil des Kerns gegessen hatte, und nun wurde sie zum Berserker, wann immer ich den Schild verwendete.

Es half nichts, ich musste ... alles auf eine Karte setzen.

»Naofumi!«

»Was?«

Hatte Melty hinter mir etwas beobachtet?

»Irgendwas stimmt nicht mit der Umgebung.«

»Hm?«

Ich blickte in alle Richtungen.

Da drangen plötzlich von fern her *Kwahkwah*-Laute an meine Ohren.

Was war denn nun los?

In einiger Entfernung sah ich Glühwürmchen ähnelnde Lichter herumschwirren.

»Hm?«

Filo legte einen Flügel an den Kopf und lauschte.

»Was ist?«

»Ähm, also ... Ich hab gehört, dass wir warten sollen – sie kommen.«

»Wer hat das gesagt?«

»Weiß ich nicht ...«

Was wollte sie mir nur sagen? Was geschah hier gerade mitten in unserem Kampf gegen den Tyrant Dragon Rex?

Just in dem Moment schien auch ihm etwas aufzufallen, und er blickte sich suchend um.

»Naofumi.«

»Was?«

»Da scheint sich eine Barriere aufzubauen.«

»Was für eine Barriere?«

»Siehst du's nicht selbst? Da hängt so ein Dunst über dem Land!«

Ich richtete den Blick in die Ferne. Und tatsächlich: Ich sah so etwas wie einen dichten Nebel.

»Ich glaub, das ist eine ziemlich starke Barriere.«

»Was meinst du?«

»Es gibt einen Wald der Illusionen, wo Legenden zum Leben erwachen. Es heißt, dort liegen all die gesammelten Waffen und Rüstungen aus der Zeit der alten Helden. Er soll aber von einem magischen Nebel umgeben sein, sodass Menschen sich ihm nicht nähern können.«

»Du kennst dich ja aus.«

»Mutter schätzt Legenden sehr, daher war ich schon mal dort. Und der Nebel dort sieht ganz genauso aus. Verblüffend!«

Darum handelte es sich also? Etwas, dem wir nicht würden entfliehen können, so sehr wir es auch versuchten?

»Wenn man den Nebel betritt, kommt man schon bald an derselben Stelle wieder heraus ... Es kommt mir so vor, als wollte uns jemand einsperren, um zu gucken, was für Leute wir sind.«

Einsperren ... Das klang aber äußerst beunruhigend.

Vor meinem geistigen Auge sah ich die Bitch und den Drecksack. Hatten sie eine Art Attentäter auf uns angesetzt? Dann mussten sie nur noch abwarten, bis der Tyrant Dragon Rex uns umgebracht hatte.

Jedenfalls waren uns alle Fluchtwege abgeschnitten.

Ich blickte mich um. Die Vegetation hatte angefangen, ein geheimnisvolles schwaches Licht zu verströmen. Was ging hier überhaupt vor sich?

Dann sah ich mit einem Mal, wie eine Herde Filolials auf uns zugerannt kam.

Die ganze Gegend war plötzlich mit Filolials überschwemmt. Dieser Anblick konnte einen traumatisieren.

»Uah ... Das sind ja Filolials!«, rief Melty freudig und ihre Augen funkelten.

Diese Filolial-Närrin! Was gab es da zu feiern?

»GROOOOOOOOOOOOOOOAR!«

Angesichts dieses Anblicks brüllte der Tyrant Dragon Rex auf und ging wieder auf uns los.

Scheiße ... Mir bleibt keine Wahl!

Ich hielt meine Hand über den Schild, um ihn in den Schild des Jähzorns zu verwandeln.

»Das darfst du nicht.«

Ein Schmerz durchzuckte meine Hand, als hätte sie jemand weggeschlagen.

Dann sah ich, wie ein Glimmen über meinem Schild lief.

Nun, es war ja nicht so, dass ich unbedingt meine Hand über den Schild halten musste, um ihn zu verwandeln.

Sogleich unternahm ich einen weiteren Versuch, meinen Schild in den Schild des Jähzorns umzuwandeln. Da erschien jedoch ein Icon:

Verwandlung aufgrund von Interferenzen geblockt.

Mein Schild ließ sich nicht in den Schild des Jähzorns verwandeln.

Es wurde aber die verbleibende Zeit angezeigt. War sie verstrichen, würde ich ihn wohl wieder umwandeln können.

»W... Wer war das?«

Ich kannte die Stimme nicht, aber eins war klar: Diese Person hatte irgendwie meinen Schild blockiert.

Was bezweckte sie damit, mich zu behindern?

»Keine Sorge, warte einfach ab. Du ... musst nicht zu dieser Kraft greifen.«

»Also, das ist doch ...«

»Haaah!«

Filo hatte dem Tyrant Dragon Rex einen Tritt gegen das Kinn verpasst. Anschließend landete sie, sammelte Raphtalia und mich auf und floh mit uns zu Melty.

»Was ist los?«

»Hä? Die haben doch gesagt, wir sollen uns zurückziehen!«

Ich hatte nichts Derartiges gehört. War das wieder jene Stimme gewesen?

Die Filolials umringten uns. Es waren zu viele, um sie zu zählen.

Aus der Dunkelheit blickten uns zahllose leuchtende Filolialaugen entgegen ... Es wurde einem schwindlig, wenn man versuchte, sie zu zählen.

Verdammt, was wurde hier gespielt?

Vielleicht wollten die Filolials ja ihr Revier verteidigen. Hatten sie etwa die Absicht, sich gemeinsam den Dinosaurier vorzuknöpfen? Oder hatte Filo durch ihr Eindringen eine Grenzverletzung begangen?

Die Filolials teilten sich in zwei Herden und flossen um uns herum. Ich musste an Moses und das Rote Meer denken.

»Kwaaah!«

Einer der Filolials löste sich aus der Herde und kam langsam auf uns zu.

Er war von gewöhnlicher Gestalt und hatte die Farbe des Himmels. Irgendwie ähnelte er Filo in ihrer Filolialform.

Er war etwa zwei Meter groß und rief wie alle Filolials Assoziationen an Straußenvögel hervor.

Dieser schien aber ein noch dichteres Gefieder als Filo zu haben. Und auf seinem Kopf ragte eine lange Feder auf.

Ebenso wie sich in Filos Weiß ein Pfirsichton mischte, war dieser Filolial himmelblau und weiß. Nur überwog bei diesem das Blau.

Er zog eine prächtige Kutsche hinter sich her ... an der oben ein großes Juwel eingelassen war. Es kam mir eigenartig bekannt vor ... Irgendwo hatte ich es schon einmal gesehen. Unwillkürlich blickte ich auf meinen Schild hinunter: Der Edelstein hatte die gleiche Form wie der an der Kutsche.

»D... Du bist doch der Filolial von damals!«

»Du kennst den?«

»Ja! Ich hab ihn kennengelernt, kurz bevor wir uns begegnet sind.«

»Ach, sieh an ...«

Er strahlte eine gewisse Würde aus, als wäre er der Chef der Herde. Da war nichts von Filos Gedankenlosigkeit zu erkennen.

Selbst der Tyrant Dragon Rex schien auf der Hut zu sein. So, als könnte er zwar jederzeit zubeißen, wollte aber lieber erst abwarten, was sein Gegenüber machte.

»Boah ... Die ist ja toll. Ich bin total neidisch ...!«

Mit leuchtenden Augen blickte Filo die Kutsche an.

Darauf hatte ich nun gar keine Lust, in so eine protzige Kutsche zu steigen. Ich wollte mir nicht einmal vorstellen, was die Leute sagen würden, wenn sie mich in so einem Ding sahen.

»Kwah!«

Das Tau, mit dem der Filolial an der Kutsche festgemacht war, löste sich von selbst, und er trat vor.

Ein anderer Filolial zog die Kutsche weg.

»Hä? Was ist denn hier los?«

»Kweeeeeeeeeeeeeeeeh!«

Der Filolial, der die Kutsche gezogen hatte, hatte einen Schrei ausgestoßen. Die Pflanzen ringsherum fingen an, grün zu leuchten, und ein Wind zog auf.

Ich verstand gar nichts mehr.

Der Filolial war plötzlich nur noch als schwarze Silhouette zu erkennen, und schwoll immer mehr an.

Wie riesig ...

Die Silhouette wuchs und wuchs, allerdings nicht auf so kümmerliche Weise wie Filo: Es war eine gewaltige Transformation.

Auf den ersten Blick hatte der Filolial normal ausgesehen, doch nun maß er an die sechs Meter.

Als er ungefähr so groß wie der Tyrant Dragon Rex war ... hörte er auf zu wachsen. Von der Form her ähnelte er Filos Monstergestalt.

»Ui ... Wie groß!«

Melty konnte ihre Aufregung kaum verbergen.

Anders als unsere weiß-rosa Filo strahlte diese Filolial-Königin in den Farben des Himmels, Weiß und Blau.

Ein auffälliger Unterschied waren die schmückenden Federn auf dem Kopf, die Filo nicht hatte.

»Es hat ein wenig gedauert, werter Held und ... Mädchen, das Filolials mag.«

Nun konnte die gewaltige Filolial-Königin auch noch fließend sprechen. Sie blickte in die Richtung des Dinosauriers. Ihre Stimme war der Filos recht ähnlich. Vielleicht ein wenig tiefer?

»Sie hat gesprochen!«

»Kannst du doch auch.«

»Schon, aber ...«

»Uaaaah ... Guck, wie groß sie ist!«

»J... Ja...«

Verdattert schauten wir zu, wie die monströse Filolial-Königin einen Schritt nach vorn tat und sich vor dem Tyrant Dragon Rex aufbaute.

»Anscheinend passt der Splitter des Drachenkaisers nicht zu deinem Körper«, sagte sie zu dem Dinosaurier. »Nur darum bist du so groß geworden. Gib ihn mir, dann lasse ich dich am Leben. Und dann verschwinde sofort.«

Der Tyrant Dragon Rex antwortete mit einem feindseligen Brüllen. Anschließend machte er Anstalten, seine Zähne in die gigantische Filolial-Königin zu schlagen.

»Dann muss es wohl sein.«

Sie hob ein Bein und versetzte dem Dinosaurier einen Tritt.

Nun ... Vielmehr wirkte es, als hätte sie ihn nur angestupst. Dennoch flog der Tyrant Dragon Rex davon wie ein getretener Fußball.

Er schlug schwer auf dem Boden auf.

Zitternd erhob er sich wieder. Und dann wirbelte er seinen mächtigen Schwanz herum und versuchte, seine Feindin am Kopf zu treffen.

»Schwach.«

Sie hatte den Hieb lässig mit einem Flügel abgewehrt.

Der Tyrant Dragon Rex brüllte voller Hass, öffnete seine gewaltige Schnauze und versuchte erneut, die Zähne in seine Gegnerin zu schlagen.

»Hepp!«

Sie versetzte ihm einen Kick gegen den Unterkiefer.

Wie ein Spielzeug flog er rückwärts, drehte sich einmal in der Luft, krachte auf die Erde und blieb liegen.

Die Königin holte Schwung und trat ihm nun heftig in die Flanke, sodass er vom Boden abhob.

Dieser massige Körper ... scheint in der Luft zu schweben!

»Zack! Zack! Zack!«

Gemächlich sprang sie hinterher und trat den Dinosaurier im Flug in rascher Folge noch ein paar Mal.

Was war das denn? Ich kannte so etwas aus Games: Das war doch eine Multiple-Hit-Kombo, bei der man durchgehend in der Luft blieb!

Ja, das war wie in einem Fighting-Game, eine Aerial-Kombo. Und dann sah ich vor meinem geistigen Auge doch tatsächlich einen Zähler durchlaufen: 35-HIT-KOMBO!

Allein daran erkannte man den Kraftunterschied ... Der Dinosaurier hatte nicht die geringste Chance!

Dann war die Kombo vorbei, und der Tyrant Dragon Rex krachte wieder zu Boden. Mühsam rappelte er sich auf.

Plötzlich leuchtete vor ihm ein großes magisches Quadrat auf.

»Du benutzt also Magie, die dir nicht entspricht?«

Die riesige Filolial-Königin wappnete sich.

Ich fragte mich noch, was der Tyrant Dragon Rex da zauberte, da stieß er plötzlich eine gewaltige Flamme aus.

Oha! Die Hitze war bis zu uns hin zu spüren, die wir weit entfernt standen.

Selbst mit dem Schild des Jähzorns wäre es gefährlich gewesen, diesen Angriff direkt zu blocken.

Der Feuerball flog auf die Königin zu. Sie mochte noch so gewaltig sein, wenn sie den blockte, würde sie verbrennen.

»Mhmm, mollig warm ...«

Sie hob einen ihrer Flügel wie eine Hand und erzeugte so etwas wie einen magischen Schutzwall, an dem der Feuerball abprallte.

Was war das hier überhaupt – der große Monster-Showdown? Und wir standen daneben und wurden gar nicht mehr beachtet.

»Machen wir es kurz.«

Die riesige Filolial-Königin streckte beide Flügel nach vorn.

Das ... kam mir bekannt vor.

Ich hatte es kaum gedacht, da verschwamm auch schon ihre Gestalt und sie stand mit einem Mal hinter dem Tyrant Dragon Rex.

Ja, das war doch Filos Trumpfkarte: Die magische Attacke High Quick.

»GROOOOOOOOOOOOOOOOO…!«

Es war eine Reihe von Schlitzgeräuschen zu hören. Dann verwandelte sich der Tyrant Dragon Rex mit einem Mal in einen Haufen Fleischbrocken und war tot.

Kapitel 4: Der legendäre göttliche Vogel

Von den Stücken des geschnetzelten Dinosauriers ging ein Lichtschein aus ... Nein, das war sein Kern, und die riesige Filolial-Königin hob ihn auf und kam damit in unsere Richtung.

»Ich habe euch warten lassen.«

Mir fehlten die Worte.

Dieser Koloss hatte das gewaltige Ungeheuer mit unglaublicher Leichtigkeit besiegt ... Dabei hatte selbst Filo ihm keinen Schaden zufügen können.

»Bist du groß ...«

Melty blickte mit leuchtenden Augen zu dem Superfilolial auf. Ihre Stimmung wechselte doch wirklich rasant.

Wenn sie mit mir sprach, dann immer mit jener Hysterie. Ich konnte tun, was ich wollte. Mit anderen sprach sie stets anständig und höflich. Und wenn es zu Filo oder Filolials im Allgemeinen kam, dann sprudelte sie nur so über vor Neugier, was wohl eher ihrem Alter entsprach.

»Du bist der Held des Schildes, nicht wahr?«

»J... Ja.«

Wenn die Gesprächspartnerin meterhoch über einem aufragte, sodass man sich den Hals verrenken musste, um zu ihr aufblicken zu können, dann ließ man sie lieber nicht lange auf eine Antwort warten.

Wäre sie uns feindlich gesonnen gewesen, ich hätte uns nicht die geringsten Siegeschancen ausgerechnet, und ich konnte mir auch nicht vorstellen, dass sich daran in Zukunft etwas ändern würde.

Überdies hatte sie ja Melty zufolge jene Barriere errichtet.

Wer konnte also sagen, ob eine Flucht überhaupt im Bereich des Möglichen lag?

Hinzu kam, dass es sich um einen Filolial handelte. Höchstwahrscheinlich würde sie uns selbst dann einholen, wenn wir auf Filos Rücken davongaloppierten.

»Was willst du von mir?«

»Es gibt einiges, worüber ich mit dir sprechen will. Aber wohl nicht in dieser Gestalt … Entschuldige! Moment bitte.«

Die riesige Filolial-Königin kniff die Augen zu, als würde sie sich konzentrieren. Sie begann zu schrumpfen, wobei sie ihren Leib mit den Flügeln bedeckte … Als sie sie wieder öffnete, stand ein Mädchen vor uns, etwa so groß wie Filo, mit Flügeln auf dem Rücken. Es hatte silbernes Haar, aber ich hatte den Eindruck, dass sich ein wenig Himmelblau hineinmischte. Ihre Frisur war … ein kurzer Bob, würde ich sagen.

Drei einzelne Strähnen ragten auf eindrucksvolle Weise empor.

Sie hatte rote Augen. Von Filos Impulsivität war bei ihr nichts zu erkennen. Ihr Gesicht war jedoch ebenso hübsch.

Sie trug ein weiß-rotes Kleid im gotischen Stil.

Da Filos Kleid weiß-blau war, drängte sich ein Vergleich auf.

»Nun, ich will mich erst einmal vorstellen … Ich heiße Fitoria, und ich bin die Königin, die alle Filolials der Welt unter sich vereint.«

Sie verbeugte sich kurz, eine Geste, die kindlich wirkte und nicht zu ihrer Art zu reden passte.

Eigenartig: Allein dadurch, dass sie in ihrer Menschengestalt mit uns sprach, kam sie mir mit einem Mal wie ein Kind vor, das krampfhaft erwachsen tat.

»Fitoria?! Aber so heißt doch der Filolial aus der Legende!«

Melty machte große Augen.

»Tatsächlich?«

»Aber ja! In der Vergangenheit, als die Wellen über die Welt hereinbrachen, sollen die damals beschworenen Helden dich aufzogen haben!«

»In der Vergangenheit …«, unterbrach ich die beiden. »Ich weiß ja nicht, wie lange das her sein soll, aber … Vielleicht hat sie den Namen nur geerbt?«

Ja, ich erinnerte mich: Als Motoyasu, die anderen und ich beschworen worden waren, war davon die Rede gewesen, dass es bereits in alten Zeiten Wellen gegeben hatte.

Davon ausgehend konnte man natürlich auf den Gedanken kommen, es würde sich um dasselbe Wesen aus jener alten Legende handeln … Aber das war wohl kaum möglich.

Sicher war das der Name, den sich alle Großköniginnen der Filolials gaben.

Andernfalls müsste sie ja steinalt sein.

»Eigentlich habe immer nur ich so geheißen«, sagte sie und neigte leicht den Kopf.

Trotz ihrer majestätischen Aura kam sie mir in mancherlei Hinsicht genau wie Filo ein bisschen dümmlich vor.

»Du willst also behaupten, du lebst schon seit jener alten Zeit?«

»Mhm.«

Die redete nicht um den heißen Brei herum. Und wenn ich mir Filo so ansah … War es vielleicht doch möglich?

Schließlich war sie innerhalb weniger Tage nach ihrer Geburt rapide gewachsen. Ich fragte mich, wie ich Filo satt bekommen sollte, wenn sie erst einmal so riesig war.

Schon jetzt stellte mich ihr Appetit vor Probleme. Nein, noch größer wollte ich sie nicht werden lassen. Wenn es so weit käme, bliebe mir nichts anderes übrig, als sie aufzugeben.

Aber das kam natürlich nicht infrage. Dafür hatte sie mich schon viel zu viel Geld gekostet.

»Der Meister denkt gerade was Komisches.«

»Stimmt! Dieses Gesicht macht er immer, wenn er sich über irgendetwas sinnlos Gedanken macht.«

»Ihr kennt ihn ja ganz schön gut! Ich kann ihn überhaupt nicht einschätzen.«

»Das lernst du sicher auch bald.«

Mund halten auf den billigen Plätzen! Ihr könnt meine Gedanken nicht lesen.

»Ich hab mich nur gefragt, ob ich Filo aufgeben müsste, wenn sie einmal so riesig wird.«

»Pöh!«

»Aufgeben?! Wie kannst du daran auch nur denken? Gerade hast du noch verlangt, dass sie wachsen soll!«

»Alles hat seine Grenzen. Ich kann's mir nicht leisten, so einen Koloss durchzufüttern!«

»Aber Herr Naofumi ... Sie wird doch sicher nicht schlagartig so groß werden ...«

»Weißt du noch, wie groß sie innerhalb weniger Tage geworden ist? Was, wenn sie weiterhin solche Wachstumsschübe hat?«

»...«

»Warum widersprichst du ihm nicht?«, fragte Melty und ergriff Raphtalias Hand.

Weil sie Angst hat, dass ich recht haben könnte.

»Seid ganz beruhigt«, schaltete sich Fitoria ein. »Es braucht schon eine sehr lange Zeit, um so groß zu werden.«

»Ach ja?«

»Das nimmt die vieldutzendfache Lebenszeit gewöhnlicher Filolials in Anspruch.«

Es erleichterte mich schon ein wenig, das zu hören. Wenn Filo kontinuierlich weiter wuchs und so groß wie ein Berg wurde, wüsste ich wirklich nicht weiter. Im Umkehrschluss bedeutet das aber, dass Fitoria tatsächlich schon so lange lebte.

»Nun denn, Held des Schildes und seine Gefährten, stellt euch bitte mal alle vor.«

Hm ... Da hatte sie recht. Bisher hatte nur sie ihren Namen genannt. Jetzt waren wohl wir an der Reihe.

»Ich heiße Iwatani. Naofumi Iwatani. Dass ich der Held des Schildes bin, ist dir ja offenbar schon bekannt.«

»Ja.«

Nun blickte sie in Raphtalias Richtung.

»Ich heiße Raphtalia. Sehr erfreut!«

»Gleichfalls.«

»Ich bin Filo«, machte Filo ohne Pause weiter.

Ich hatte den Eindruck, dass Fitoria sie einen Moment lang eindringlich musterte, doch dann schweifte ihr Blick weiter zu Melty.

»Wir sind uns schon einmal begegnet: Du bist dieser Mensch, der Filolials so gern mag. Danke noch mal, dass du mich damals beschützt hast!«

»Ja ... Mein Name ist Melty Melromarc.«

»Melly also?«

Melly ... Das war aber arg vertraulich!

Ich musste an Fernsehserien denken, in denen Freundinnen sich die ganze Zeit mit irgendwelchen albernen Kosenamen anredeten.

Nun, vielleicht war das auch nur wieder der Otaku in mir.

Aber da sah ich es: Melty guckte ebenfalls komisch!

»Hmpf«, machte Filo und stellte sich vor sie, als wollte sie sie beschützen.

War sie etwa eifersüchtig? Passte es ihr nicht, wenn ihre beste Freundin mit einer anderen Freundin sprach?

Mensch, Filo, mit so einer Einstellung treibt man eine Freundin am Ende noch direkt zur Konkurrenz!

Oder interpretierte ich zu viel in die Sache hinein? Es kam mir allerdings schon wie eine Szene aus einem berühmten Game vor, das ich mal gespielt hatte.

Wenn jetzt ein Wort das andere gab, eskalierte die Sache nur. Daher beschloss ich, lieber mit unserem eigentlichen Gesprächsthema fortzufahren.

»Okay, wir danken dir jedenfalls, dass du dieses riesige Dinosauriermonster ... den Tyrant Dragon Rex für uns besiegt hast. Aber was willst du nun von uns?«

»Ich will euch die Umstände gern erklären, aber nicht hier. Ich bring euch woandershin. Kommt mit!«

Fitoria zeigte auf ihre Kutsche. Hatte sie vor, uns irgendwohin zu chauffieren?

»Ah, erst mal muss ich noch ...«

»Ja?«

Fitoria neigte den Kopf.

Ich ließ meinen Blick zu dem Kadaver des Tyrant Dragon Rex wandern.

Sie schien zu verstehen und zog die Augenbrauen zusammen.

»Es gefällt mir gar nicht, wenn die vier legendären Helden Drachenzeugs für ihre Waffen verwenden ...«

Mir fiel wieder ein, dass Filolials Drachen nicht leiden konnten. Bei der Königin aller Filolials war das sicher nicht anders.

Aber was ging mich das an? Mich kümmerte einzig und allein, wie ich stärker werden konnte. Und die Materialien dieses mächtigen Tyrant Dragon Rex durfte ich mir nicht entgehen lassen.

»Das muss aber sein.«

»Na schön ... Dann werde ich meinen Untertanen auftragen, alles mitzunehmen. Nun steigt aber schnell ein.«

»Die Innereien bringen die auch mit? Ich weiß, wie gefräßig Filolials sind. Außer den Knochen lassen die doch nichts übrig!«

»Na schön, dann tut, was ihr nicht lassen könnt.«

»Danke sehr.«

»Bist du gierig, Naofumi!«

»Na und?«

Also gab ich den zerfetzten Dinosaurierkadaver meinem Schild. Fleisch, Knochen, Schuppen, Hörner, Hauer und Innereien. Da musste ja ein neuer Schild herausspringen.

Aber ... offenbar hatte ich entweder noch nicht die nötigen Bedingungen zum Freispielen erfüllt, oder mein Level war nicht hoch genug. Jedenfalls bekam ich keinen Schild dazu.

Nun, der Tyrant Dragon Rex war von unserer Warte aus ziemlich stark. Auch der Zombiedrache hatte mir noch keinen weiteren Schild beschwert. Insofern war es wahrscheinlich im Rahmen des Normalen.

»Habt ihr alles erledigt?«, fragte Fitoria nüchtern.

»Jupp ...«

»Gut. Filo war dein Name, ja? Nimm du auch deine Menschenform an und steig in die Kutsche.«

»Ich würd aber lieber ziehen als fahren.«

»Das geht nicht. Diese Kutsche gehört nämlich mir.«

Schon ein wenig kindisch, dass Fitoria ihr den Gefallen nicht tun wollte. So sehr sie sich auch vor uns aufspielte: Vom Wesenskern her war sie Filo wohl doch nicht so unähnlich.

»Uh ...«

»Filo, gegenüber Fitoria darfst du nicht so bockig sein.«

»Naaa gut.«

Widerwillig verwandelte sich Filo.

Was das wohl nun wieder werden sollte … Wir kletterten in Fitorias eigenartig prunkvolle Kutsche.

Sie war geräumiger als gedacht. Dennoch … Ganz wohl war mir nicht bei dem Gedanken. Hinzu kam diese riesige Filolialherde um uns her … Auf diese Weise würden wir doch nur Aufsehen erregen.

Aber vielleicht würden sich uns gar keine Leute nähern können: Fitoria hatte ja diesen Schutzschirm erzeugt.

Dennoch: Wenn Motoyasu spitzbekam, dass wir in der Nähe waren, würde er mir nur wieder durch die Pampa hinterherhetzen.

»Portal!«, rief Fitoria und umfasste die Griffe der Kutsche.

In dem Moment veränderte sich die Umgebung.

»Hä?«

»Nanu?«

»W… Was hat es damit auf sich?«

»W… Wahnsinn …«

Oha, die schien ja ungeheuerliche Kräfte zu haben!

»Werden wir irgendwohin teleportiert?«

In Videospielen kam so etwas öfter vor: Magie, mit der man sich an einen vorherbestimmten Ort befördern lassen konnte. Relativ viele bekannte Games hatten so etwas. Und nun gab es das also auch in dieser Welt?

Allerdings … hatte ich bisher noch nichts davon gehört. Es musste ein ziemlich ungewöhnlicher Zauber sein.

Derlegendäre Filolial … Eine erste Kostprobe hatten wir nun bekommen.

»Hier müssten wir in Ruhe reden können.«

Wir stiegen aus und blickten uns um. Es war dunkel und die Umgebung daher nicht klar zu erkennen, aber wir schienen in einem Wald zu sein.

Gab es hier etwa eine Siedlung? Aber nein, da war ja altes Mauerwerk ...

Hierbei musste es sich um ein eingestürztes Bauwerk handeln.

Möglicherweise die Ruine eines Schlosses: Hier und dort standen noch Mauern und steinerne Gebäude. Alles war von Ranken und anderen Pflanzen überwuchert, und die Wurzeln reichten tief. Dieser Ort musste schon seit langer Zeit verlassen sein.

Und jenseits davon lag offenbar nur noch Wald.

Es hing ein bleicher Nebel in der Luft, sodass man nicht weit sehen konnte. Die Bäume wuchsen üppig, waren jedoch kaum voneinander zu unterscheiden. Wer sich hineinwagte, würde sich bestimmt verlaufen.

»Und das hier ist ...?«

»Dies war einmal das Königreich, das die ersten Helden verteidigt haben ... heißt es zumindest.«

»Das ist aber sehr vage.«

»Das war noch vor meiner Geburt«, sagte Fitoria. »Ich passe bis auf Weiteres darauf auf.«

»Ist das eine Art Heiligtum für die Filolials?«, fragte Melty mit leuchtenden Augen.

»So ungefähr. In meine Zitadelle ... lasse ich jedenfalls nur selten Menschen.«

»Aha.«

»Wir sind hier mitten im Wald ...«

»Ja.«

»Voll kaputt alles.«

»Hier spürt man die Geschichte, oder?«

»Hört, hört.«

›Voll kaputt‹ und ›man spürt die Geschichte‹ … Raphtalia und Filo beschrieben denselben Anblick mit völlig anderen Worten. Wenngleich man wegen des dichten Nebels ohnehin nicht allzu viel sah.

Statt uns hierher zu kutschieren, hatte sie uns einfach teleportiert. Schon praktisch. Aber wie sollten wir jemals den Rückweg finden?

»Hey, du hast uns ganz leicht hergebracht … Dann kannst du uns ja später auch an einen Ort unserer Wahl teleportieren, oder?«

Mit etwas Glück würde es uns so gelingen, Motoyasu abzuschütteln. Dann brauchten wir vielleicht gar nicht die Hilfe von Meltys Mutter, der Königin, um ins Subhumanoidenreich zu fliehen.

»Wir sind gerade erst angekommen, und du denkst schon über die Weiterreise nach?«

»Ich hab nicht vor, lange zu bleiben.«

»Oooch!«, machte Melty unzufrieden.

Was war denn nun wieder? Was war nur so toll daran, sich mit Filolials zu umgeben?

Ich wollte unseren Besuch gern möglichst kurz halten. Immerhin wurden wir gesucht.

»Erst mal … solltet ihr euch ausruhen, denke ich.«

Auf ein Handzeichen Fitorias kam von irgendwoher aus der Dunkelheit ein Filolial mit einem Karren voller Feuerholz. Wir schichteten es auf und zündeten es an.

Nun, an diesem Ort schien es immerhin nur die Filolials zu geben und keine Feinde.

Wenn sie schon sagten, wir könnten uns hier ausruhen, dann bestand sicher kein Anlass, besonders auf der Hut zu sein.

Es war schon spät. Am besten machten wir es uns erst mal gemütlich und redeten dann weiter.

»Hier zu übernachten erscheint mir immerhin sicherer als da draußen im Grasland. Dann wollen wir mal auf Fitoria hören und Rast machen.«

»Tooll!«

»Der Tag war schon ganz schön anstrengend ...«

»Oh ja ... Ob es Kiru und unserem Gastgeber wohl gut geht?«

»Bringt nichts, sich darüber den Kopf zu zerbrechen. Wenn wir noch zur Evakuierung geblieben wären, hätten sie uns nur gefasst.«

»Das stimmt natürlich...«

Und so saßen wir um das Lagerfeuer herum und alle entspannten sich.

Ich hatte das restliche Fleisch des Tyrant Dragon Rex zum Essen mitgebracht. Ich holte meine Kochutensilien hervor und begann auf gut Glück mit der Zubereitung.

Glücklicherweise schien der Brunnen noch benutzbar zu sein: Wir konnten Wasser holen und sogar Suppe kochen.

»Na, dann werde ich uns mal irgendwas daraus zaubern ...«

Schließlich bat ich die Mädchen zu Tisch.

»...«

Fitoria hatte den Zeigefinger zwischen die Zähne geklemmt und sah irgendwie neidisch aus.

Es saßen auch noch andere Filolials um uns herum, wenngleich ihre Zahl nach dem Teleport abgenommen hatte.

D... Da bleibt's einem ja im Hals stecken!

»Ähm ... Naofumi?«

»Herr Naofumi, alle gucken uns an, ich mag kaum essen.«

»Geht mir genauso.«

»Hm? Echt?«

Raphtalia und Melty schienen ähnlich zu empfinden und blickten sich unbehaglich um.

Filo hingegen stopfte sich unbekümmert voll.

»Willst du auch was?«

»Darf ich?«

»Gibt aber nicht genug, um deine Kolossform sattzubekommen.«

»Macht nichts.«

Nachdem wir Fitoria eingeladen hatten, das Mahl mit uns zu teilen, fingen ihre Untergebenen an, ihre *Kwahkwah*-Laute zu machen.

»Benehmt euch!«

Auf Fitorias Ansage hin schwiegen sofort alle Filolials, starrten uns aber weiter an, dass es einem bange wurde.

»Das ist aber lecker!«

»Mhm, das schmeckt!«

Jetzt guckten mich Fitoria und Filo mit dem gleichen Gesichtsausdruck an – als wären sie Schwestern.

Na ja, blutsverwandt waren sie wohl nicht, wenn man nach dem Farbton gehen konnte.

Zusammen mit Melty hätten die drei jedenfalls ein niedliches Porträt abgegeben.

»Ja, nicht wahr?«

Was die Tischmanieren anging, hatte Raphtalia jedenfalls die Nase vorn.

Sonst aß Melty ja sehr vornehm, aber das etwas schmutzige Essverhalten der beiden Filolials schien ihre wahre Natur zum Vorschein zu bringen, und nun sah sie wie eine von ihnen aus.

»Was denn?«, fragte sie und hob missfällig die Augenbrauen.

»Ach, nichts.«

»Hast du wieder irgendwas Unverschämtes gedacht?«

»Kein Kommentar.«

»Dann werde ich wohl recht haben.«

»Ich hab nur gedacht, dass wegen der beiden Filolials deine Manieren leiden. Such dir lieber andere Freunde.«

»Wie bitte?!«

Und es ging schon wieder los.

»Na, na ... Guckt euch lieber mal das da an ...«

Raphtalia nickte in Richtung der Filolials ringsumher, die neidische Blicke auf unser Essen warfen.

Tatsächlich ging es mir auch immer mehr auf den Geist, und ich bekam keinen Bissen mehr runter.

»Mann, ihr nervt!«, schnauzte ich sie an. »Habt ihr ’nen großen Topf? Dann schleppt halt irgendwas Essbares an, und ich koch euch was!«

Und so stellte ich schließlich die Filolials zufrieden, indem ich ihnen einen riesigen Topf Suppe kochte.

Mehrere Stunden waren dadurch flöten gegangen.

Irgendwann hatten sich Raphtalia, Filo und Melty schlafen gelegt, und ich war hundemüde von der Schufterei.

»Pfff ...«

Warum musste ich überhaupt die Filolials verköstigen?

Während ich leise vor mich hin meckernd aufräumte, gesellte sich Fitoria zu mir.

»Was willst du? Gibt keinen Nachschlag.«

»Weiß ich doch.«

»Aha? Was willst du dann? Hat das vielleicht Zeit bis morgen?«

Ich wollte mich auch endlich ein bisschen aufs Ohr hauen.

Hm? Melty schlief tief und fest, glücklich an Filo und die anderen Filolials gekuschelt.

Schön, wenn man andere für sich schuften lassen konnte. Aber das kannte die zweite Prinzessin wohl nicht anders.

»Erst wollte ich bis morgen warten, aber jetzt passt es gerade so gut.«

»Na dann, schieß los.«

»Ich wüsste gern, wie es sich zugetragen hat, dass der Bann des Monsters gebrochen wurde.«

»Ach, wusstest du gar nicht über die Umstände Bescheid, als ihr bei uns aufgetaucht seid?«

»Nein ... Ich bin nur gekommen, weil mir berichtet wurde, dass eine neue Königinnen-Anwärterin entdeckt wurde.«

»Hm ... Damit meinst du wohl Filo?«

Fitoria nickte.

»Dazu wollte ich dich eh mal was fragen.«

»Was denn?«

Seit ich Filo aufzog, hegte ich einen bestimmten Verdacht.

»Filos Wachstum ist völlig anders verlaufen als bei anderen Filolials. Woran liegt das?«

Als Königinnen-Anwärterin hatte Fitoria sie bezeichnet. Dann musste sie sich damit ja auskennen.

»Das liegt daran, dass ein Held sie aufgezogen hat.«

Also tatsächlich. Darum unterschied sie sich von den anderen Filolials. Dass sie Menschengestalt annehmen konnte, lag ebenfalls daran, dass ich, ein Held, sie aufgezogen hatte.

»So, ich hab geantwortet. Und jetzt erzähl mir von dir!«

»Ich weiß nicht, wie viel Neues ich dir berichten kann. Bis wohin kennst du die Geschichte?«

»Du wurdest wegen der aktuellen Wellen des Verderbens beschworen, und du bist der religiöse Feind eines Königreichs, das Subhumanoide ächtet ... So viel weiß ich.«

Hatten ihr das die Filolials im Reich erzählt?

Ich wusste nicht, wie viele Filolials zu dieser Gemeinschaft gehörten, aber um ihre Fähigkeiten der Informationsbeschaffung schien es nicht allzu gut bestellt zu sein.

»Auch ich bin nicht allmächtig«, sagte Fitoria. »Ich bin sogar ziemlich vergesslich.«

»Wenn du das sagst ... Nun ja, also ...«

Und dann erzählte ich ihr der Reihe nach, wie es zu der Entfesselung des Tyrant Dragon Rex gekommen war. Anschließend berichtete ich ihr auch, was wir bisher erlebt hatten: Wie man mich erst beschworen und dann falsch beschuldigt und im ganzen Reich diskriminiert hatte.

»Pfff ...«, machte Fitoria.

»Hey, was denn?«

»Ich fasse es nicht: Es sind die Wellen des Verderbens, und die vier heiligen Helden sind so töricht und streiten miteinander.«

»Das ist deren Schuld, nicht meine.«

»Ich hab daran kein Interesse. Ich kämpfe auf Wunsch des Helden, der mich damals aufgezogen hat – nur deswegen.«

»Hm ...«

»Meinetwegen können die Menschen und die Subhumanoiden sich gegenseitig das Leben schwer machen. Es leben ja nicht nur sie auf der Welt. Aber dass die Helden miteinander auf Kriegsfuß stehen, das billige ich nicht. So kann ich nämlich den Wunsch meines Ziehvaters nicht verwirklichen.«

»Und wer ist dein Ziehvater?«

Hatten die vier legendären Helden der Vergangenheit Fitoria irgendeinen Auftrag gegeben?

Ihren Worten zufolge hatte sie nicht die Absicht, sich in die Streitigkeiten zwischen Menschen und Subhumanoiden einzumischen.

»Du scheinst sagen zu wollen, dass du eigentlich keine Zusammenarbeit willst, aber wenns um die Helden geht, hilfst du schon?«

»Genau. Der Konflikt zwischen den Menschen und mir dauert schon eine lange Zeit an. Irgendwann habe ich beschlossen, mich gar nicht mehr mit ihnen abzugeben. Heutzutage unterhalte ich ausschließlich Beziehungen zu Filolials.«

Wie gingen die Menschen wohl mit einem so langlebigen Ungeheuer wie Fitoria um? Fänden sie es nützlich? Nein, sie würden wohl eher darüber nachdenken, es zu beseitigen, wenn es so viel stärker war als sie und so undurchschaubar.

Zunächst würden sie es aber wohl anbeten.

War sie ihrer Macht überdrüssig geworden und hatte daher den Hauptsitz ihrer Sippe an einen menschenleeren Ort verlegt? Vielleicht strich sie in der Gestalt eines wilden Filolials umher, unternahm geheime Reisen.

Melty hatte ja vor dem Schlafengehen stolz erzählt, wie sie Fitoria zuvor begegnet war.

Sie schien wohl darüber zu wachen, wie gewöhnliche Filolials und Menschen miteinander interagierten.

»Wissen die vier heiligen Helden nicht von den Sanduhren? Ich kümmere mich ordentlich um den Ort, mit dem man mich betraut hat. Aber die vier Heiligen nehmen an keiner der anderen Schlachten teil.«

»Die Sanduhren? Klar weiß ich von denen.«

»Warum nimmst du dann nicht an den Wellen überall auf der Welt teil?«

Oje, ich bekam ein ganz ungutes Gefühl.

Ich wusste, dass es auch in anderen Reichen Drachensanduhren gab.

Bedeutete das etwa ... dass außerhalb Melromarcs in einem eigenen Rhythmus ebenfalls Wellen auftraten?

»Ich weiß nicht ...«

Es gab ja bereits etwa einmal pro Monat eine Welle.

Wenn es überall auf der Welt welche gab, würde das meine Kräfte übersteigen.

Ich hatte Lust, den anderen Ländern zu sagen, dass sie sich selbst ein bisschen anstrengen sollten. Manche von ihnen würden sich doch sicher auch ohne unsere Hilfe verteidigen können.

Die Helden der Vergangenheit hatten dann wohl Fitoria um Hilfe gebeten.

Und ihr Vorwurf war nun, dass wir uns nicht in angemessener Weise um die maßgeblichen Wellen kümmerten, derentwegen wir gerufen worden waren ...

»Im Gegensatz zu den anderen Helden weiß ich nichts von dieser Welt. Ich war einfach plötzlich hier. Man hat mir auch so gut wie nichts erklärt. Bis vor Kurzem wusste ich nicht einmal, dass es auch in anderen Reichen Drachensanduhren gibt.«

»Verstehe ... Na gut, dann zur nächsten Frage.«

»Ich höre.«

»An deinem Schild nehme ich Rückstände von etwas Unheilvollem wahr. Benutzt du die Schilde der Curse Series?«

»Du weißt ja gut Bescheid.«

Wie es vom legendären Filolial auch zu erwarten war. Dann wusste sie also von ... dem verfluchten Schild des Jähzorns, der zu dieser Kategorie gehörte?

»Es mögen mächtige Kräfte sein, aber ihr Preis ist hoch. Am Ende ergreifen sie von einem Besitz, daher darfst du sie nicht benutzen.«

»Es gibt aber auch Kämpfe, die ich ohne die Schilde der Curse Series nicht gewinnen kann. Aber ich kann mich schon beherrschen, das ist kein Problem.«

Ich hatte nun schon einige Schlachten erlebt, in denen ich ohne den Schild des Jähzorns aufgeschmissen gewesen wäre. Ja, er mochte seinen Tribut fordern, aber ich würde schon irgendwie zurechtkommen – ich durfte nur nicht die Kontrolle verlieren.

Ich hatte Raphtalia an meiner Seite. Mit ihrer Hilfe müsste ich den Zorn eigentlich im Zaum halten können.

»Ganz sicher?«

»Jepp.«

Fitoria hielt ihre Hand über meinen Schild und schloss die Augen.

»Irgendwann wird der Schildheld dem Fluchschild nicht mehr gewachsen sein ... Er ist mit dem Bewusstsein eines Drachen verschmolzen. Wenn du ihn in der Nähe desjenigen verwendest, der ihn auf dem Gewissen hat, ist es durchaus möglich, dass du die Kontrolle verlierst.«

Der Schild des Jähzorns hatte einen Grow-up durchlaufen, nachdem ich ihm etwas vom Kern des Drachen gegeben hatte.

Es musste also eine Fusion stattgefunden haben mit dem darin verborgenen Drachenzorn.

Der Schild war deswegen nun deutlich mächtiger. Doch gegen wen richtete sich eigentlich der Hass jenes Drachen?

Wahrscheinlich gegen Ren, den Helden des Schwertes, der ihn erschlagen hatte.

Das meinte Fitoria also: Wenn ich den Schild in Rens Nähe benutzte, würde er noch stärker werden, und der Preis dafür wäre entsetzlich.

Ich hatte zwar vor Kurzem gegen Ren gekämpft, aber dabei waren wir auf Abstand geblieben. Ren hatte sich auch nicht ernsthaft gegen mich gewandt.

Deswegen war es wohl gut gegangen ... Wenn wir jedoch direkt gegeneinander gekämpft hätten, dann wäre der Schild des Jähzorns womöglich durchgedreht und hätte vollständig Besitz von mir ergriffen.

»Ich werde ihn in zukünftigen Kämpfen trotzdem anwenden müssen, wenn ich gewinnen will.«

Ich war mir der Gefahr bewusst. Aber wenn ich den Schild mied, dann nutzte ich nicht alle Möglichkeiten, die mir zur Verfügung standen, und würde die Leute nicht beschützen können.

Ich hatte die Absicht, wohlbehalten in meine Heimatwelt zurückzukehren, wenn die Wellen einmal überwunden waren und wieder Frieden in dieser Welt herrschte.

Da konnte man mir noch so oft sagen, ich solle diesen gefährlichen Schild nicht benutzen: Ich war in einer Lage, die mir keine andere Wahl ließ.

»Na schön. Zum nächsten Thema.«

»Du scheinst nicht überzeugt zu sein.«

Fitoria nickte. Wollte sie ... das Thema erst einmal ruhen lassen?

»Die Welt ist wegen der Wellen in einer schlimmen Lage. Warum also streitet ihr Helden euch?«

»Meine Schuld ist das nicht. Die lehnen mich ab. Das ganze Königreich ächtet mich.«

»Ein bisschen was davon hab ich gehört. Dennoch: Die Helden können es sich nicht leisten, miteinander zu streiten.«

»Du bist ganz schön hartnäckig.«

»Es ist meine Aufgabe, die Welt zu beschützen ... Aber ohne die Helden, ganz allein, schaffe ich das nicht.«

Sie hatte eine solche Macht demonstriert und konnte dennoch die Welt nicht vor den Wellen retten?

Nach allem, was ich gesehen hatte, war sie weit stärker als Motoyasu, Ren und Itsuki zusammen. Und das reichte dennoch nicht, um die Welt zu retten?

Sicher meinte sie, dass sie es irgendwann nicht mehr schaffen würde.

Schlummerte in uns vieren denn wirklich ein derartiges Potenzial?

Nun, immerhin waren wir Helden. Andernfalls hätte man uns wohl kaum extra aus einer fremden Welt herbeibeschworen.

»Ehrlich gesagt ist mir egal, was aus den Menschen wird, die dürfen sich gern weiter bekriegen. Die Helden aber nicht!«

»Und wieso?«

Fitoria schüttelte wortlos den Kopf.

»Ich ... kann mich selbst nur noch verschwommen erinnern, es liegt alles so weit zurück. Aber dies weiß ich immerhin: Dass sich die Helden bei den aktuellen Wellen feindlich gegenüberstehen werden und ich das nicht zulassen darf.«

Offenbar lebte sie schon so lange, dass sie vieles bereits vergessen hatte ...

Sie war eben immer noch ein Filolial. Vielleicht konnte man auf ihr Gedächtnis ebenso wenig geben wie auf Filos.

Aber diese eine Sache, die wusste sie noch? Aus irgendeinem Grund bekam ich schon wieder ein ganz ungutes Gefühl.

Ich spürte schon die ganze Zeit, dass von Fitoria eine eigenartige Aggression ausging. Eine regelrechte Feindseligkeit.

Ich spürte, wie sich mein Nacken verkrampfte.

»Ich erinnere mich: Sollten die Helden sich bei den Wellen gegeneinander wenden, so müssen wir uns ihrer entledigen und sie neu beschwören.«

Das war es also? Das hatte sie mir mitteilen wollen?

Wenn die Helden sich nicht vertrugen, würde sie sie umbringen. Weil sonst die Wellen nicht zu bezwingen wären.

Das hatte dieser legendäre Filolial gesagt, und ganz sicher nicht grundlos. Ich konnte mir nur denken, dass es eine Botschaft der Helden vergangener Zeiten war. Dennoch …

»Ich bin aber nicht schuld daran! Was soll ich denn machen, wenn die Typen nicht gewillt sind, sich gut mit mir zu stellen?«

Genau! Schuld waren die Bitch, die mich verleumdet hatte; der Drecksack, der verlangte, dass man mich ächtete; die anderen Helden, die mich nicht in Schutz nahmen, sondern mir nur Vorhaltungen machten; und außerdem die Bevölkerung dieses Königreiches.

Während ich verzweifelt versuchte, Geld zu verdienen und das Vertrauen der Leute zu gewinnen, lasteten sie mir die Entführung Meltys an, fahndeten nach mir und versuchten sogar, mich umzubringen.

Ich fragte mich, wie ich es überhaupt schaffen sollte.

Übergab ich Melty ihrer Mutter, der Königin, so würde dies die Drei-Helden-Kirche Melromarcs schlimm verletzen. Bis die Sache ausgestanden wäre, müsste ich jedoch auf jeden Fall in einem anderen Reich untertauchen.

Nebenbei sollte ich mich auch noch mit den anderen Helden gut stellen? Das war zu viel verlangt.

»Na gut.« Fitoria klang, als hätte sie aufgegeben, und ihre aggressive Aura verflüchtigte sich. »Dann ist es wohl nicht zu ändern.«

Und damit ging sie resigniert in die Dunkelheit davon. Hatte sie wirklich aufgegeben? Einfach so?

Mir schwante nichts Gutes. Nein, so einfach würde sie sich wohl kaum geschlagen geben. Aber ... auf die anderen Helden würde ich niemals zählen können.

Kapitel 5: Filo vs. Fitoria

Diese Hitze ...

»Kwah, kwah!«

Ich hörte Filolials krähen und spürte am ganzen Körper etwas Weiches, Flaumiges.

Ich erwachte und stellte fest, dass sich alle Filolials an mich gedrängt hatten, als wollten sie sich bedanken.

»W... Was soll das?!«

»Aaah! Der Meister gehört miiir!«

Ich verstand zwar Filos Monopolanspruch nicht so recht, aber immerhin verscheuchte sie für mich die Filolials.

»Huaaah ...«

Als ich endlich die Augen aufbekam, stellte ich fest, dass es schon gegen Mittag war.

Wenn ich hier nun Mittagessen kochte, würde das dann wieder wie am Vorabend ablaufen?

»Sagt mal, stimmt es, dass ihr gegen den Greifenkönig aus der Legende gekämpft habt?«

»Ja, haben wir. Genau gesagt waren die Greifen menschengemachte Monster, die nur Greifen nachgebildet waren ... Sie wurden in Massen produziert, und ihretwegen starben die fliegenden Filolials aus. Es ist uns aber gelungen, die gefährlichen Viecher in die Flucht zu schlagen.«

»Und den Drachenkönig habt ihr auch besiegt?«

»Haben wir. Das war aber mühsam, weil er immer wieder zum Leben erwachte, selbst wenn man ihn in Stücke riss.«

»Wie toll! Und entspricht es auch der Wahrheit, dass irgendwo in eurem Heiligtum das Schwert aus der Legende schläft?«

»Ein weiteres Schwert, zusätzlich zu dem des Schwertheiligen? Da ist wohl nichts dran. Es sind aber noch ein paar Waffen der Helden aus der alten Zeit übrig.«

Mit strahlenden Augen und voller Aufregung bestürmte Melty Fitoria mit Fragen.

Filo hingegen plusterte die Backen auf und kochte vor Eifersucht.

Der Anblick brachte einen schon zum Schmunzeln. Obwohl ich natürlich hoffte, dass die Freundschaft keinen Knacks bekam.

»So, ich denke, wir haben uns genug ausgeruht«, sagte ich zu Fitoria, nachdem wir eine Kleinigkeit gegessen hatten. »Wie soll es jetzt weitergehen?«

Wir konnten hier nicht zu lange herumtrödeln. Musste ich mit Fitoria verhandeln, damit sie uns in einem Rutsch zur Königin brachte?

»Genau … Alsdann.«

Fitoria erhob sich und feuerte ohne Vorwarnung einen Zauber auf Melty ab. Plötzlich war sie in etwas gefangen, das aussah wie ein Käfig aus Wind.

»W… Was soll das?!«

Melty versuchte, hinaus zu gelangen, doch als sie mit der Hand den Windkäfig berührte, schnitt sie sich und fing an, ein wenig zu bluten.

»Was tust du da?!«, fauchte Filo.

»Melly. Du wirst meine Geisel sein.«

»A… Aber warum?«

»…« Fitoria antwortete nicht, blickte uns nur stumm an. Die Luft schien zu knistern.

Das hier … war also ihr Plan gewesen?! Musste ich davon ausgehen, dass … sie mich jetzt beseitigen wollte? Würde sie sich später auch die anderen Helden vorknöpfen, also ihr geschildertes Vorhaben in die Tat umsetzen?

»Melty!«, rief Raphtalia.

Verdammt ...! Nun musste ich es mit diesem Filolial-Ungetüm aufnehmen.

Warum sollten wir überhaupt gegeneinander kämpfen?

Es lag definitiv eine bedrohliche Stimmung in der Luft, aber von mir ging sie nicht aus.

Würde ich gezwungen sein, meinen Schild des Jähzorns zu benutzen?

»Nein, diese verfluchten Kräfte darfst du nicht verwenden.«

Plötzlich war mein Schild in Licht eingehüllt.

Die konnte mich mal! Ich würde dennoch versuchen, meinen Schild zu verwandeln.

Verwandlung aufgrund von Interferenzen geblockt.

Da war sie wieder, jene Anzeige. Dasselbe hatte sie doch schon am Vorabend gemacht.

»Zuerst hör mich an.«

»Wieso sollte ich mit jemandem reden, der sich so benimmt?«

»Wenn du mir nicht zuhörst, werde ich euch alle töten.«

»Wa...«

Ich traute es ihr durchaus zu.

Im Moment war der Kraftunterschied zwischen uns und Fitoria einfach immens.

Gegen den Tyrant Dragon Rex waren wir völlig hilflos gewesen. Sie hingegen hatte ihn so lässig besiegt, als hätte sie nur einem Baby den Schnuller weggenommen.

Was, wenn wir gegen sie kämpften?

Wir würden mit hoher Wahrscheinlichkeit unterliegen.

»Aber ich hab's dir doch schon gesagt: Ich kann mich mit denen nicht vertragen!«

»Worum geht es denn hier gerade?«, fragte Raphtalia.

»Sie hat gesagt, dass sie mich umbringen will, wenn ich mich nicht mit den anderen Helden einige.«

»Du sollst dich mit denen einigen? Aber das …«

Da konnte selbst Raphtalia nur ratlos die Stirn runzeln. Immerhin war ich noch kein einziges Mal zu ihnen durchgedrungen. Es war doch reichlich unverschämt, einfach darauf zu beharren, das Unmögliche möglich zu machen.

»Ich verstehe … Na dann.«

Fitoria hob einen Finger und deutete auf Filo.

»Der Held des Schildes hat dich aufgezogen. Filo, ich werde mit dir einen Zweikampf austragen, und wenn du mir in diesem deine Stärke beweist, lasse ich Melty frei und gebe euch einen Aufschub.«

»Was soll das denn für einen Sinn haben?«

»Das wirst du schon bald verstehen.«

Was hatte sie nur vor?

»Ich werde in dieser Gestalt kämpfen. Daher wirst du das Gleiche tun.«

Sie wollte, dass die beiden in ihrer jeweiligen Menschenform gegeneinander antraten? In dem Fall hätte Filo vielleicht sogar eine Chance.

Würden sie in ihrer wahren Gestalt kämpfen, würde Filo hoffnungslos unterliegen. Als schwache Menschenmädchen bestand ein wenig Hoffnung. Zum Glück besaß Filo etwas, das ihr auch in dieser Form als Waffe dienen konnte.

»Verstanden!«

Filo holte ihre Krafthandschuhe unter ihren Flügeln hervor und trat nach vorn.

Ursprünglich hatte der Waffenhändler sie uns gegeben, damit ich notfalls die Kutsche ziehen konnte, aber Filo konnte sie mit ihrer Magie verändern, sodass sie nun Klauen bekamen. Bei ihrem letzten Kampf gegen Motoyasu hatten ihr die Handschuhe gute Dienste geleistet. Aber …

»He, fang nicht einfach so an!«

»Genau, Filo! Bitte warte erst einmal auf Herrn Naofumis Anweisung.«

»Aber sie hat doch Mel …«

»Wenn du nicht kämpfst, werden alle sterben. Du hast keine Wahl«, erklärte Fitoria.

Ich knirschte mit den Zähnen.

Wahrscheinlich hatte Fitoria es von Anfang an auf dieses Duell abgesehen. Nur tatenlos zuschauen zu können, gefiel mir gar nicht. Vielleicht wollte sie ja unsere stärkste Angreiferin zuerst erledigen und uns anschließend allesamt umbringen. Aber es spielte ohnehin keine Rolle, denn ich hatte offensichtlich kein Vetorecht. Demnach mussten wir die Herausforderung akzeptieren.

»Na schön.«

»Also, fangen wir an.«

Fitoria hob die Hand und eine Mauer aus Wind erschien zwischen Filo und uns. So entstand ein Ring, in dem die beiden unter sich waren.

»Hier kannst du dich nicht verwandeln. Regelverstöße sind unmöglich.«

»Ich werde Mel retten! Ich verliere nicht gegen dich!«

Einfach nur zusehen zu können … Wenn es wirklich gefährlich

wurde, so beschloss ich, würde ich irgendeinen meiner Skills einsetzen, auch wenn ich damit die Regeln brach.

»So, los!«

Filo lenkte Magie in ihre Handschuhe, womit sie die besagten Krallen ausbildete, dann stürmte sie auf Fitoria zu.

»Hiah!«

Filo führte den ersten Angriff aus.

Kraftvoll stieß sie sich vom Boden ab und versuchte, einen Kick gegen Fitorias Bauch anzubringen.

»Wie schlapp.«

Fitoria lenkte Filos Fuß mit der Hand spielend leicht von sich ab.

»Ah!«

Filo geriet ins Trudeln, und Fitoria schwang ihre Faust nach ihr.

»Ups!«

Filo verbog sich und entging dem Schlag. Fitorias Faust krachte in die Erde, die erzitterte, und ein Krater klaffte auf.

Unfassbar, wie viel Kraft sie in einen einzigen Schlag legen konnte!

»Filo, gib alles!«, feuerte die gefangene Melty sie mit lauter Stimme an.

»Die kriegt mich nicht!«

Filo schwang die Klauen nach Fitoria, doch die löste sich im selben Moment vor meinen Augen in Luft auf.

»Zu langsam.«

»Aua!«

Ich hörte Schlaggeräusche, und Filo wankte zurück.

»W… Was?«

»Du bist viel zu langsam.«

»Uh …«

Filo entwich ein Stöhnen, wie man es sonst nicht von ihr kannte.

»Die ist wahnsinnig schnell. Aber ich verlier trotzdem nicht!«

Sie hielt ihre Hände oben und unten vor sich und rannte los. Wollte sie so früh ihre Spezialtechnik einsetzen?

»High Quick!«

Auch Filo verschwamm, und es klatschte mehrmals, aber ...

»Ich sag ja: zu langsam.«

Fitoria bewegte langsam eine Hand auf und ab und ließ dabei den Arm leicht rotieren. Doch zu allem Überfluss ...

»Aaaaaaah!«

Filo, getroffen, flog wirbelnd durch die Luft davon. Dann breitete sie die Flügel aus, fing damit den Wind ein und landete auf den Füßen.

»Sie hat meine Geheimwaffe einfach pariert ...«

»Melly ist doch deine Freundin, oder?« Fitoria stemmte eine Hand in die Hüfte, wirkte ganz so, als hätte sie sich mehr erhofft. »Wenn du jetzt nicht Ernst machst ...« Dann ließ sie Meltys Käfig ein wenig schrumpfen.

»Aaah ...«

Melty machte sich ganz klein, damit die Gitterstäbe sie nirgends schnitten. Als Filo das sah, verlor sie die Fassung.

»Mel! Uh ...«

Mit aufgeplusterten Flügeln rannte sie auf Fitoria zu und hieb mit beiden Klauen nach ihr.

Fitoria wich nicht aus, verteidigte sich auch nicht, ließ es einfach über sich ergehen. Funken sprühten, aber am Ende stand sie noch immer da, unversehrt.

Unfassbar. Wie leicht sie Filos Attacken an sich abperlen ließ ...

Mir fehlten die Worte: Filo lief uns allen im Kampf den Rang ab, aber Fitoria spielte nur mit ihr. Sie hatte ungleich mehr Erfahrung ... Auch ihr Level musste so viel höher sein.

»So, dann jetzt ich!«

Fitoria schlug mit der Faust nach Filo. Sie traf sie nicht, schien sie nicht einmal gestreift zu haben. Dennoch riss Filos Kleid.

»Mit einem so einfachen magischen Gewand wirst du dich wohl kaum schützen können.«

Dann führte sie noch eine Serie von weiteren Schlägen aus.

Mist ... Was sollte ich in dieser Situation nur tun, wenn ich nicht eingreifen konnte?

Filos magisches Gewand? Die Magiehändlerin hatte Filos Magie zu Garn verwoben, und daraus hatten wir dann ein Kleid für sie anfertigen lassen. Letztendlich bestand es also aus Magie ... und war demnach ein magisches Gewand?

Strahlende Klauen erschienen an Fitorias Händen, und sie schlug damit nach Filo.

Dieser Schlitz-Angriff aus Licht schrammte ihr jedoch nur über den Kopf.

»Wärst du in deiner Filolialform, hätte ich getroffen«, sagte Fitoria leichthin.

Filo hatte überhaupt keine Zeit gehabt, dieser Attacke auszuweichen. Fitoria war viel zu schnell. Und es war ein machtvoller Angriff gewesen.

»Du besiegst mich nicht!«

Wieder bewegte Filo beide Hände auf und ab.

»Ich, als Quelle deiner Macht, befehle dir: Ergründe das Wesen der Dinge und feg sie mit einem starken Tornado aus Wind weg! – Tornado, Stufe zwei!«

Aus Filos Händen schoss ein Wirbelwind in Fitorias Richtung ...

»Ich, als Quelle deiner Macht, befehle dir: Ergründe das Wesen der Dinge und mache den Windtornado unschädlich! – Anti-Tornado, Stufe zwei!«

Plötzlich sah es aus, als würde Filo von Magie eingehüllt, und dann verpuffte ihr Zauber wirkungslos.

»Störmagie ...«

Ähm, darüber stand doch bestimmt was in dem Anfängerbuch ...

Damit behinderte man gegnerische Zauber. So etwas war zwar möglich, doch um es in der Praxis anzuwenden, brauchte man eine gut entwickelte Fähigkeit, den Gegner einzuschätzen.

In diesem System schien sich mit jeder Anwendung das Muster des Zaubers ein wenig zu verändern. Dieses Muster musste man analysieren und dann, ehe der Zauber Wirkung zeigte, den passenden Gegenzauber sprechen. Hochrangige Zauber waren zeitaufwendiger in der Durchführung und daher leichter zu blocken, aber mittlere Magie ließ sich angeblich nur schwer kontern.

»Ich gewinn trotzdem noch!«

Beherzt stürmte Filo ein weiteres Mal auf Fitoria zu. Aber es würde wohl nur wieder zum gleichen Ergebnis führen ...

Fitoria hatte Filos Kleidung als magisches Gewand bezeichnet.

Das ist doch eigentlich mein Spezialgebiet: Verteidigung.

Filos Kleid bestand aus Magie. Indem man seine eigene Magie hineinlenkte, müsste man es demnach doch reparieren können.

Aber dann könnte sie doch ...

»Hey, Filo!«

»Waaas, Meister? Ich hab zu tun!«

»Reparier dein Kleid mit Magie. Und dann lenk noch mehr Magie rein! Das bringt bestimmt was!«

»Mhm, verstanden!«

Mit grimmigem Gesicht ging sie auf Abstand, dann hielt sie die Hand über ihr Kleid und stellte es wieder her. Es hatte nun angefangen, schwach zu leuchten.

So konnte Filo bestimmt ihre Verteidigungskraft erhöhen, wenn sie in ihrer Menschenform kämpfen musste.

Blitzschnell war Fitoria bei ihr und schlug ihr gegen den Arm.

»Ha!«

Mit dem Schlag hätte sie ein Gebäude abreißen können, aber Filo riss beide Hände hoch und blockte.

»Ganz ... schön ... stark! Aber ...«

Hätte sie meinen Rat nicht befolgt und Magie in ihr Kleid gelenkt, dann hätte sie dieser Attacke ganz sicher nicht standgehalten!

Die Wucht war verpufft. Nun schlug Filo Fitorias Arm beiseite und stieß sich vom Boden ab.

Kurz stand Fitorias Deckung offen, und Filo schoss mit den Klauen voran auf sie zu. Sie erzeugte ein wenig Wind, wohl um ihre Sprungkraft zu steigern.

»Hiah!«

Filo legte ihr ganzes Gewicht in den Angriff und traf auch ihr Ziel ...

Hatte ich zumindest gedacht. Aber ...

»Lasch.«

Es sprühten lediglich ein paar Funken. Der Angriff hatte praktisch keinen Schaden verursacht.

Dann fehlte Filo wohl doch die Kraft, Fitorias Verteidigung zu durchbrechen.

Verflucht! Was, wenn Filo unterlag? Was sollte ich dann tun?

Hilfe suchend blickte sie in meine Richtung. Aber immer wusste ich nun auch keinen Rat.

Doch nein, ich hatte mich geirrt! In Wahrheit schaute sie zwischen Melty und mir hin und her.

Das meinte sie also ...

Unauffällig näherte ich mich Melty und berührte ihren Käfig.

Es durchzuckte mich ein Schmerz, als hätte mich eine Windklinge getroffen, aber es war aushaltbar.

Wenn ich diesen Käfig zum Zusammenbrechen bringen konnte, dann konnte ich dem Kampf meinerseits ein Ende setzen. Darauf setzte Filo sicher ihre Hoffnung.

Es bestand nun einmal ein gewaltiger Kraftunterschied. Mit einem Sieg war nicht zu rechnen.

»Melty.«

»N… Naofumi!«

»Halt noch ein bisschen durch.«

Ich streckte die Arme nach dem Käfig aus, setzte an, um ihn zu zerstören … Doch in dem Moment wurde ich plötzlich durch die Luft geschleudert.

»Ich merke ganz genau, wenn ihr schummelt.«

Im nächsten Moment traf mich ein Wirbelwind in den Bauch, als hätte mich jemand mit aller Kraft geschlagen.

»Uff …«

Hatte sie gerade etwa problemlos meine Verteidigung durchbrochen?!

»Herr Naofumi!«

»Ächz!«

Ich lag am Boden und konnte vor Schmerzen nicht mehr klar sehen.

Mist … Als ich an mir herabblickte, sah ich, dass meine Rüstung verbogen war, und ich innerlich blutete. Damit durfte man nicht spaßen. Ich musste mich konzentrieren und Heilmagie anwenden. Und was die Rüstung anging … Die reparierte sich ja automatisch, aber … Verdammt!

»Meister!«

»Lass dich nicht ablenken!«

»Aber …«

»Deine Magie ist verbraucht«, sagte Fitoria. »Kannst du überhaupt noch kämpfen?«

»Klar kann ich das!«

»Ganz schön tollkühn … Dann bring ich es jetzt mit einem Schlag zu Ende.«

Fitorias Flügel spannten sich auf. Sie atmete tief ein … Und plötzlich … schien sich um sie herum Magie anzusammeln.

So etwas konnte sie auch noch?

Ich hätte es ihr gern nachgemacht, aber selbst in Sachen gewöhnlicher Magie konnte ich ja nur die einfachsten Zauber anwenden, daher brauchte ich an so etwas wohl nicht zu denken. Aber hieß es nicht, Nachahmung sei der schnellste Weg zum Erfolg?

Es kam mir zwar wie Plagiieren vor, aber was war letztendlich all das Büffeln in der Schule, wenn nicht das Nachahmen der Allerbesten vergangener Zeiten? Wir Menschen waren nun einmal mit Leib und Seele Nachahmer.

Ja. Ich würde es mir für später merken, wenn ich die nötige Stärke hatte.

»Das kann ich auch!«

Filo begann, es Fitoria gleichzutun und Magie um sich herum zu konzentrieren.

»Zu spät.«

Fitoria hatte bereits alles an sich gerissen. Mit rasendem Tempo drang sie nun auf Filo ein und boxte sie immer wieder.

»Uh … Au … Uff …«

Filo hatte die Arme gekreuzt und hielt ihre Deckung aufrecht.

Fitoria trat kurz zurück, dann führte sie einen Sprungtritt aus.

»Parier den hier!«

»Aaaaaaaaaaaaaaaaaaah!«

Filos Deckung brach in sich zusammen. Sie wurde fortgeschleudert, wobei sie sich um die eigene Achse drehte, und gegen die Wand aus Wind prallte.

»I… Ich verlier nicht!«

Mühsam rappelte sie sich wieder auf und versuchte noch einmal, Magie zusammenzuklauben.

»Mhmmm …«

Dann, sie hatte wohl endlich ihre Magie wiederhergestellt, ging sie in Kampfhaltung und machte sich bereit für die nächste Aktion.

»Haaa …«

Sie flatterte mit den Flügeln auf und ab, machte sich klein und streckte beide Klauenhände vor sich aus.

Alle konnten sehen, wie hinter ihr ein Wind aufkam, als sie ihre Magie konzentrierte.

Das musste Filos mächtigster Finishing Move sein.

Den musste man zu lange vorbereiten. Das war nichts, was man in einem realen Kampf anwenden konnte.

»Quick!«

Wie ein Geschoss flog sie in gerader Linie auf Fitoria zu.

Sie attackierte im Tiefflug, rotierend, alle Krallen vor sich ausgestreckt.

So schnell hatte ich sie noch nie gesehen. Das war etwas ganz anderes als ihre üblichen Tritte und Kratzer. Mich erinnerte es an die Special Moves von Flugrobotern in Strategiespielen oder so etwas.

»Oho …«

Selbst Fitoria machte große Augen.

Ich sah, wie ihr Kleid einriss. Nur ein kleines bisschen.

Außerdem streifte Filo sie mit ihren Krallen an der Wange und hinterließ einen winzigen Kratzer.

Ein Tröpfchen Blut sickerte daraus hervor.

Mit einem Lächeln im Gesicht blickte Fitoria diesem Tröpfchen nach, als es zu Boden fiel.

Da ging es mir plötzlich auf.

Ich sah zu Raphtalia hin, und sie nickte mir zu.

Das alles war nur ein Spiel für Fitoria. Sie war Filo durchaus überlegen, schaute sich nur an, was Filo alles auffahren würde, um sich zur Wehr zu setzen. Und angesichts dieses unverhofft mächtigen Angriffs lächelte sie nun.

Der legendäre Filolial.

Ja, sie wurde diesem Namen voll und ganz gerecht. Filo bereitete ihr keine Schwierigkeiten. Sie war keine Gegnerin für sie.

Mir war zwar bewusst gewesen, dass Filo keine Siegeschancen hatte … Doch nun schien es, als wäre es nicht einmal ein richtiger Kampf gewesen.

»Menno …«

Ja, das schien Filo gar nicht zu gefallen.

»So, jetzt ich.«

Fitoria trat vor und fing an, in rascher Folge auf Filo einzuschlagen.

Wie schnell sie war! Sie hatte sich schon die ganze Zeit viel flinker als Filo bewegt, aber nun übertraf sie sich noch einmal selbst.

So unnachvollziehbar schnell wie High Quick war ihre Kombo aber nicht: Immerhin sah man noch Nachbilder.

»Uh … Aaah!«

Hilflos flog Filo durch die Luft davon. Doch ehe sie auf dem Boden aufprallen konnte, war Fitoria bereits dort und erwartete sie.

»Hiah!«

Ein harter Schlag beförderte Filo sogleich wieder an ihren ursprünglichen Platz zurück.

»Uff ...«

Und dann ... stand Fitoria reglos da, als wartete sie auf Filos Reaktion.

Die legte ihre Hände auf die schmerzenden Stellen. Magie leuchtete auf und ihre Wunden begannen zu heilen. Allzu viel vermochte sie nicht mehr zu leisten. Der Zauber war nicht mehr als eine Notmaßnahme.

»Uh ...« Schwächlich fing Filo an, ihre Magie zu regenerieren. »Na warte!«

Und schon stürmte sie wieder auf Fitoria zu.

Bildete ich es mir nur ein? Nein, ganz sicher nicht: Filo bewegte sich jetzt noch schneller als zuvor.

Sie lenkte Kraft in ihre Klauen und ahmte Fitorias Attacke nach.

»Hiah!«

Nach drei Schlägen begann der Windschild, den Fitoria errichtet hatte, zu schwanken.

»Ist das alles?«

»Grrr ...«

Mich hatte schon vor einer Weile das Gefühl beschlichen, dass alle Bewegungen Fitorias eigentlich den Zweck hatten, Filo eine Kampftechnik beizubringen. Ich hatte nur eine Weile gebraucht, um es zu merken, weil Fitoria sich so überhaupt nicht zurückgehalten hatte.

Ja, dies hier war von Anfang bis Ende eine Prüfung, die sogar mit dem Tod enden konnte ... So einen starken Kampfgeist spürte ich bei Fitoria.

»Du ...« Fitoria wies mit einer Hand in Meltys Richtung. »Mach lieber schnell, sonst gerät Melly noch in echte Not!«

Der Käfig schrumpfte weiter und schnitt Melty die Haarspitzen ab.

»Ah!«

»Mel! Uh ...«

Filo spannte die Flügel weit auf, dann sauste sie, geradezu wie ein Blitz, mit ihrer Angriffstechnik auf Fitoria zu.

»Haaaaaaaaaaaaaaaaaargh!«

»Mhm ... Na, die Mindestpunktzahl wird's wohl sein. So, jetzt kommt die letzte Attacke. Pass gut auf!«

Fitoria blockte Filo mit einer Hand, dann trat sie ihr in die Seite, sodass diese davonwirbelte.

»Auuuuuu!«

Sie prallte gegen die Wand aus Wind, die sofort in sich zusammenfiel.

Dann kullerte sie über den Boden und blieb wie ein Putzlumpen am Boden liegen.

Ich rannte zu ihr.

Aber sie hob nur eine Hand, als wollte sie mich davon abhalten, und kämpfte sich mit zitternden Beinen wieder hoch.

»Ich ... hab immer noch nicht ... verloren.«

Ich wollte sie stützen, aber sie sah mich warnend an, als wollte sie sagen, dass das ein Regelverstoß wäre. Als sie endlich stand, machte sie verbissen einen schwankenden Schritt nach vorn.

Sie sah aus, als würde sie jeden Moment zusammenbrechen, biss aber weiter die Zähne zusammen, als könnte sie sich eine Niederlage nicht verzeihen.

»Wenn ich jetzt verliere, kriege ich Mel nicht wieder!«

»Filo ...«, sagte Melty.

»Filo, es reicht! Lass gut sein!«

»Nein«, sagte Filo. »Ich werde … Mel beschützen!«

Sie taumelte auf Fitoria zu – mit bloßen Handschuhen, die Krallen waren verschwunden –, und schwang die Faust.

»Hiaaaaaaaaaah!«

Der Schlag war läppisch, Filos Wille stark.

Sie traf Fitoria in den Bauch.

»…«

Aber das reichte nicht, um Fitoria zu besiegen.

»Mhm. Schon gut, es ist genug.«

In dem Moment sackte Filo in sich zusammen, und Fitoria fing sie auf. Gleich darauf ließ sie den Windkäfig verschwinden, der Melty gefangen gehalten hatte.

»Filo!«

»Mel …«

»Keine Sorge, sie lebt noch.«

Fitoria begann zu murmeln und sprach einen Zauber auf Filo.

Ihre Wunden heilten so schnell, dass man dabei zusehen konnte, und auch ihr Kleid wurde wiederhergestellt.

»Huch?«

Sofort fegte Filo Fitorias Hand weg und ging wieder in Kampfhaltung.

»Es ist vorbei.«

»Ist es nicht! Ich werde Mel beschützen!«

»Melly … geht's gut. Komm ruhig her!«

Fitoria bedeutete Melty, zu Filo zu gehen.

Melty blickte mehrmals furchtsam in Fitorias Richtung, dann gab sie sich einen Ruck und stellte sich neben Filo.

»Verstanden? Das Training ist vorbei.«

»Training?«

»Nur ein kurzes. Ich hab ja auch noch andere Sachen zu erledigen.«

»Echt?«

Filo legte argwöhnisch den Kopf schief.

Gerade hatte sie noch verzweifelt gekämpft, jetzt schien alle Anspannung verflogen.

»Filo«, sagte ich und ging zusammen mit Raphtalia zu ihr. »Sie hat dich nur auf die Probe gestellt.«

»Das stimmt«, sagte Fitoria. »Aber ich hatte durchaus die Absicht, meinen Worten Taten folgen zu lassen, falls du den Test nicht bestanden hättest.«

Mir war nicht ganz klar, warum das alles nötig gewesen sein sollte, doch immerhin hatte Filo durch diese Erfahrung gelernt, in ihrer Menschenform zu kämpfen.

»Filo, du musst dir immer überlegen, wer dein Gegner ist. Wenn du in deiner Filolialform gegen Menschen antrittst, gibst du ein großes Angriffsziel ab.«

»Ach so?«

Das stimmte: Filo war als Filolial ein ganz schöner Brocken. Sich flink bewegen und ausweichen konnte sie auch so, aber ein mächtiger Gegner könnte womöglich dennoch einen Treffer landen.

Außerdem konnte sie in ihrer Filolialform hauptsächlich auf Tritte zurückgreifen. Natürlich hatte sie ihre Magie und ihre Attacken, hilflos war sie als nicht. Aber es konnte nicht schaden, wenn sie sich künftig im Vorhinein klarmachte, was für einen Gegner sie gerade vor sich hatte.

Das hatte Fitoria ihr vor Augen führen wollen: nicht ausschließlich in der Filolialform zu kämpfen.

Zudem konnte Filo ja sogar mitten im Kampf den Modus wechseln.

Im Prinzip hatte Fitoria ihr einschärfen wollen, sich nicht auf eine einzige Kampfweise festzulegen. Und dazu hatte sie ihr noch ein paar Techniken beigebracht.

»Und nun noch der Nachweis, dass du meinen Test bestanden hast.«

Fitoria holte ein Diadem hervor und hielt es Filo hin.

»Was ist daaas?«

»Deine Belohnung. Und jetzt neig mal deinen Kopf.

»Filo, mach das hier«, sagte Melty, raffte ihren Rock und führte einen Knicks vor.

Oho, so langsam fand sie sich wohl in ihre Prinzessinnenrolle ein. Das sah ja schon ganz anständig aus!

»So?«

»Ja, genau.«

Filo knickste, und Fitoria setzte ihr das Diadem auf.

»Filo, hiermit bestimme ich dich zu meiner Nachfolgerin.«

»Nachfolgerin?«

»Das heißt, du sollst nach ihr die Königin aller Filolials werden.«

»Oh ...«

»Das ist ja toll, Filo!«, jubelte Melty.

Die Betreffende sah allerdings nicht sonderlich begeistert aus.

Doch dann begann das Diadem auf Filos Kopf mit einem Mal zu leuchten.

Das Licht brach geradezu aus dem Diadem hervor und strahlte in alle Richtungen ...

Und dann stellte sich auf Filos Kopf plötzlich eine einzelne Haarsträhne auf.

»...«

Raphtalia und ich blickten einander schweigend an.

Das sollte eine Belohnung sein?

»Hä?«

»Filo, wie süß!«

Melty mochte ja in Begeisterungsstürme verfallen, aber ... Filo selbst schien nicht so recht zu verstehen, was da gerade überhaupt passiert war. Davon bekam Melty jedoch nichts mit.

Moment mal! Ich war doch Otaku durch und durch. War das vielleicht so eine Art Gamer-Fetisch? Ein Attribut, auf das ich total abfahren sollte?

Aber ... Ich betrachtete die Strähne, wie sie sich im Wind wiegte, flatterte und tanzte.

Tja. Nee.

»Ist irgendwas?«

»Ähm ...«

Ich zeigte auf ihren Kopf, und da fing sie an, sich zögerlich abzutasten.

»Da wächst was Komisches!«, schrie Filo. »Das soll weg!«

Sie packte den Idiotenzipfel auf ihrem Kopf mit kräftiger Hand.

Ruck!

»Hieh?!«

Jetzt versuchte sie doch tatsächlich, ihn sich mit aller Kraft auszureißen.

Filo nun wieder ... Das musste doch schrecklich wehtun!

»Auaaa!«

Mit schmerzverzerrtem Gesicht riss sie sich schließlich die Strähne aus. Zufrieden nickte sie.

Flupp!

An derselben Stelle hatte sich sofort eine neue Strähne aufgestellt.

»Du, die ist nachgewachsen!«

»Hä?!«

Den Tränen nahe riss sie sich selbst mehrmals die Strähne aus, doch jedes Mal ragte sogleich eine neue empor. Schließlich ließ sie resigniert den Kopf hängen.

Schon ein bisschen unheimlich, das Ding.

»Gib's auf, die wächst immer wieder nach«, sagte Fitoria. »Und wenn du stärker wirst, kommen weitere dazu.«

»Waaas? Wird das dann so wie bei dir?«

Sie warf einen unbehaglichen Blick auf die drei Büschel auf Fitorias Kopf.

Irgendetwas musste sich der legendäre Filolial dabei gedacht haben ... Ich riskierte einen Blick in Filos Statusbildschirm.

Ihre Fähigkeiten waren seit dem letzten Mal gestiegen.

Dann war dieses Diadem bestimmt mit einem magischen Effekt versehen, durch den Filos Fähigkeiten gesteigert wurden.

Eine wunderbare Belohnung: Schließlich konnte Filo im Augenblick nicht hochleveln.

»Und nun sollst auch du, Held des Schildes ...«

»Hm? Ich krieg auch was?«

Fitoria zeigte auf mich und winkte mich zu sich.

Hey, Moment mal! Wenn ich jetzt zu ihr ging, bekam ich dann auch so einen albernen Zipfel?

»Ich brauch so 'ne Locke nicht.«

»Locke?«

Ich erklärte es nicht genauer, ließ es dabei bewenden. Sonst hätte es nur wieder Krawall gegeben.

»Nein, es ist was Besseres. Und ich heile auch deine Wunden.«

»Hmmm ...«

Ich hatte keinen Schimmer, was sie mir da aufs Auge drücken wollte. Hoffentlich nichts Komisches.

Ich schien aber ohnehin nicht ablehnen zu können, also trat

ich vor sie. Fitoria legte mir die Hand auf den Bauch und wandte Heilmagie auf mich an. Ich war noch nicht ganz wiederhergestellt gewesen und hatte noch einen dumpfen Schmerz verspürt, aber der verflüchtigte sich nun ebenfalls.

»Und jetzt halt den Schild hoch.«

Sie zeigte auf den Schild und dann in die Luft.

»So?«

Ich hob meinen Schild in die Höhe. Da riss sich Fitoria eins ihrer Haarbüschel aus und legte es oben darauf.

Der Schild zeigte eine ausgeprägte Reaktion, als er die Strähne absorbierte.

Freischaltung der Filolial Series erzwungen!

»Hä? Eine Zwangsfreischaltung?«

Ich warf einen Blick auf den Schildbaum und sah, dass nun Schilde mit der Bezeichnung Filolial aufleuchteten.

Neue Abschnitte zu Ausrüstungsboni waren erschienen – die meisten betrafen Steigerungen der Grundfähigkeiten von Filolials, Fähigkeitenanpassung, Entwicklungsunterstützung (klein, mittel, groß), wachstumsbezogene Statusanpassung (klein, mittel, groß).

Was mir noch ins Auge sprang: Fähigkeitensteigerung beim Reiten (klein, mittel, groß). Dann verbesserten sich bestimmt Filos Kampffertigkeiten, wenn ich auf ihrem Rücken saß.

Es gab allerdings zahlreiche Schilde, die ich nicht anwenden konnte, weil mein Level nicht ausreichte. Aber das würde sich schon ergeben, wenn ich nach und nach die Voraussetzungen erfüllte.

Ich konnte wohl davon ausgehen, dass die Vorbedingungen für die mit »Filolial« gekennzeichneten Schilde alle erfüllt waren.

»Na, dann bedanke ich mich erst mal.«

»Gern geschehen. Nun habe ich aber noch etwas mit dir zu besprechen.«

»Was denn?«

»Das machen wir unter vier Augen.«

Eigentümliche Belohnung, die sie mir da gegeben hatte. Steckten in diesen komischen Strähnen etwa die Kräfte der Filolials?

Aber schön, dass Filo so die Chance bekommen hatte, trotz unserer gegenwärtigen Zwangslage stärker zu werden.

»Ä… Ähm …«

Melty wirkte ein wenig verlegen.

»Ja?«

»Du wolltest Filo nur prüfen, oder? Und hast sie doch nicht nur benutzt?«

»Nein. Möchtest du auch etwas, Melly?«

»Ähm …« Plötzlich leuchteten Meltys Augen. »Ja, dass du ganz groß wirst und ich auf deinen Kopf darf!«

»Na gut.«

Fitoria wirkte ein wenig verblüfft, aber dann tätschelte sie Melty den Kopf und fing direkt an, in die Höhe zu wachsen. Dabei schloss sie die Prinzessin sanft in die Arme und lächelte, irgendwie tiefgründig.

»Ah …«

Schließlich kam sie Meltys Wunsch nach und setzte sie sich auf den Kopf.

»Ui, ist das hoch!«, jauchzte Melty.

»Tretet alle noch etwas zurück.«

»Geht klar.«

Wir taten wie geheißen.

Und dann … erreichte Fitoria eine Höhe von achtzehn Metern.

Wie groß konnte sie wohl werden? Sie war ja jetzt schon so groß wie ein Haus!

»Toll! Toll!«, hörte ich Melty von weit oben jubeln.

War das nicht langsam genug?

Noch einmal: Wie riesig konnte dieser Filolial überhaupt werden? Oder war dies etwa ihre eigentliche Größe, und sie war nur Filo zuliebe geschrumpft?

Melty stieß einen derart hingerissenen Seufzer aus, dass ich ihn selbst am Boden noch hörte.

»Ich glaub, ich träume ...«

»Wär schön, wenn das nur ein Traum wäre.«

Selbst mit der Drachentöterin Filo war die Königin wie mit einem Kinderspielzeug umgesprungen ... Gab es für sie überhaupt irgendwelche Grenzen?

»Nun, der Tag ist noch jung. Ich würde vorschlagen, wir machen es uns noch ein bisschen gemütlich, ehe ihr aufbrecht.«

»Meinetwegen ... Aber dann lieferst du uns bei unserem Ziel ab.«

»Immer mit der Ruhe ... Darüber sprechen wir später. Meine Untertanen heißen euch ebenfalls herzlich willkommen.«

»Kwah!«, krähte es von überall her.

»Was? Ihr wollt die Geburt der neuen Königin feiern? Miiich? Entscheidet das doch nicht einfach ohne mich!«

»Gratuliere, Filo!«, rief Melty. »Ha ha ha ha, guck nur mal, wie sich die lieben Filolials freuen!«

Die Filolials sammelten sich um uns und luden sich nicht nur Filo, sondern uns alle auf.

»I... Ich soll auch?!«, fragte Raphtalia vom Rücken eines der Wesen.

Was würde das nun werden? War ich hier im Feenreich gelandet?

Und so waren wir gezwungen, mit den Filolials an ihrer heiligen Stätte so etwas wie einen Festtag abzuhalten.

Es war ganz so wie in einem verwunschenen Schloss. Wenn wir jemals von hier entkämen ... wäre dann womöglich so viel Zeit vergangen, dass niemand mehr etwas von den Vorwürfen gegen mich wusste?

Kapitel 6: Die Ruhe des göttlichen Vogels

Irgendwann neigte sich dieser traumartige Tag dem Ende zu, und Raphtalia, Filo und Melty schlummerten friedlich in den Nestern, die die Filolials ihnen bereitet hatten.

Wie am Vorabend setzte Fitoria sich zu mir, der ich als Einziger noch wach war.

»Was gibt's?«

»Die Fortsetzung von gestern ...«

»Du bist ganz schön hartnäckig. Aber was nicht geht, geht nun mal nicht.«

Allerdings hatte ich jene unverhohlene Feindseligkeit nicht vergessen, die sie uns zuvor entgegengebracht hatte. Sie musste mir nicht erst sagen, dass sie uns nur Filos wegen mit Ach und Krach akzeptiert hatte.

Immerhin hatte sie genügend Kraft, um Filo zu dominieren, als wäre sie ein kleines Kind. Sie war so stark, dass selbst alle vier Helden vereint ihr nicht das Wasser würden reichen können.

»Hast du denn überhaupt ernsthaft versucht ... Freundschaft mit ihnen zu schließen?«

Ich schwieg. Wenn ich jetzt nicht gut nachdachte, konnte mich das das Leben kosten.

Gut, Motoyasu hatte mich ganz und gar als den Bösen abgeschrieben. Aber wie sah es mit Ren oder Itsuki aus?

Nach unserer Konfrontation wegen der vermeintlichen Entführung waren wir uns nicht wieder begegnet. Ich hatte keine genaue Vorstellung, wo sie sich aufhielten. Aber als wir getrennt worden waren, hatte ich Ren deutlich angesehen, dass er angefangen hatte, an der ganzen Geschichte zu zweifeln.

»Hast du versucht, ihnen ihre Bedenken zu nehmen?«

Mir ging auf, dass ich es nicht ernsthaft versucht hatte.

Besonders damals, bei jenem Vergewaltigungsvorwurf seitens des Miststücks, hatte bei mir der Zorn vorgeherrscht, und ich war überzeugt gewesen, dass mir ohnehin niemand glauben würde.

Zunächst hatte ich ja meine Unschuld beteuert, und wer hatte mir geglaubt? Niemand. Und jetzt traute ich ihnen eben nicht über den Weg.

Nur würden sich die Jungs eventuell umstimmen lassen, wenn ich ihnen Beweise vorlegte?

Wir waren keine Freunde und redeten daher nicht groß miteinander. Ich hatte auch nicht wirklich Lust, irgendwelche Zugeständnisse an die Leute zu machen, die mich damals, fremd und verloren in dieser Welt, ohne eine Münze im Beutel davongejagt hatten.

Eigentlich wollten die bestimmt nur eins: Hier den dicken Macker machen, in einer Videospielwelt, in der sie sich bestens auskannten.

Hätte ich für dieses Denken nicht eigentlich Verständnis haben müssen?

Unwillkürlich dachte ich daran zurück, was mir selbst durch den Kopf gegangen war, als ich gerade in dieser Welt angekommen war.

Um ehrlich zu sein, hatte ich nämlich ganz ähnlich gedacht. Also wollte ich einmal versuchen, mich in Ren hineinzuversetzen.

Die Bitch macht viel Aufhebens, von wegen ich hätte sie vergewaltigt. Ren kennt sie nicht gut, findet sie aber schön.

Auf der einen Seite der Mann, der für den Verbrecher gehalten wird, auf der anderen die Frau, die behauptet, ihm zum Opfer gefallen zu sein … Wem würde man eher glauben?

Wäre ich an seiner Stelle gewesen … Ohne weitere Informationen hätte ich mich wohl auch eher auf die Seite des vermeintlichen Opfers geschlagen.

In meiner eigenen Welt hatte ich von ganz ähnlichen Vorfällen gehört. Es kam ja gelegentlich vor, dass ein Mann in einer überfüllten Straßenbahn plötzlich am Arm gepackt wurde und jemand schrie: »Ein Grapscher!«

Selbst wenn er in Wahrheit nichts verbrochen hatte, riefen die Umstehenden wahrscheinlich die Polizei. Im Anschluss mochte die ganze Sache sich dann als falsche Anschuldigung erweisen, aber die gesellschaftliche Stellung des Mannes hatte womöglich bereits Schaden genommen.

Und eigentlich war die Geschichte, in die mich die Bitch verwickelt hatte, solchen Vorfällen ausgesprochen ähnlich.

»Hm …«

Mein Zorn schien sich tatsächlich ein klein wenig gelegt zu haben.

Ren und Itsuki wussten ebenso wenig über mich wie ich über sie. Dasselbe galt für Motoyasu. Allerdings hatte der sowieso nur Weiber im Kopf.

Mit einem Mal hatte ich das Gefühl, einen Ansatzpunkt gefunden zu haben, wie ich diese Sache eventuell bereinigen konnte.

Angenommen die Jungs stellten tatsächlich gerade Nachforschungen an. In dem Fall wäre es vielleicht einen Versuch wert, bei unserer nächsten Begegnung mit ihnen zu sprechen. Vorausgesetzt … Nun, bei nächster Gelegenheit wollte ich es zumindest versuchen.

Wenn ich Erfolg haben würde … war eine oberflächliche Annäherung unter Umständen möglich.

Natürlich müsste man aber erst die Bitch und den Drecksack zur Rechenschaft ziehen.

»Jetzt zu deinem Anliegen: Wohin ich euch bringe, wenn ihr geht.«

»Ja?«

»Ich möchte euch nahe am momentanen Aufenthaltsort der Helden absetzen.«

»Du kommst aber auch mit, oder?«

Sie war doch so mächtig ... Vielleicht wäre sie in der Lage, einen Schlussstrich unter die ganze Misere zu ziehen. Vor allem war sie ja diejenige, die verlangte, dass wir uns annäherten. Dann konnte sie mir doch wenigstens diesen Gefallen tun.

»Nein, damit habe ich nichts mehr zu schaffen. Beweist ihr mir erst mal, dass es überhaupt einen Sinn hat, sich mit euch abzugeben!«

»Ganz schön egoistisch.«

»Bis jetzt kann ich keinen Wert bei den vier Heiligen entdecken. Ich setze all meine Hoffnungen in Filo.«

Sie blickte von ziemlich hoher Warte auf unser Schicksal herab. Aber ich bezweifelte keinesfalls, dass sie nur das Beste für die Welt im Sinn hatte. Und eine Option war nun einmal, die streitenden Helden zu beseitigen und neue beschwören zu lassen ...

Sie betrachtete das alles eben leidenschaftslos. Ihren starken Willen spürte ich dennoch: Um die Welt zu retten, würde sie alles Nötige tun.

War es um die Welt unter Umständen schlechter bestellt, als es mir ... nein, uns Helden bewusst war?

»Außerdem habe ich auch noch einiges zu erledigen.«

»Was steht an?«

»Na, die Welt während der Wellen zu beschützen! Sie treten schließlich nicht nur dort auf, wo Menschen leben.«

»Gibt es an menschenleeren Orten denn auch Sanduhren?«

Fitoria nickte. Davon wollte ich eigentlich gar nichts wissen. Hatten wir mit den Menschensiedlungen nicht schon genug zu tun?

»Für diese Gegenden bin ich verantwortlich. Grundsätzlich hätte ich zwar schon gern eure Hilfe ... Aber werdet ihr erst mal stärker.«

Also hatte sie rechtzeitig mit uns Kontakt aufnehmen wollen, solang sie noch die Ruhe hatte, um Filo ihre Trainingsrunde zu ermöglichen.

Ich konnte nur hoffen, dass ich aus dem richtigen Holz geschnitzt war, um von jetzt an allen Widrigkeiten entschlossen entgegenzutreten. Falls nicht, würde Fitoria mich umbringen – so viel war nun klar.

Da hatte sie mir ein ekliges Dilemma aufgehalst. Und an einen Fluchtversuch brauchte ich gar nicht erst zu denken.

»Wenn irgend möglich, bring sie zur Vernunft. Die Welt kann sich Zwietracht zwischen den Helden nicht leisten.«

»Kommt's eigentlich öfter vor, dass die Helden sich streiten?«

»Über die ewig lange Zeit hinweg kam es schon ein paar Mal vor.«

»Kapiert. Dann müssen wir das Problem jetzt beim Schopf packen.«

»Merk dir noch eins.«

»Was?«

»Wenn bei den Wellen nur einer der vier Heiligen fehlt, werden sie gefährlicher. In dem Fall könnte es sich als besser für die Welt erweisen, die Helden zwischen zwei Wellen zu eliminieren und neue zu beschwören.«

Verdammt ... Ein weiteres Detail, das ich nicht unbedingt hätte wissen müssen. Jedes Mal, wenn einer der Helden starb, wurde den Menschen hier also eine zusätzliche Bürde aufgeladen.

Wenn wir hingegen alle starben, konnten sie sich einfach neue Helden besorgen. Unangenehmes Thema.

Mein Auftrag war, mit den anderen Helden zu reden. Und wenn ich es vergeigte, würde ich sterben.

Nicht zu fassen, was diese Königin einem zumutete.

Ich war noch in Gedanken versunken, da wandte sie sich plötzlich von mir ab und blickte ins Leere.

»Es mag noch ein paar Wellen hin sein, doch irgendwann kommt eine Zeit, da wird die Welt von allen Lebewesen ein Opfer fordern.«

»…«

»Dann stehen die Helden vor der Entscheidung, auf welcher Seite sie in dem Kampf stehen. Auf diesen Moment werde ich warten.«

»Worum geht es bei dieser Entscheidung?«

»Ihr müsst wählen zwischen den Menschen und der Welt. Sagen wir, es gelingt dir nicht, dich mit den anderen Helden gut zu stellen, und du weißt nicht weiter: Gib dennoch nicht auf, sondern bleib bis dahin am Leben! Falls du die Welt wählst, wird es zwar viele Opfer geben, doch auch so kannst du deine Mission erfüllen.«

»Und was, wenn ich mich für die Menschen entscheide?«

»Das ist ein dorniger Weg. Es war jedoch der Wunsch jenes Helden aus der Vergangenheit, dass wir ihn wählen. Im Augenblick ist das aber ohnehin unmöglich. Allein kannst du es nicht schaffen, Schildheld.«

»Puh … Weißt du eigentlich alles? Dann lass bloß kein Detail aus!«

»Ach, ich habe so viel schon vergessen. Aber dies weiß ich noch: Ihr könnt entweder die Welt retten oder die Menschen.«

Die Welt oder die Menschen. Entweder oder.

Fitoria wusste also selbst nicht, was aus den Menschen werden würde.

Was genau bedeutete es, für die Welt zu kämpfen?

Die Wellen waren gemeint, so viel wusste ich, aber auch nicht mehr. Jedenfalls gab es da jene Zeit, die kommen würde. Vielleicht am Ende aller Wellen? Wie würde ich mich dann wohl entscheiden?

Eigentlich fühlte ich mich nicht verpflichtet, für die Menschen hier zu kämpfen. Aber wenn ich an Raphtalia und die anderen dachte ... Für sie würde ich ganz gewiss in die Schlacht ziehen.

»Auf jeden Fall solltest du dich mit den anderen Helden verbünden.«

»Ich kann nur sagen, dass ich mein Möglichstes tun werde. Meine Belohnung hab ich ja schon, wenn ich auch nicht weiß, ob ich sie verdiene.«

Filos Power-up und meinen neuen Schild. Dafür hatte sie schon etwas bei mir gut.

»Die Prüfung habt ihr bestanden. Ich gebe dem Schildhelden den anderen gegenüber den Vorzug.«

»Warum das?«

»Wer die neue Königin, Filo, aufzieht, kann kein Bösewicht sein.«

»Doch, ich bin ein schlechter Mensch.«

Das war einfach so aus mir herausgeplatzt.

Immerhin ... hatte ich mir eine Kindersklavin gekauft und sie gezwungen, für mich zu kämpfen. Nein, als guten Menschen konnte man mich nun beim besten Willen nicht bezeichnen.

»...«

Als ich schwieg, blickte Fitoria zum Himmel auf. Dann sagte sie: »Meinetwegen. Aber vergiss niemals, dass ich dich nur Filos wegen verschont habe.«

Fitoria hatte die Absicht gehabt, mich umzubringen, hätte Filo den heutigen Test nicht bestanden. Die Kraft dazu hatte sie: Selbst mich, den Schildhelden, hatte sie verwundet.

»Na schön.«

»Held des Schildes, du sollst vernünftig mit den anderen Helden sprechen. Das zumindest traue ich dir zu! Außerdem sind die vier Heiligen so schwach ... Ich muss gar keinen Finger rühren – ihr sterbt ohnehin bald.«

»Werden die kommenden Kämpfe denn so hart?«

»Mhm. Ach ja, falls du darauf bestehst, jenen Schild zu benutzen ...«

Fitoria hielt die Hand vor meine Rüstung.

Plötzlich kam sie mir federleicht vor.

Das Stück des Drachenkerns, das an der Barbarenrüstung festgemacht war, hatte die Form eines Yin-Yang-Juwels angenommen.

Barbarenrüstung + 1? (Beistand des Göttervogels)
Verteidigungskraft Plus, Stoßresistenz (mittel), Feuerresistenz (hoch), Windresistenz (hoch), Dunkelheitsresistenz (hoch), HP-Regeneration (schwach), Magiesteigerung (mittel), Gewandtheitssteigerung (mittel), Magie-Abwehrprozess, Deliriumresistenz, Auto-Wiederherstellung

»Und was bewirkt das?«

»Es mindert den Einfluss des verfluchten Schildes. Allerdings ... wird er auch so nicht völlig unterdrückt, daher benutze den Schild trotzdem so wenig wie möglich.«

»Ich hoffe, du versprichst dir nicht zu viel. Auch was das Gespräch mit den anderen Helden betrifft.«

»Ich bitte dich ...«

Sie zeigte mir ihr schönstes Lächeln, dann ließ sie sich plötzlich gegen meine Schulter sinken.

»Lass das, du bist zu schwer.«

Sie dachte gar nicht daran.

»…«

Schweigend blieb sie sitzen, an mich gelehnt.

Was war das wieder? Mit einem Mal wirkte sie wie ein Kind, das jeden Moment losweinen konnte.

Warum nur?

Ich fing an, über mögliche Gründe nachzudenken. Sie hatte ja gesagt, sie sei von einem Helden aufgezogen worden. Wo war der wohl jetzt? War er in seine Heimatwelt zurückgekehrt? Oder schon vor langer Zeit an Altersschwäche gestorben?

Sah Fitoria in mir so etwas wie einen Ersatz für ihren damaligen Ziehvater?

Ach, was soll's.

Ich streichelte ihr über den Kopf. Da schlang sie beide Arme um mich und umarmte mich ganz fest.

Jenes Versprechen, das sie jenem Helden gegeben hatte, vor so unendlich langer Zeit … Vielleicht war das der einzige Wunsch, den sie in diesem Leben noch hatte.

Das Versprechen, die Welt zu beschützen … Hatte dies ihr die Kraft verliehen, all die Zeit zu überdauern?

Das erklärte auf jeden Fall die große Motivation, ihre Mission zu erfüllen.

Mit wie vielen Menschen hatte sie wohl während dieser ewig langen Zeit zu tun gehabt? In einer Welt wie dieser … Sicher war auch sie immer wieder getäuscht worden und hatte irgendwann jede Hoffnung verloren. Vertraute sie darum niemandem mehr, abgesehen von den Helden?

Letztendlich war sie aber doch bloß ein Kind, schrecklich unbeholfen. Ihre königinnenhafte Aura musste das Ergebnis reiner Kraftanstrengung sein.

Gar nicht so einfach abzulehnen, wenn ein kleines Mädchen zu einem sagte: »Bitte vertragt euch wieder …«

Ihr zuliebe wollte ich es wenigstens versuchen.

Irgendwann war sie an mich gelehnt eingeschlafen und schnarchte leise – Filo gar nicht unähnlich.

Würde sich irgendwann, wenn ich fort war, dies alles wiederholen? Würde auch Filo sich so an den nächsten Helden klammern? Über diesen Fragen wurde auch ich allmählich müde und glitt in den Schlaf hinüber.

»Danke für alles!«

Melty und Filo winkten eifrig.

Es war der nächste Morgen und Fitoria fand, es sei nun Zeit zum Aufbruch. Sie bedeutete uns, in die Kutsche zu steigen.

Dann teleportierte sie uns vom Heiligtum der Filolials wieder auf jene Grasebene, auf der wir gegen den Tyrant Dragon Rex gekämpft hatten, und setzte uns dort ab. Und die anderen Helden sollten nun irgendwo hier in der Nähe sein?

»Und wo sind nun die anderen Helden?«

»Ich kann sie spüren, nicht weit von hier …«

Fitoria betrachtete ihre Kutsche, während sie mir diese mysteriöse Antwort gab.

Anschließend nahm sie die Gestalt eines gewöhnlichen Filolials an, winkte uns noch mit einem Flügel zu und lief dann davon.

»Das war aber ein wundersames Erlebnis, oder, Herr Naofumi?«

»Kann man wohl sagen. Also, Filo.«

»Mhm.«

Übrigens hatte Fitoria Filo noch ein beachtliches Geschenk gemacht.

Und zwar eine Kutsche. Keine besondere, nur eine aus Holz.

Mannomann, wie lästig das alles war. Ich hatte nur Ärger ...

Filo gefiel zwar die Kutsche besser, die ich ihr gekauft hatte, aber unter den gegebenen Umständen war sie bereit, sich mit der jetzigen zufriedenzugeben.

Sie nahm ihre Königinnenform an und zog an.

»Abfahrt!«

»Ja!«

»Dann los!«

»Wir schaffen das, Filo!«

Nach diesem beträchtlichen Umweg waren wir nun wieder auf Kurs in Richtung unseres eigentlichen Ziels: der südwestlichen Reichsgrenze.

»So nah und doch so fern ...«

Wir waren in Blickweite einer steinernen Festung ... Einer Grenzstation.

Die Wachen gingen die Zinnen ab und beobachteten von oben das Umland.

Allzu viele Leute verkehrten hier nicht ... Am Grenzpunkt kontrollierte ein Wachmann gerade die Fracht einer Kutsche.

»Mann, ausgerechnet jetzt müssen die so gut aufpassen.«

»Wundert dich das? Wir sind schließlich hier! Immerhin gibt es weniger Wachen als am Nordost-Übergang, das ist doch schon mal was!«

»Stimmt auch wieder.«

Aus irgendeinem Grund stand dort aber ausgerechnet Motoyasu. Seinen Feuerteufel hatte er auch dabei.

Kannst du dich nicht woanders rumtreiben? Du hörst mir doch eh nicht zu.

Aber Fitoria hatte ja beharrt, es läge an meiner eigenen Überzeugung, dass kein Gespräch zustande käme.

Nur war die Hauptschuldige, die Bitch, ebenfalls anwesend. Wie sollte da eine vernünftige Unterhaltung stattfinden ...?

Aber es gab keine Alternative. Wenn wir über die Grenze wollten, mussten wir die Flucht nach vorn antreten.

Ich würde mich wohl an die leise Hoffnung klammern müssen, dass sie, wenn schon nicht mich, so doch wenigstens Filo, Melty oder Raphtalia ein Stück weit anhören würden.

Wenn wir jetzt noch einmal einen großen Bogen schlugen, gingen abermals viele Tage flöten ... Dabei hatte ich das Ziel direkt vor Augen.

Und dann noch Motoyasu. Nun, bisher hatten wir ihn ja noch immer irgendwie gepackt. Wenn aus dem Gespräch nichts wurde, würden wir den Grenzposten eben anders überwinden.

Genau ... Dann müssten wir einen Durchbruch wagen.

»Melty, das Ziel ist nah. Ich versuche, mit Motoyasu zu reden, aber ... Vielleicht geht's trotzdem nur mit Gewalt. Sorry.«

Das würde garantiert wieder Gequake geben. Dennoch besser, es vorher gesagt zu haben.

»Ja, das ist mir schon klar.«

»Hm? Wie war das?«

»Was?«

»Ich hab damit gerechnet, dass du dagegen bist, weil alle dann nur noch schlechter von mir denken würden oder so.«

»...«

Rasch wandte sie den Blick ab, dann sagte sie leise: »Wenn unser Reich solche Dinge anrichtet, dann lässt es sich vielleicht nur mit Gewalt wieder heilen.«

Bestimmt dachte sie an den Fürsten, der, wenn er schon gegen den Schild verlieren musste, keinerlei Skrupel gehabt hatte, ein Ungeheuer zu entfesseln, selbst wenn dabei seine Stadt verwüstet wurde.

Zeigst ja richtig Entschlusskraft, Melty. Steht dir gut!

Wenn ohnehin feststand, dass wir weiterhin auf der Flucht sein würden, dann ließe sich mit einem schnellen Durchbruch vielleicht der Schaden in Grenzen halten.

»Na, dann packen wir's mal an! Alle bereit?«

»Absolut.«

»Ich fühl mich federleicht.«

»Auch ich werde mein Bestes geben.«

»Dann ... los!«

Ich gab das Handzeichen.

Filo zog mit einem Ruck die Kutsche an und stürmte los. Und schon liefen wir Sturm auf den Grenzpunkt.

»Da, der Schildteufel!«

Wieder so liebenswürdig, diese Bande.

Nun wollte ich schon auf sie zugehen und mit ihnen reden, und dann das.

Aufgrund von Fitorias Zureden hatte ich meine Haltung noch einmal überdacht ... War das ein Fehler gewesen?

»Stellt die Blockade auf!«

Sie wuchteten uns eine Vorrichtung in den Weg, aus der uns zahlreiche spitze Pfähle entgegenragten. Es würde schwer werden, dieses Ding mit der Kutsche zu überwinden. Dennoch wurde Filo nicht langsamer.

»Da bist du ja!«

Motoyasu reckte mir seine Lanze entgegen.

Du bist doch ein Kavalier. Filo wirst du schon nichts tun.

Ich hatte es kaum gedacht, da fing seine Lanze an zu leuchten.

»Main!«

»Ja!«

Die Bitch sprach einen Zauber.

»Fire, Stufe zwei!«

»Air Strike Javelin! Und …«

Motoyasu warf die leuchtende Lanze, die er mit seinem Skill erzeugt hatte, zusammen mit Mains Zauber in unsere Richtung.

»Kombinationsskill Air Strike Fire Lance!«

Eine Feuerlanze kam auf uns zugeschossen.

Verdammt!

Sofort sprang ich auf Filos Rücken und ließ einen Skill los.

»Air Strike Shield! Second Shield!«

Zwei Energieschilde erschienen zwischen Motoyasus Lanze und uns.

Leider vermochten sie es nicht, die komplette Kraft des Skills abzufedern.

Filo stieß sich von der Kutsche ab und sprang aus dem Weg. Raphtalia nahm Meltys Hand, und sie flohen aus dem Gefährt.

Hatte Motoyasu jede Scheu überwunden, seine Skills auf uns abzufeuern? Und was war das gerade überhaupt gewesen? Zauber und Skill kombiniert?

Ja, diese Attacke war so etwas wie ein magisches Schwert oder so.

Hatte er bisher nur Nachsicht gezeigt und darum so etwas nicht angewendet?

»Hey, was soll der Scheiß?«

Eigentlich hatte ich vor der Flucht mit ihm reden wollen, aber offenbar hatte er keine Lust darauf und griff lieber einfach an.

»Main!«

»Ich weiß Bescheid!«

Die Bitch-Prinzessin gab den Soldaten ein Zeichen. Und dann knisterte es plötzlich und um uns herum erschien ein Käfig aus Magie.

»Ah!«

»Was ist daaas?«

»I... Ist das nicht ...«

Der Käfig war 40 Quadratmeter groß und bestand aus Blitzen.

War das ... Magie? Oder irgendeine Art Apparatur?

»Endlich hab ich dich, Naofumi. Und ich lass dich auf keinen Fall entkommen!«

»Motoyasu ...«

Er blickte uns entgegen, dem Gesichtsausdruck nach mächtig stolz auf sich.

Was ging hier vor sich? Wohin war denn seine übliche Leichtfertigkeit verschwunden?

»Naofumi, das hier ist ein magisches Gerät namens Donnerkäfig«, erklärte Melty und blickte zu den Stäben hin. »Mit dieser Falle kann man Leute sicher einsperren. Und sie hält auch Zauberer fest.«

»Sogar Zauberer? Was ist der Sinn dieser Falle?«

»Den Gefangenen an der Flucht zu hindern.«

Aha. Wir hatten uns bei unserem Landesfluchtplan auf Filos flinke Füße verlassen, und sie hatten einen Weg ausgeklügelt, dies zu vereiteln.

»Ich kann ihn zerstören, aber das wird eine Weile dauern, denke ich.«

»Und wie entschärft man so eine Falle?«

»Man müsste dem, der sie bedient, den Schlüssel klauen ...«

Ich stieg von Filos Rücken und blickte Motoyasu entschlossen an.

»Willst du gegen ihn kämpfen?«

»Erst will ich verhandeln, aber kann schon sein, dass es auf einen Kampf hinausläuft.«

Auch Raphtalia machte sich bereit und zog ihr Schwert.

»Raphtalia, auf deine Rüstung ist kein Verlass. Halt dich nach Möglichkeit zurück.«

»Aber ...«

»Darf ich kämpfen?«, fragte Filo.

»Schon. Falls es denn zu einem Kampf kommt.«

Motoyasu hatte eine Schwäche für schöne Mädchen. Gerade hatte er uns zwar rückhaltlos attackiert, aber höchstwahrscheinlich war er davon ausgegangen, dass wir dem Angriff eh ausweichen würden.

»Und du kannst den Käfig schrotten, Melty?«

»Ich kann's versuchen ... Versprecht euch aber nicht zu viel, ja?«

»Raphtalia, dann deck du Melty und behalte die Lage im Blick.«

»Okay!«

Stellvertretend für die anderen trat ich vor und sprach Motoyasu an.

»Motoyasu, hör mir erst mal zu.«

Fitoria hatte mich ermahnt, die Ruhe zu bewahren.

Dieses Miststück von Prinzessin hielt alle Informationen von Motoyasu fern, führte ihn hinters Licht. Andernfalls wäre er damals kaum auf den Gedanken gekommen, Raphtalia aus meinen Fängen retten zu müssen.

Ich wollte vorerst davon ausgehen, dass er nur etwas einfach gestrickt war und mich nicht ernsthaft aufs Glatteis hatte führen wollen.

»Du willst doch nur deinen Gehirnwäscheschild auf mich anwenden!«

Unfassbar, glaubt der Typ immer noch an dieses Märchen?

Dass ihm der Gedanke überhaupt gekommen war, sprach doch schon dagegen, dass ich einen solchen Schild besaß.

Aber er war eben der Lanzenheld. Wenn ich nach dem *Traktat der Waffen der vier Heiligen* ging, jenem Buch, in dem ich gelesen hatte, kurz bevor ich in diese Welt beschworen worden war, dann war der Lanzenheld jemand, der zu seinen Gefährten hielt. Er neigte demnach dazu, an seinen Kameraden nicht zu zweifeln.

Und hinter ihm standen nun die Bitch und der Dreckskönig. Wenn er seinen Gefährten blindlings vertraute, war er tatsächlich ein Idiot.

»Herr Motoyasu, lass uns schnell Melty retten und alle anderen, denen der Schildteufel das Gehirn gewaschen hat!«

Natürlich goss die Bitch noch Öl ins Feuer. Sie hatte wirklich eine rabenschwarze Seele.

»Heute bin ich nicht so nachsichtig wie beim letzten Mal!«

»Das ist mein Text.«

Wenn ich zurückdachte, hatte er doch von Anfang an auf meine Not herabgesehen.

Eigentlich hatte ich schon Lust, ihm das ein wenig heimzuzahlen.

Du liebe Güte, schon wieder jenes Verhaltensmuster. Lernte ich denn nie dazu?

»Hör mich wenigstens an! Wir sind wohl kaum hier, um uns gegenseitig zu vermöbeln, oder? Wo sind überhaupt Ren und Itsuki?

Hast du dich nie gefragt, warum nur du mich verfolgst? Du bist so dämlich, Mann!«

Wenn ich der Böse war, warum scherten sich Ren und Itsuki dann nicht um mich? Dass ihm das nicht zu denken gab ... Aber nun, da ich ihn drauf stieß, musste selbst er merken, dass hier irgendetwas komisch war.

»Das sagst du ... Dabei hast du sie selbst umgebracht ... Dir glaube ich kein Wort mehr!«

»Hä?«

Umgebracht? Was redete er da?

»Motoyasu, was faselst du denn da? Wie meinst du das, umgebracht?«

»Na, du hast Ren und Itsuki ausgetrickst und dann getötet!«

»Wie bitte? Erklär mir mal, woher du das wieder hast!«

»Verkauf mich nicht für dumm! Ich hab's selbst gehört! Du hast in einer Stadt in der Nähe ein Ungeheuer befreit. Damit hast du Ren und Itsuki überrumpelt und sie dann umgebracht!«

Was war in Melromarc nur geschehen, während wir in Fitorias Heiligtum gewesen waren?

Es war denkbar, dass die Jungs, weil ihnen Zweifel an meiner Schuld gekommen waren, mir hinterhergeschnüffelt hatten. Damit waren sie jemandem im Weg gewesen und der hatte sie umgelegt. Ich wusste nicht wer, der Dreckskönig oder die Drei-Helden-Kirche, aber irgendjemand wollte mir die Schuld in die Schuhe schieben und hatte Motoyasu eingeflüstert, ich sei es gewesen.

»Das ist ein Missverständnis! Hör mal, ich habe doch gar keinen Grund, Ren oder Itsuki umzubringen.«

»Klappe! Ich glaub dir kein Wort. Ich werde mich nicht mehr zurückhalten! Für Ren und Itsuki werde ich es dir zeigen –

auch wenn ich mir dafür die Hände schmutzig machen muss, weil du die Mädchen als Schilde verwendest!«

Es war zwecklos. Ich drang einfach nicht zu ihm durch. Für ihn stand bereits fest, dass ich der Verbrecher war und die beiden umgebracht hatte.

Diese Dreckschweine waren mir zuvorgekommen.

Tut mir leid, Fitoria. Scheinbar kümmert's in diesem Reich niemanden mehr, was aus der Welt wird.

Offenbar waren von den vier Helden, deren Aufgabe es war, sich der Krise dieser Welt entgegenzustellen, nur noch zwei übrig.

Und es sah so aus, als würde Motoyasu keine Ruhe geben, bis auch ich unter der Erde lag.

Aber ich hatte keinesfalls vor, mich einfach umbringen zu lassen.

Ich wechselte zum Chimera Viper Shield und baute mich vor Motoyasu auf.

Neben der Bitch hatte er noch zwei weitere Gefährtinnen dabei. Außerdem kamen von der Grenzstation Soldaten herbeigelaufen. Wegen des Käfigs schienen sie nicht zu uns gelangen zu können, aber sie würden eine Flucht erschweren, wenn wir hier herauskämen.

Auf unserer Seite bildeten Filo und ich die Frontlinie. Melty versuchte, die Falle zu entschärfen, und Raphtalia hatte ich ihr als Aufpasserin zur Seite gestellt.

»Alter Feind, jetzt werde ich dich niederwerfen!«

»Du merkst nicht mal, was für'n Kasper du bist!«

Wenn er es so haben wollte – na schön. Diesmal würde ich es ihm nicht so leicht machen.

Melty konnte zwar nicht kämpfen, aber ich hatte Raphtalia und Filo an meiner Seite.

Wenn der Schild Ernst machte, konnte er unmöglich verlieren. Jetzt ... würde sich ein für alle Mal klären, wer in Wahrheit der Stärkere war.

»Uoooooooooooooh!«, brüllten wir gleichzeitig.

Und unser entscheidender Kampf begann.

Kapitel 7: Der Kampf zwischen Schild und Lanze

»Filo, lauf zu Motoyasu und ...«

Der Kampf hatte soeben begonnen und ich gab Filo ihre erste Anweisung.

Motoyasu war entschlossen, sich auch Frauen gegenüber nicht mehr zurückzuhalten. Er hob seine Lanze und blickte Filo mit Mordlust in den Augen an.

»Ich, die künftige Königin, als Quelle deiner Macht, befehle dir: Ergründe das Wesen der Schöpfung und lass einen Feuerregen auf sie niedergehen! – Fire Squall, Stufe zwei!«

Eine reichlich hochnäsige Formel, gefolgt von ihrem Feuerzauber.

»Naofumi! Filo!«

»Ich, als Quelle deiner Macht, befehle dir: Ergründe das Wesen der Dinge und mache den Feuerregen unschädlich! – Anti-Fire-Squall, Stufe zwei!«

Melty konterte den mittelstarken Zauber der Bitch, ehe sie sich vollkommen dem Käfig widmete.

Völlig neutralisieren konnte sie ihn jedoch nicht und so ergoss sich Feuer über uns.

Sofort verwandelte sich ringsumher alles in ein Flammenmeer. Zum Glück wurden nur Filo und ich, die wir vorn standen, direkt getroffen.

»Du wirst Herrn Motoyasu nicht mehr ständig treten!«

Das Miststück hatte doch tatsächlich Magie auf uns geschleudert.

Melty verstand zwar etwas vom Zaubern, aber dies war die falsche Gegnerin für sie.

Der Level-Unterschied zwischen ihr und der Bitch war groß.

»Filo, alles klar bei dir?«

»Ja, schon guuut.«

Der Feuerregen hatte sie erwischt, aber sie schien keinen Schaden genommen zu haben.

Und ich ... hatte ja schon damals bei meinem ersten Wellenkampf von der Feuertaufe der Ritter nichts gemerkt – so war es auch diesmal.

»Ich, als Quelle deiner Macht, befehle dir: Ergründe das Wesen der Dinge und lasse einen gnädigen Regen niedergehen! – Squall, Stufe zwei!«

Melty erzeugte Regen über Raphtalia und sich, um sie beide zu schützen.

»Herr Motoyasu, achte du ruhig nur auf den Schildteufel! Wir sorgen mit unserer Magie dafür, dass der Vogel euch nicht stören kann!«

Gemeinsam mit ihren Untergebenen begann die Bitch zu murmeln.

»Los geeeht's!«

Filo kümmerte sich nicht um die Zauber und rannte auf Motoyasu zu.

»Warte, Filo!«

Lauf nicht einfach blindlings los – dich könnte wer weiß was treffen!

»Wing Tackle!«

Filo wollte Motoyasu gerade treten, da kam ein Ball aus Wind auf sie zugeflogen.

»Und hepp!«

Mit einem *Fluff* nahm sie ihre Menschenform an, schlüpfte sofort in ihre Power-Gloves, ließ sie zu Krallen werden und hackte nach Motoyasu.

»Sch…«

Motoyasu hatte die Lanze hochgerissen und Filos Attacke geblockt.

Ja, sie hatte bei ihrem Kampf gegen Fitoria tatsächlich etwas übers Kämpfen in der Menschenform gelernt – und hatte es sogleich zum Ausweichen genutzt.

»Jetzt komm ich! Hiaaaaaaaaaaah!«

Sofort holte sie wieder mit ihren Klauen aus, um nach Motoyasu zu schlagen. Geradezu katzengleich kämpfte sie mit ihrer Hit-&-Away-Technik. Die gewandte Filo hatte nun ihren eigenen Kampfstil. Mit ihren kräftigen Beinen hatte sie ja schon immer hart zutreten können, aber offenbar hatte Fitorias Unterricht sie erheblich vorangebracht.

»Bitte verzeih mir, Filo!«

Motoyasu hob die Lanze und feuerte einen Skill auf sie ab.

»Shooting Star Spear!«

Das konnte er sich abschminken! Ich ging dazwischen und riss meinen Schild hoch.

Motoyasu war in die Höhe gesprungen, und seine Lanze strahlte.

Dann prasselte seine Attacke aus Energie in Lanzenform auf mich ein.

»Aaargh!«

Ich wehrte ihn mit dem stärksten Teil des Schildes ab.

Es war ein harter Angriff, der mir bis ins Mark ging.

Meine Knochen schienen zu klirren. Sein Finishing Move? Jetzt schon?

Nun, es war eben ein realer Kampf, da hatte es wohl wenig Sinn, mit seiner Kraft zu knausern.

»Na, wie schmeckt dir das? Hier kommt noch mehr! Chaos-Stoß! Rising Dragon Spear!«

Zwei Skills in rascher Folge. Die Sonderfunktion des Chimera Viper Shield, Schlangengiftzahn, tangierte ihn gar nicht, er feuerte einfach weiter auf mich.

Dreck …! Sein Level war zu hoch, er konnte mir sein Tempo aufzwingen.

»Los, ihr drei!«

»Ja! Fire, Stufe zwei!«

»Air Shot, Stufe zwei!«, riefen die anderen beiden Mädchen.

»Feuer, Wind … und jetzt mein Kombinationsskill! Air Strike Burst Flare Lance!«

Ich keuchte.

An den Stellen, die ich nicht hinreichend verteidigen konnte, spürte ich einen heftigen Schmerz.

Was wäre passiert, wenn meine Barbarenrüstung nicht sowohl mit Feuer- als auch mit Windresistenz ausgerüstet gewesen wäre? Diesen Schutz hatte ich Fitoria zu verdanken.

Ich musste nicht erst hinsehen, um zu wissen, dass Blut aus meiner Wunde spritzte.

Motoyasu … schien mir keine Zeit lassen zu wollen, meine Heilmagie anzuwenden.

»Shield Prison!«

Um ihn herum erschien mein Schildkäfig.

»Windmill!«

Er wirbelte seine Lanze wie einen Tambourstab herum und fegte damit meine Schilde weg.

Verdammt … Seine Angriffskraft war weit höher als meine Verteidigungskraft, ich konnte ihm nichts entgegensetzen.

Bald wäre die Abkühlzeit um, und er würde wieder eine Reihe von Skills abfeuern.

Ich wurde total in die Defensive gedrängt und hatte praktisch keine Gewinnchance.

»Meister!«

Filo kreuzte die Arme und rannte auf Motoyasu zu.

»Sei so nett und hör auf zu zaubern.«

Motoyasu wollte Filo den Knauf seiner Lanze in den Bauch stoßen. Aber vorher zauberte ich.

»Ich, als Quelle deiner Macht, befehle dir: Ergründe das Wesen der Dinge und beschütze sie! –Guard, Stufe eins!«

Es gab ein *Klonk* und Motoyasus sorgfältig bemessener Schlag prallte an ihr ab.

Wir wussten ja seit dem Kampf zwischen Filo und Fitoria, dass Filos Kleid recht gute Verteidigungswerte hatte. Zusammen mit meiner Unterstützungsmagie wurde es ziemlich resistent.

»Was soll der Scheiß? Du bist ja steinhart!«

»Ich verlier nicht!«

Ohne zu zögern, hackte sie nach ihm.

»Das nervt zwar, aber so leicht besiegst du mich nicht!«

Motoyasu wich Filos Angriff aus und setzte zum Gegenangriff an, aber Filo wich zurück und zauberte.

»Ich, als Quelle deiner Macht, befehle dir: Ergründe das Wesen der Dinge und feg ihn mit einem heftigen Windtornado weg! – Tornado, Stufe zwei!«

»Ich, die künftige Königin, Quelle deiner Macht, befehle dir: Ergründe das Wesen der Schöpfung und lass ihren Windtornado zusammenbrechen!«

»Ich«, fielen die anderen ein, »als Quelle deiner Macht, befehle dir: Ergründe das Wesen der Dinge und lass ihren Windtornado zusammenbrechen!«

Und dann alle zu dritt: »Anti-Tornado, Stufe zwei!«

Nachdem Filos Zauber von drei Personen zugleich gekontert worden war, blieb nur noch ein kleiner Luftwirbel übrig.

Filo begann erneut, sich zu konzentrieren.

Ich packte Motoyasu am Arm, um ihn zu behindern.

»Lass mich los!«

»Davon träumst auch nur du! Filo!«

»Mhm. High Quick!«

Ruckzuck war sie hinter Motoyasu.

»Uff …«

Ich hörte mehrmals ein schlitzendes Geräusch, als sie nach Motoyasu schlug.

»Ihr glaubt wohl, dass ihr so gewinnen könnt!«

Er sprengte meinen Griff, wirbelte seine Lanze herum und zielte auf mein Gesicht.

Wie schnell! Ich hatte dem Stoß nur um Haaresbreite ausweichen können.

»Ha!«

»Uaaaaah!«

Raphtalia hatte einen der im Käfig befindlichen Soldaten gefällt.

Die Soldaten versuchten, jede Gelegenheit zu nutzen, um Raphtalia und Melty anzugreifen, aber die beiden waren ja nicht blöd. Sie schafften es trotz allem noch, sich selbst zu verteidigen. Die Frage war nur, wie lange sie das durchhalten würden …

Was sollten wir tun? Wenn wir nur gegen Motoyasu kämpfen müssten, würden wir uns wohl durchschlagen können, aber die Bitch und die anderen störten.

Unsere Lage würde sich weiter verschlechtern. Der Ausgang des Kampfs hing in hohem Maße davon ab, ob zuerst mir die Kraft oder der Bitch und den beiden Mädchen die Magie ausgehen würde.

»Hm?!«

Verflucht ... Schon tranken sie Magiewasser, um ihre Zauberkraft wiederherzustellen.

Das war gar nicht gut ... So musste ich durchhalten, bis ihnen das Magiewasser ausging.

»Du hast ja doch was auf dem Kasten! So hast du bestimmt auch Ren und Itsuki umgebracht!«

»Ich sag doch, du liegst falsch! Hör mir endlich mal zu, Mann!«

Motoyasu war außer Atem von seinen Skills. Aber ich steckte meinerseits auch ganz schön Schaden ein!

Ich spürte, wie mir das Blut aus dem Körper strömte.

»Die Stärke habe ich übrigens, weil ich es im Gegensatz zu euch Kennern immer schwer hatte. Ich konnte mich nicht wie ihr kopfüber in die fremde Welt stürzen und von Anfang an den dicken Macker machen.«

Seit ich hier war, war ich immer wieder gezwungen gewesen, nach Versuch und Irrtum zu operieren.

Ich war nicht wählerisch, was meine Mittel zum Starkwerden betraf. Unermüdlich spielte ich einen Ausrüstungsbonus nach dem anderen frei. Konnte ich trotz alledem ... nicht gewinnen, weil ich der Loser-Klasse angehörte?

»Wie kannst du es wagen?!«

»Was?!«

Motoyasu war abgelenkt. Hatte die Bitch da gerade geschrien? Ich folgte Motoyasus Blick.

Aus der Schulter einer seiner Gefährtinnen ragte ein magisches Schwert.

Oho, so konnte man ihnen das Zaubern natürlich auch erschweren!

Raphtalia hatte bemerkt, dass wir in die Defensive gedrängt worden waren, und war uns zu Hilfe gekommen.

Und Melty … schleuderte mit einem Zauber einen anrückenden Soldaten davon, während sie weiterhin versuchte, den Käfig zu entschärfen.

Einer schaffte es dennoch an sie heran.

»Zweite Prinzessin! Gebt Euch geschlagen!«

»Mel!«

»Kwaaah!«

Filo hatte gesehen, dass Melty allein mit dem Soldaten nicht fertig wurde. Sie hatte ihre Königinnengestalt angenommen und fegte ihn nun davon. Sie war ganz schön schnell, dafür dass sie gerade nicht High Quick anwandte. Alles dank des Kampfs gegen Fitoria.

»Ihr seid leicht zu attackieren, wenn ihr nur auf Herrn Naofumi und Filo achtet!«

»Du!«

Die Bitch, deren Begleiterin ausgeschaltet war, riss ihr Schwert hoch und schlug nach Raphtalia.

»Wir hatten doch schon einmal das Vergnügen, oder? Gegen mich kannst du nicht gewinnen!«

Es klirrte, als Raphtalia den Schlag des Miststücks abwehrte.

Ja, sie schlug sich wacker. Jetzt blieb mir nur zu beten, dass Melty den Käfig bald zerstört haben würde.

»Main!«

Mit gefletschten Zähnen rannte Motoyasu los, um zu ihr zu gelangen, aber ich hielt ihn auf.

»Hör zu: Das alles ist nur eine Intrige der Bitch da, die sich bei dir eingeschlichen hat, und der Drei-Helden-Kirche. Und wir haben Ren und Itsuki bestimmt nicht umgelegt.«

»Das soll ich dir glauben? Aus dem Weg!«

Sooft ich auch den Dialog suchte, ich fand kein Gehör bei ihm.

War das nun Kameradschaft oder doch bloß blinder Glaube? Er war so stur, dass er jemandem, dem er nicht vertraute, nicht einmal zuhörte.

Was tun? Ich selbst konnte ihn nicht angreifen und Filo hatte genug damit zu tun, Melty zu beschützen. Wenn ich sie riefe, würde sie natürlich kommen, aber …

»Herr Naofumi!«, rief Raphtalia.

Als ich ihren gebauschten Schwanz sah, ahnte ich, was sie vorhatte.

Natürlich! Motoyasu hatte es uns doch gerade erst demonstriert.

Er versuchte weiterhin, an mir vorbei zu dem Miststück zu gelangen. Ich ließ ihn und koordinierte mich mit Raphtalia.

»Ich, als Quelle deiner Macht, befehle dir: Ergründe das Wesen der Dinge und mach mich unsichtbar! – Hiding, Stufe eins!«

Ich konzentrierte mich und sah in meinem Gesichtsfeld einen Skillnamen aufblitzen.

Ach, so ging das also!

»Hiding Shield! Change Shield!«

»Hey, lasst die Mädchen in Frieden! Paralyze Spear!«

Motoyasu feuerte einen Skill auf Raphtalia, aber …

»Was?!«

Plötzlich erschien direkt vor ihr ein Schild.

Dies war nämlich Raphtalias und mein Kombinationsskill.

Hiding Shield. Allem Anschein nach konnte ich so einen unsichtbaren Schild aus Magie entstehen lassen.

Und mithilfe von Change Shield verwandelte ich den nun in einen Schild mit Konterfunktion.

Meine Wahl war auf den Soul Eater Shield gefallen, der über die Konterfunktion »Soul Eat« verfügte.

»Argh!«

Der Soul Eater Shield biss Motoyasu, wurde dann zu einem Ball aus Magie und kam zu mir geflogen.

»Hast du mir gerade SP geklaut?«

Dann hatte ich recht behalten: Mit dieser Konterfunktion konnte ich meinem Gegner SP klauen.

Ich wusste zwar nicht, wieviel Motoyasu noch geblieben war, aber ich hatte nun wieder Saft und konnte kämpfen.

»Herrn Naofumi solltest du lieber nicht unterschätzen.«

Damit machte Raphtalia sich mit Hide Mirage unsichtbar.

»Wo ist sie hin?«

»Überlass das nur mir, Herr Motoyasu!«

Die Bitch versuchte, Raphtalias Tarnmagie zu neutralisieren, doch Raphtalia war bereits außer Reichweite.

»Dir zeig ich's!«

Jetzt kam Motoyasu im Schweinsgalopp auf mich zu.

»Friss das!«

Er feuerte einen Skill auf mich ab. Das sollte doch sicher der Shooting Star Spear werden. Ich war nur froh, dass Raphtalia aus dem Weg war.

Dank meiner verbesserten Rüstung nahm ich Bewegungen besser wahr ... Das würde ich schaffen.

Entschlossen packte ich zu.

»Wa... Du Idiot! Schnappst dir einfach meinen Shooting Star Spear?!«

»Wenn du jedes Mal denselben Skill nimmst, durchschau ich ihn halt irgendwann, du Depp!«

Und dann wurde die Konterfunktion des Chimera Viper Shield getriggert: Motoyasu bekam den Schlangengiftzahn (mittel) zu spüren.

»Uh ... Mein Körper!«

Endlich zeigte das Gift eine Wirkung.

Irgendwie holte Motoyasu jedoch aus seiner Lanze Medizin hervor.

Hä? Wo kommt die jetzt her?

»Daraus wird nichts!«

»Unterschätz mich nicht!«

Ich streckte die Hand aus, um ihn aufzuhalten, doch zu spät: Er hatte meine Verblüffung ausgenutzt und die Medizin rasch geschluckt.

»Puh ... So viel bringt dein Gift nicht.«

Wie funktionierte das denn, dass seine Lanze ein Gegengift hervorbrachte? Ich begriff nicht, wie das vor sich ging.

»Mein Gift ... wirkt also nicht, hm? Aber ich habe auch andere wirksame Mittel zur Verfügung. So viel müsste dir mittlerweile klar sein.«

Er wollte etwas erwidern, aber es blieb ihm im Hals stecken: Er wusste ganz genau, dass er es mit Filos Tempo nicht aufnehmen konnte.

»Jetzt reiß dich zusammen und hör mir endlich mal zu! Wir haben Ren und Itsuki kein Haar gekrümmt! Wie oft soll ich es noch sagen, bis du's begreifst? Die da steckt hinter allem!«

»Dir glaubt doch kein Mensch! Ich vertraue meinen Gefährtinnen ganz und gar!«

Seinen Weibern, meint er wohl.

Nun, Fitoria hatte ein minimales Zugeständnis meinerseits verlangt und bisher hielt ich mich daran.

Den Schild des Jähzorns hatte ich bisher nicht eingesetzt.

»Gut, die Verhandlungen sind damit wohl gescheitert. Eigentlich hatte ich nicht zu diesem Mittel greifen wollen, aber ...«

Mit großer Geste hielt ich eine Hand über meinen Schild. Ab jetzt konnte es nämlich nur noch bergab gehen.

Falls es Melty nicht gelang, diesen Käfig zu knacken, würden uns die stetig nachrückenden Soldaten irgendwann zermürben. Wir mussten vorher entkommen, sonst war alles vorbei.

»Und vergiss mich nicht«, warf Filo ein.

Ich gab Raphtalia ein Zeichen, dass sie mir den Rücken freihalten sollte.

»Du hast meine Angriffsmethode gesehen. Hast du keine Angst?«

Motoyasu knirschte mit den Zähnen.

»Melty.«

»Was?«

»Du weißt, was ich meine, oder?«

»Ja, ich verstehe.«

Ich plante Folgendes: Mithilfe von Raphtalias Magie würde ich einen unsichtbaren Schild genau dort erscheinen lassen, wohin Motoyasu sich bewegte, und ihm dann Schaden zufügen, indem ich eine Konterfunktion mit Filos oder Meltys Zauber kombinierte. Wenn wir einfach draufloszauberten, würden wir nur behindert, aber mit dieser Methode ...

»Die Angriffszauber deiner Gefährtinnen scheinen ja überwiegend Feuer und Wind zu sein. Du hast ja bestimmt mitbekommen ... dass das bei mir nicht so wirkt?!«

Man wusste vorher nie, was einem Glück brachte und was nicht. Fitorias Schutz hatte mir gegen Motoyasu definitiv geholfen.

»Und du ahnst ja bestimmt auch, dass ich noch ein Ass im Ärmel hab, oder?«

Motoyasu hatte den Schild des Jähzorns schon einmal gesehen.

Noch hatte ich ihn nicht angewandt, und er hatte es auch so schon nicht leicht gegen uns.

Sollte ich ihn jetzt einsetzen?

Nun, Filo würde wieder durchdrehen, aber das konnte ich verschmerzen.

»Ich bin noch nicht geschlagen!«

Unbelehrbar riss er seine Lanze hoch.

»Air Strike Javelin!«

Schon kam sein Skill auf mich zugeflogen.

»Triff erst mal!«

Ich packte die Lanze. Es klirrte metallisch und ein leichter Schmerz fuhr durch meine Hand.

Ich hatte sie gerade gestoppt, da wurde sie in Motoyasus Hand zurückteleportiert.

»Mel!«

»Filo, pass jetzt gut auf!«

»Mach iiich!«

Gleichzeitig begannen die beiden zu murmeln.

»Wir, als Quelle deiner Macht, befehlen dir: Ergründe das Wesen der Dinge und …«

»Teammagie?!«

Das Miststück und die beiden anderen Mädchen erbleichten.

Was das wohl werden sollte …? Ach ja, davon hatte ich doch im Grimoire gelesen.

Unter den Expertenzaubern gab es solche, die die Kooperation mehrerer Magier erforderten.

Teammagie gehörte dazu.

Man brauchte dafür mindestens zwei Zauberer und konnte dann komplexere Magie ausführen, als es einem allein möglich gewesen wäre.

Die stärksten Teamzauber nannte man Ritusmagie. Das waren groß angelegte Zauber, die man auch in Schlachten gebrauchen konnte ... soweit ich gelesen hatte.

»... fege sie mit einem Taifun davon! – Taifun!«

Aus Meltys und Filos zusammengelegten Händen floss Magie und verwob sich zu einer Windhose, gesättigt mit Regen.

Dieser Zauber raste nun auf Motoyasu und seine Gefährten zu, und sie hatten keine Zeit mehr, ihn zu neutralisieren. Sie würden ihn einstecken müssen.

»Verdammt ... Na warte, den wehr ich schon ab!«

Motoyasu stellte sich schützend vor die anderen und stemmte sich Meltys und Filos Taifun entgegen.

»Uaaaaaaaaaaah!«

Es hatte nicht ganz gereicht: Er wurde durch die Luft gewirbelt.

Doch schließlich, Meltys und Filos Magie war auch nicht grenzenlos, erstarb der Taifun.

Motoyasu krachte zu Boden, war aber sofort wieder auf den Beinen.

»Ich ... Ich darf nicht verlieren. Sonst sind die Prinzessin Melty, Raphtalia und Filo dem Schildteufel hilflos ausgeliefert!«

In gewisser Weise bewunderte ich ihn: Er war immer noch überzeugt, im Recht zu sein.

Wie kam es überhaupt, dass ich gezwungen war, die Rolle des Bösewichts zu spielen?

Sah Motoyasu mich etwa als eine Art Endgegner in einem Game?

Das passte mir gar nicht. Wer verhielt sich denn hier wie ein Bösewicht?

»Ich werde euch retten, das schwöre ich! Auch für Ren und Itsuki.«

»Du Schürzenjäger ... Einfach nur armselig, was aus dir geworden ist.«

Hatte er immer noch nicht eingesehen, dass die Sache mit den Gedankenkontrollkräften Blödsinn war?

Warum setzte er seine Beharrlichkeit nicht für irgendetwas Sinnvolles ein? Was für eine Verschwendung ...

Er presste die Zähne aufeinander.

Aber seine Chance, uns zu erledigen, war vertan. Seine Gefährtinnen wurden bereits überrannt.

Heldenhaft war es ja schon von ihm, dass er in dieser Lage immer noch Kampfgeist zeigte. Aber dieses sture Beharren darauf, dass er im Recht sei ... Dass er sich nie selbst hinterfragte ...

»Gib auf, du kannst nicht gewinnen. Ich schlag vor, du hörst dir endlich an, was ich zu sagen habe.«

Es war mittlerweile bloßer Starrsinn. Irgendwas mussten wir mit diesem Dickschädel anstellen, sonst kamen wir nicht weiter. Zumindest, bis der Fluchtweg frei war.

»Melty, danke, dass du die ganze Zeit schon mithilfst, aber jetzt mach lieber schnell den Käfig kaputt.«

»Ich bin doch längst dabei!«

»Herr Motoyasu! Wenn wir den Schildteufel nicht schnell besiegen, entkommt er noch! Schnell, hol mir seinen Kopf und rette meine arme kleine Schwester!«

»Will ich ja!«

Er wusste nicht, dass seine Gefährtin in Wahrheit die Strippenzieherin war. Und es eigentlich auf Meltys Kopf abgesehen hatte.

Motoyasu, begreif es doch endlich: Du hast das wahre Böse die ganze Zeit direkt vor Augen!

Aber die Bitch ließ einfach nicht locker.

Als ich Raphtalia einen Blick zuwarf, nickte sie.

Ich hoffte, dass sie das Miststück mithilfe von Hide Mirage endlich zum Schweigen bringen würde.

Sie hatte noch immer ihr magisches Schwert. Wenn es ihr damit diesmal wieder gelingen würde, die Bitch auszuknocken, dann konnten wir endlich fliehen.

Obwohl ich sie ja eigentlich am liebsten umgebracht hätte.

Aber wenn ich meine Unschuld unter Beweis stellen wollte, musste ich darauf verzichten. Erst musste ich meinen Namen reinwaschen und mich um den verdammten Dreckskönig kümmern. Andernfalls wäre ich nicht besser als er.

Unerbittlich alle aus dem Weg räumen, die einen ärgerten, ungeachtet ob Freund oder Feind ... Nein, damit wollte ich mich nicht zufriedengeben. Ich würde meine Unschuld beweisen!

»Noch nicht ... Du hast mich noch nicht geschlaaaaaaaaaaaaaagen!«

Ganz so, als wäre Motoyasu bereit, den Heldentod zu sterben, stürmte er mit vorgestreckter Lanze auf mich zu.

»Filo!«

»Mhm!«

Jetzt würden wir es zu Ende bringen, dachte ich gerade ... Doch da fiel mir auf, dass etwas mit der Geräuschkulisse nicht stimmte. Ich sah mich um und stellte fest, dass sämtliche Soldaten fort waren. Irgendetwas ging hier nicht mit rechten Dingen zu.

Plötzlich hörte ich weiter weg jemanden klatschen.

»Hach ... Wie willensstark der Lanzenheld doch ist. Er hat gute Arbeit geleistet!«

Und dann spürte ich um mich her eine ungeheure Konzentration magischer Energie.

Kapitel 8: Das Gericht

Filos Flügel sträubten sich. Sie nahm ihre Königinnenform an, rannte rasch auf demselben Weg zurück, auf dem sie gekommen war, und ließ Melty aufsteigen. Dann griff sie Raphtalia, die sich gerade unsichtbar hatte machen wollen.

»Aber ...«

»Mel!«

»W... Was ist, Fi...«

»UAAAAAAAAAAAAAH!«

»I... Ich bin doch eine Prinzessin! Was fällt dir Monster ein, einfach ...«

Filo war wegen ihres High Quick nur verschwommen zu sehen. Brutal kickte sie Motoyasu, die Bitch und ihre Gefährtinnen in meine Richtung.

Was war denn nun los? Und wieso fiel es ihr mit einem Mal so leicht, Motoyasu umzuhauen?

Dann sah ich sie jedoch um Atem ringen.

Außerdem hatte sie niemandem irgendwelchen Schaden zugefügt.

»Filo, was ...«

Plötzlich lagen alle, Freund und Feind, Filo eingeschlossen, zu meinen Füßen.

»Meister! Verteidige dich mit ganzer Kraft! Erzeuge den schwarzen Schild, sonst schaffst du's nicht!

»Aber wieso ...«

»Mach schnell! Und dann viele schilde über uns!«

»Sch... Na gut!«

Angetrieben von Filos beunruhigendem Verhalten wechselte ich

zum Schild des Jähzorns, ließ ein Shield Prison um uns entstehen und packte unter Zuhilfenahme von Second Shield noch zwei Air Strike Shield über uns.

Etwa im selben Moment, als mein Käfig sich aufgebaut hatte, fuhr vom Himmel eine gewaltige Lichtsäule auf uns nieder.

»Argh ...«

Die Attacke brachte jeden Knochen in meinem Körper zum Vibrieren.

Meine beiden Air Strike Shields zersprangen wie Glas, und der Schildkäfig hielt nur mit Müh und Not stand.

»Filo, sag doch, geht's dir gut?«

»Mhm ... Geht schon!«

Die Strähne auf Filos Kopf, gleichsam ihre Krone, leuchtete. War sie der Grund?

Als ich zum Schild des Jähzorns gewechselt hatte, hätte sie wegen des Drachenkerns, den sie gefressen hatte, eigentlich in Raserei verfallen müssen, aber offenbar war sie mittlerweile in der Lage, den Impuls zu unterdrücken.

Die Königin aller Filolials hatte uns in vielerlei Hinsicht sehr geholfen. Ich fühlte mich etwas bestätigt in meiner Entscheidung, ihrer unvernünftigen Forderung entgegenzukommen und mit den anderen Helden zu sprechen.

Es knirschte bedenklich und ich riss eilig meinen Schild hoch, um uns alle zu verteidigen.

Eine Sekunde später zersprang auch der Schildkäfig und das Licht drang auf mich ein. Der Strahl war so breit, dass ich den Schutzbereich meines Schilds daran klar ablesen konnte.

Filo hatte über die Personen, die zu meinen Füßen lagen, ihre Flügel ausgebreitet, als wollte sie sie zudecken.

»Gnnnuuuuuuuh ...«

Das Licht entzog mir rapide alle Kraft.

»Nur noch ein wenig … Und vorbei!«

Plötzlich war das Licht fort, und ich ließ meinen Schild sinken.

Im selben Moment erhob sich Filo und gab ihre Schützlinge wieder frei.

Der Boden um uns herum war … schwarz verbrannt. Die Festung, die ursprünglich die Reichsgrenze hatte beschützen sollen, war vor unseren Augen erbarmungslos in eine Ruine verwandelt worden. Wir standen in einem Krater. Es sah aus, als hätte hier ein Meteor eingeschlagen. Und ringsumher standen die Soldaten und grinsten.

Hatten sie uns mit diesem Zauber allesamt ausradieren wollen, Motoyasu und die Bitch eingeschlossen? Was wurde denn hier gespielt?

»A… Aber was …«

»Das sieht dem Schildteufel ähnlich: Selbst den hochrangigen kollektiven Ritualzauber ›Gericht‹ nimmt er kaltblütig hin.«

Ich blickte in die Richtung, aus der die Stimme gekommen war: Es war der Heilige Vater, der mich seinerzeit in der Kirche der Schlossstadt empfangen hatte. Nun lächelte er mir milde entgegen. Hinter ihm standen mehrere Dutzend Personen: Überwiegend Kirchenanhänger, aber auch Ritter waren darunter.

»Du?!«

Der Geistliche ließ seinen Blick über uns alle hinwegschweifen.

War dies Motoyasus Verstärkung? Nein, der Angriff hatte auch ihm und seinen Gefährtinnen gegolten. Um ihm zu helfen, waren sie also nicht hier …

Das war ein mächtiger Zauber gewesen, und der Schild des Jähzorns hatte ihm nur mit knapper Not standgehalten. Und was fiel Filo eigentlich ein? Motoyasu, bis zuletzt unbelehrbar, und seine Bande hätte sie meinetwegen nicht unbedingt helfen müssen. So eine kleine Wärmebehandlung hätte ihm sicher gutgetan, diesem Mistkerl.

Die anderen Helden waren ja anscheinend eh schon tot … Da spielte einer weniger auch keine Rolle mehr. Vor allem keiner, der ständig die Finger in den Ohren hatte.

Mir hätte es offen gesagt gereicht, wenn sie Raphtalia und Melty gerettet hätte.

Egal. Ich sollte mir lieber darüber Gedanken machen, was der Heilige Vater ausheckte.

»Du feuerst hier so einen mächtigen Zauber ab, obwohl der Lanzenheld und beide Prinzessinnen zugegen sind? Was hast du dir dabei gedacht?«

»Held der Lanze … Soso.«

Für diese Typen waren Schwert, Lanze und Bogen doch Anbetungsobjekte. Ich hätte erwartet, dass die Kirche sie nicht mit in so etwas hineinziehen würde … Aber der Heilige Vater lächelte noch immer und blickte mich an.

Was war das? Der Typ ließ mich frösteln: Sein Lächeln war maskenhaft, als würde er keine Miene verziehen, falls vor ihm Menschen starben. Ich nahm irgendeine subtile Veränderung wahr, vielleicht seine Gesichtsfarbe, aber ich kam nicht dahinter.

Und wer hatte nun eigentlich Ren und Itsuki auf dem Gewissen?

Motoyasu hatte ja anscheinend mir die Schuld zuschieben wollen, aber da ich es nicht gewesen war … Wer war der wahre Übeltäter?

Konnte es sein, dass er gerade vor mir stand?

»Die Helden, die wir anbeten, retten die Menschen und beschützen die Welt vor den Wellen. Wer hingegen allerorts nur

Probleme verursacht, geschweige denn Gläubige herabwürdigt, ist nicht mehr als ein Betrüger.«

Er sagte das alles so beiläufig, als würde er gerade einen alltäglichen Plausch halten.

»Was sagst du da …?«

Motoyasu blickte den Kirchenmann fassungslos an.

»Die Anwärterinnen auf den Thron müssen der Gerechtigkeit halber … Ach nein, der Schildteufel hatte sie ohnehin umbringen wollen. Hier befinden sich nur noch lebende Leichen, darum müssen wir uns keine Gedanken machen.«

»Das ist doch … Also, das …«

Auch Raphtalia war angesichts dieses Irrsinns sprachlos vor Zorn.

Bei unserer letzten Begegnung war mir der Abt wie ein milder und anständiger Mensch vorgekommen. Offenbar hatte ich mich getäuscht.

»Statt dankbar zu sein für die Barmherzigkeit, die wir ihm mit dem Weihwasser erwiesen haben, hat der Schildheld sich als Aggressor gezeigt. Darum bin nun ich, als Fürsprecher Gottes, zu deiner Läuterung gekommen.«

Das war ja alles ungeheuer logisch. Dass sie mir das Weihwasser für den richtigen Preis verkauft hatten, sollte also eine übergroße Gnade gewesen sein? Und weil ich zu einer Bedrohung geworden war, wollten sie mich nun einfach umlegen? Oder wollten sie sich damit herausreden, dass sie damals die ganze Sachlage noch nicht überschaut hatten?

Vielleicht hatten sie auch Vorkehrungen treffen wollen, damit niemand sie verdächtigen würde.

»Jetzt ist aber Schluss mit dem Unsinn! Ich bin die Thronfolgerin! Und offensichtlich hat mich der Held des Schildes nicht umgebracht!«

»Nein, nein, das ist alles längst beschlossene Sache. Seid ganz beruhigt, Prinzessin Melty: Es steht schon jemand bereit, der an Eurer Stelle die Thronfolge antreten wird. Der Herr zeigt uns den Weg.«

Erst hatte das Miststück, selbst in der Klemme, ihn wütend angestarrt, bereit zum Kampf. Doch als sie merkte, wie wenig Sinn das Gerede des Heiligen Vaters über jene Verschwörung ergab, da wurde sie mit einem Schlag kreidebleich.

»Das ist doch ... Schwachsinn ...«

»Ha ha ha, herrlich! Nun, eine solch vulgäre Person wie Euch sollten wir wohl wahrlich lieber vom Antlitz dieser Welt tilgen.«

»Schluss jetzt mit dem Scheiß!« Der aufgelöste Motoyasu reckte seine Lanze in Richtung des Abts. »Soll das heißen, du hast uns hinters Licht geführt? Haben wir etwa nicht dafür gekämpft, Prinzessin Melty und die Welt zu retten?!«

»Natürlich! Alles dient letzten Endes dem heiligen Krieg um dieses Reich und die Welt. Darum geht es bei unserem Kampf: Die Kirche muss den Schildteufel fortjagen, der die Menschen nur verführt und verleitet, ebenso die drei falschen Helden, die den Glauben der Menschen ins Wanken gebracht haben; sie muss ihre Macht zurückerlangen und den Glauben des Volkes wiederherstellen!«

»Falsche Helden also ...«, murmelte ich.

Der Heilige Vater verzog leicht verdrossen das Gesicht. Dann fuhr er fort: »Ja ... Schließlich ist nur ihrer Umtriebe wegen der Glaube dieses Reichs ins Wanken geraten: Das falsche Schwert hat die Ausbreitung einer Seuche herbeigeführt und das ökologische System durcheinandergebracht; die falsche Lanze hat ein gebanntes Monster befreit; und der falsche Bogen hat unseren Anhängern Leiden verursacht, ohne sich zu erkennen zu geben.«

Und ich hatte die ganze Zeit nur hinter ihnen aufgeräumt.

Was Itsuki getan hatte, begriff ich zwar nicht so ganz, aber … böse Lehnsherren, die unerhört hohe Steuern erhoben, waren gemeinhin reich. Da waren wohl einfach kräftig »Spendengelder« geflossen.

Auch jener Lehnsherr, der das gebannte Ungeheuer befreit hatte, war ja anscheinend ein glühender Anhänger der Drei-Helden-Kirche gewesen.

»Deshalb musste ich diese beiden Hochstapler beseitigen, als sie mit ihren unnötigen Nachforschungen begonnen haben«, sagte der Abt wie selbstverständlich.

»Was?!«

Aber, aber, Motoyasu, tue doch nicht so erschrocken. Das hättest du nun wirklich herleiten können.

»Wir haben Schwert und Bogen an einen bestimmten Ort gelockt. Dort sind dann beide durch das ›Gericht‹ ausgelöscht worden. Auch dies war Gottes Wille.«

Ren und Itsuki … Wie ich gedacht hatte, war ihnen der letzte Vorfall also wirklich allzu sehr an den Haaren herbeigezogen vorgekommen, und sie hatten eigenständig ermittelt.

Hieß das etwa … dass Itsuki Ren geglaubt hatte?

Das passte zu ihm: Sobald er die Niedertracht mit eigenen Augen gesehen hatte, hatte er der Gerechtigkeit wegen etwas tun müssen.

Aber die Kirche war ihnen zuvorgekommen und hatte sie hinterrücks attackiert …

»Umgebracht?!«, rief Motoyasu voller Zorn. »Ren! Und Itsuki! Obwohl sie aufopferungsvoll für diese Welt gekämpft haben …«

Als ob ihr euch so gut verstanden hättet. Sorry, aber Mitleid habe ich mit den beiden nicht.

Stattdessen machte mir etwas anderes Sorgen: Fitoria hatte gesagt, es sei gefährlich, wenn Helden fehlten.

»Umgebracht? Aber, aber! Sagen wir lieber, ich habe jene betrügerischen Dämonen geläutert, die uns so lange getäuscht haben.«

»Wa...«

»Und dem König und der Königin sagen wir dies: Die falschen Helden wollten das Reich unter ihre Kontrolle bringen. Wir haben sie davon abgehalten, doch dabei sind leider die Prinzessinnen ... Ihr versteht doch sicher?«

Wahnsinn ... Was für eine beknackte Logik. Wer würde das denn glauben?

Wobei ... Vielleicht würde der Drecksack es sogar hinnehmen, wenn man ihm nur sagte, ich hätte sie umgebracht.

Einmal angenommen, wir würden hier fallen ...

Auch in meiner Welt kam es manchmal vor, dass die Wahrheit doch noch ans Licht kam und die Mächtigen im Nachhinein alles bereuten.

Etwa solche, die einen Krieg anfingen und am Ende hingerichtet wurden.

Wie genau die Wahrheit aussah, wusste ich selbst nicht. Doch so viel war klar: Diese Typen drehten sich alles so, wie sie es brauchten, um uns aus dem Weg zu räumen.

»Naofumi, Waffenstillstand!« Motoyasu wandte sich zu mir um. »Ich brauch deine Hilfe.«

»Ganz schön selbstsüchtig. Tu bloß nicht so, als hättest du schon alles vergessen. Mit Engelszungen habe ich auf dich eingeredet, und hast du mich beachtet? Keine Sekunde lang.«

Gerade hatte er mich noch ignoriert und einen Skill nach dem anderen auf mich abgefeuert, und jetzt sollte alles vergeben und vergessen sein? Von wegen!

Er war ja noch nicht einmal bereit gewesen, seine fixe Idee vom Gehirnwäscheschild aufzugeben.

»Komm schon! Ich ... muss für die Jungs eine Trauerfeier abhalten. Damit darf dieser Typ doch nicht davonkommen!«

»Jaja. Gegen die gewinnst du tapferer Held doch bestimmt allein.«

Ich würde ihn all die Qualen, die er mir bereitet hatte, nicht so einfach vergessen lassen.

»Du willst mir also nicht helfen? Dir geht wohl am Arsch vorbei, was der Typ da gemacht hat?«

»Ach, ich denk mir schon meinen Teil. Ich will ihn gern tot sehen. Deswegen fühl ich mich noch lange nicht verpflichtet, dir zu helfen.«

Der Käfig war ja kaputt, demnach konnten wir auch ebenso gut einfach auf Filos Rücken das Weite suchen.

Es tat mir zwar leid wegen Fitoria ... Aber ich würde ihm nie trauen können, selbst wenn wir hier gemeinsame Sache machen würden.

Ich hatte zwar nicht ernsthaft vor, die Tür ein für alle Mal zuzuschlagen, aber ...

»Oder lass es mich so sagen ...«

Ich drehte den Daumen nach unten und grinste.

»Meinetwegen kannst du ruhig draufgehen, du notgeiles Arschloch.«

»Oooooooh! Dich mach ich ...«

Motoyasu stand schwankend da und schüttelte seine Faust.

»Du willst mich schlagen? Sicher?«

Ich trug gerade den Schild des Jähzorns. Wenn er mich angriff, würde Self-Curse Burning getriggert. Das konnte ihn das Leben kosten.

»Grrr ...«

Ich würde mich natürlich zurückhalten, da sonst auch Raphtalia, Filo und Melty in Mitleidenschaft gezogen würden.

»Dass ihr euch untereinander streitet, sieht euch ähnlich. Schöne Gefährten seid ihr!«

»Von wegen Gefährten.«

»Schnauze! Glaub nicht, dass ich dich noch mal bitte! Den da schaff ich auch allein!«

»Ho ho ho, du glaubst also tatsächlich, du könntest mich besiegen?«

Der Heilige Vater lachte und ließ sich von einem Untergebenen eine Waffe reichen.

Was war das? Ein großes Schwert oder ...

Beeindruckend sah es schon aus mit den aufwendigen Verzierungen. In die Mitte des Griffs war ein viereckiges Juwel eingelassen, bei dessen Anblick ich ein mulmiges Gefühl bekam. Das Ding wirkte auf mich wie eine Waffe, die man in einem Game erst ziemlich spät bekam ... Ein geweihtes Schwert oder so was vielleicht?

»Wa... Aber ist das nicht ...«

Sowohl die Bitch als auch Melty wurden blass um die Nasen.

»Naofumi! Pass auf, das ist ...«

»Beginnen wir mit dem Schildteufel. Dich soll die Strafe Gottes ereilen.«

Der Heilige Vater schwang sein Schwert in weitem Bogen und ließ es herunterfahren, obwohl er weit von mir entfernt stand.

Sofort kam eine Schockwelle durch die Erde auf mich zu gerollt. Ich riss den Schild hoch und wehrte sie ab.

»Uff ...«

Die Wucht war so groß, dass ich beinahe davongeschleudert wurde. Der Schaden war unvergleichlich höher als bei Motoyasus Shooting Star Spear, und mir wurde schwarz vor Augen.

Vor mir klaffte ein Riss im Boden auf.

Moment mal, ich hatte doch gerade meinen Schild des Jähzorns aktiviert!

Die besten Skills Motoyasus und die der anderen Helden hatte ich damit leicht abgewehrt, und dennoch nahm ich so viel Schaden? Diese Waffe musste ungeheuer mächtig sein!

»Naofumi, das da ist ein Relikt aus der Vergangenheit: Eine Nachbildung der legendären Waffen!«

Kapitel 9: Das Replikat

»Das soll nur eine Kopie sein?«

Allem Anschein nach war das Ding doch stärker als das Original!

Da es die Form eines Schwertes hatte, lag ein Vergleich mit Ren nahe. Er war zwar stärker als Motoyasu, aber nicht in dem Maße. Vielleicht war sein Schwert anderthalb Mal so mächtig. Mein Schild des Jähzorns müsste damit eigentlich noch zurechtkommen.

Dieser Angriff war jedoch weit machtvoller gewesen.

»Wie kann das sein ...? Die Waffe ist doch seit Hunderten von Jahren verschollen ...«

»Wie's aussieht, war sie wohl eher geklaut als verschollen. Und wer hat sie geklaut? Die Drei-Helden-Kirche.«

Das war wie bei jenen Vorfällen, wo aus einer großen Produktionsreihe Bomben in irgendein Land verschwanden, und niemand wusste, wo sie sich nun gerade befanden.

Wenn dies die Nachbildung einer legendären Waffe war, bedeutete das dann, dass Rens Schwert irgendwann auch einmal so mächtig werden würde?

Vielleicht komisch, wenn ausgerechnet ich als Schildheld das sagte ... aber war es nicht gefährlich für diese Welt, wenn ein einziges Individuum über eine derart gewaltige Macht verfügte? Zu allem Überfluss war das nur ein Replikat. Wenn sie über solche Mittel verfügten, warum beschworen sie dann überhaupt Helden?

Hm, das war eigentlich eine gute Frage.

»Wozu beschwört ihr Helden, wenn ihr so was habt? Produziert doch die Dinger einfach en masse, dann habt ihr ein leichtes Spiel mit den Wellen!«

Melty schüttelte den Kopf.

»Von der bloßen Leistung her mag diese Waffe den legendären Waffen ebenbürtig sein, aber ... ihr Energieverbrauch ist gewaltig.«

»Aha?«

»Ja, um sie nur einmal zu verwenden, braucht man die monatlich verfügbare Magie einiger hundert Menschen. Außerdem ist es uns heute nicht möglich, so etwas in großen Mengen herzustellen ... Sie stammt aus jener alten Zeit, ist demnach im Prinzip selbst eine legendäre Waffe.«

»Wahnsinn.«

So etwas hatte ich einmal in einem Anime gesehen. Da war es um einen Roboter gegangen, der für einen einzigen Schuss den Großteil der verfügbaren Energie Japans benötigte. War das hier auch so etwas? Wenn man damit blind drauflosballern könnte, wäre das Ding ein ziemliches Schreckgespenst.

»Tag für Tag haben Gläubige unter Einsatz ihres Lebens ihre Kraft dafür gegeben, im Hinblick auf den heiligen Krieg. Und ebendieser bricht nun an!«

Ein heiliger Krieg also. Den hatten sie sicher von langer Hand vorbereitet.

Die Helden aus den Sagen ... Und dies war eine schlechtere Kopie des legendären Schwertes, der ultimativen Waffe? Vor Jahrhunderten verloren gegangen, sollte die all die Zeit darin gespeicherte Energie hier und jetzt entfesselt werden?

Verdammt, da hatten die ja mal wieder was aus dem Hut gezaubert.

Doch eigentlich war es der Beweis dafür, wie sehr der Feind in die Enge getrieben war. Sobald wir das hier überstanden hätten, würden sich zahllose Gelegenheiten zum Gegenschlag bieten.

Jetzt galt es also, stark zu sein.

»Nun, das soll als Kostprobe genügen. Jetzt beginnt der eigentliche Kampf.«

Als der Heilige Vater uns sein Schwert entgegenstreckte, verwandelte es sich plötzlich in eine Lanze. Die Waffe hatte jedoch nur die Form verändert: Die Lanze war ebenso prächtig, als hätten dieselben Hände sie geschmiedet.

»Man kann die umwandeln?!«

»Ja, schließlich ist es eine legendäre Waffe, nicht wahr? Schwert, Lanze, Bogen ... Womit soll ich euch nun läutern?«

Persönlich hatte ich nichts gegen eine einfache Flucht einzuwenden ... Doch konnten wir einem Gegner, der eine solche Waffe schwang, überhaupt entrinnen?

Die Schockwelle gerade hatte mich so schnell erreicht, dass ich nicht einmal Zeit zum Ausweichen gehabt hatte.

Und er schien sich noch zurückgehalten zu haben. Wenn er erst Ernst machte und zum Beispiel mit dem Bogen einen Skill auf uns losließ ... Dann würde womöglich selbst Filo nicht mehr ausweichen oder weglaufen können.

»Auch die Macht des Glaubens hat ihre Grenzen. Ich sollte euch wohl lieber auf einen Schlag vernichten.«

Der Heilige Vater, unterstützt von seinen Anhängern und Rittern, richtete seine verräterische Waffe auf uns.

Das Replikat, das gerade die Form der Lanze angenommen hatte, begann zu leuchten und einen Dreizack aus Licht zu bilden.

»Der hochrangige Skill Brionac?«, rief Motoyasu.

So hieß wahrscheinlich ein Skill in dem Spiel, das er gezockt hatte.

Der war dann offenbar ziemlich mächtig.

Selbst ein normaler Hieb rief schon erheblichen Schaden hervor. Wenn mich ein Skill traf, würde mich das eventuell sogar das Leben kosten ...

Fliehen war unmöglich, den Angriff aushalten ebenfalls ... Wenn Motoyasu und die anderen Helden recht behielten, war der Schild hier chancenlos.

Dann hieß das hier wohl Ende Gelände ...

Aber ich war nicht bereit, mich einfach geschlagen zu geben.

»Filo!«

»Mhm!«

Filo begriff sofort, was ich vorhatte. Sie packte mich und warf mich mit Schmackes in die Richtung des Abts.

Sobald er in Reichweite meiner Skills war, rief ich laut: »Shield Prison!«

Ein Schildkäfig bildete sich um ihn herum.

Wenn ich nun mittels Change Shield (Angriff) meinen tödlichen Skill Iron Maiden anwandte ...

»Was soll das werden?«

Er musste nicht einmal seine Haltung verändern: Die sich aufbauende Energie seines Skills allein ließ meinen Käfig zerspringen.

Spinnt der jetzt?! Aber ich musste ruhig bleiben und nachdenken.

Iron Maiden konnte ich nicht mehr auslösen. Also blieb mir nur ein Mittel zum Angriff: Ich musste ihn mit Self-Curse Burning verbrennen.

Dafür musste ich jedoch in den Nahkampf gehen und einen Angriff seiner Lanze hinnehmen ...

Ach nein, nicht unbedingt! Ich konnte die Konterfunktion auch anders triggern!

»Filo, wirf Motoyasu zu mir!«

»Wa…?!«

»Mhm!«

Ich war noch nicht gelandet, da schmiss Filo Motoyasu bereits in meine Richtung.

»Aaaaaaaaaaaaah!«

Ich sah ihn auf mich zuschießen und brüllte: »Motoyasu, greif mich an!«

»Aaah?! Ach so, kapiert!«

Manchmal schaltete der Typ wohl doch.

Ich wandte mich ihm zu, und er stieß mit der Lanze zu. Es gab ein *Klonk*, als sie auf meinen Schild traf.

Genau so, sehr gut!

»Shooting Star Spear!«

Im Vorbeifliegen feuerte Motoyasu noch einen Skill auf den Heiligen Vater ab.

»Wie töricht.«

Der Skill prallte an einer rätselhaften Barriere ab, die ihn zu umgeben schien.

»Was?!«

»Jetzt ich!«

Self-Curse Burning flammte um mich herum auf, und die Flammen des Fluchs leckten nach dem Vater. Die Barriere, die ihn schützte, zerstob, und die Flammen …

»Sinnlos!«

Die Gefolgsleute des Kirchenmannes begannen alle zugleich zu chanten.

»Unser Gott, als Quelle deiner Macht, befiehlt dir: Ergründe die Wahrheit, wirke ein Wunder und vertreibe diesen Fluch! – Hochrangiger Gruppenläuterungszauber ›Heiligtum‹!«

Die Umgebung wurde in reines weißes Licht getaucht und sofort brach mein Self-Curse Burning in sich zusammen.

Verdammt, das hätte ich vorhersehen müssen: Heilige Energie war natürlich der Konterpart zu der Energie eines Fluchs.

War das Weihwasser, das ich gekauft hatte, etwa nur dazu gedacht, Besuchern Geld aus der Tasche zu ziehen? Durchaus möglich.

Es war jedenfalls ein teures Fläschchen Weihwasser nötig gewesen, um den Fluch komplett zu heilen. Dies in nur einer Sekunde zu vollbringen …

»Air Strike Shield! Second Shield!«

Ehe ich beim Heiligen Vater ankam, erschuf ich zwei Absprungflächen, mittels derer Motoyasu und ich uns abstießen, um uns wieder zurückzuziehen.

»Hey, ihr«, rief ich Motoyasus Gefährtinnen zu. »Heilt uns beide! Keine Zeit für Feindschaft!«

»I… In Ordnung! Heal, Stufe zwei!«

Motoyasus und meine Wunden schlossen sich. Das dürfte ein wenig helfen.

Unglaublich, jetzt musste ich schon Seite an Seite mit Motoyasu kämpfen. Aber es ging nicht anders: Wenn wir überleben wollten, mussten wir den Feind vor unseren Augen niederringen.

»Meister! Ich will auch mal!«

»Pass aber auf!«

»Mach ich!«

Filo nahm ihre Menschenform an und rannte auf den Abt zu. Raphtalia, Motoyasu und ich taten es ihr gleich.

Wir würden uns nicht ohne Gegenwehr erledigen lassen.

Und auch ich musste nicht die Hände in den Schoß legen, nur weil Self-Curse Burning nicht geklappt hatte.

Glücklicherweise musste der Gottesmann seine mächtige Technik lange vorbereiten: Er stand nur reglos und mit erhobener Lanze da.

»High … Quick!«

Filo sprach ihren Zauber im Rennen und tauchte mit einem Mal hinter dem Heiligen Vater wieder auf.

Dann schüttelte sie jedoch ihre Hand, als hätte sie gerade mit ihrer Faust gegen etwas Metallenes geschlagen.

»Autsch … Ist der hart!«

Angriffe drangen anscheinend nicht durch die Barriere, die die Waffenkopie hervorbrachte.

»Shooting Star Spear!«

Lichter wie Sternschnuppen schossen auf den Heiligen Vater zu, erreichten ihn jedoch wie erwartet nicht.

»Benutz doch mal Fire Lance oder so was!«

»Ach ja, stimmt. Main!«

»Wer sich gegen die Thronfolgerin stellt, verdient es, tausend Tode zu sterben.«

Zornerfüllt begann die Bitch einen Zauberspruch zu murmeln. Ihr Gefolge stimmte mit ein.

»Herr Motoyasu, das wird ein Unterstützungszauber. Power, Stufe zwei!«

He, sprich so was doch auch mal auf Filo oder so. So was Rücksichtsloses!

»Danke, Mädels!«

Motoyasu fand noch Zeit, seinen Gefährtinnen zuzuzwinkern, dann feuerte er seinen Skill ab … was noch länger als zuvor dauerte.

»Fire-Storm Shooting Spear!«

Diesmal kombinierte er seinen Skill offenbar mit Wind und Feuer, daher wohl die Zeitverzögerung.

Flammen fuhren hoch, und die Lanze strahlte so hell wie ein Stern. Und dann schwang er sie, mit ihrem Kometenfeuer, angefacht vom Wind, gegen unseren Feind.

Aber seine Attacke kam zäh, er bewegte sich viel zu schwerfällig.

Selbst ich hätte nicht einmal abwehren müssen und nur beiseitezutreten brauchen.

Für den Skill brauchte man schon einen unbeweglichen Gegner. Aber vielleicht steckte noch mehr dahinter?

Überdies war der Angriff magisch hochgepowert. Durfte man also hoffen?

Doch leider ... klirrte es lediglich. Motoyasu war nicht durch die Schutzwand gedrungen.

»Sch...«

Danach ging er auf Distanz zu dem Kirchenvater und fasste sich an die Stirn, als wäre ihm schwindlig.

»Herr Motoyasu, bist du in Ordnung?«

»Geht schon. Aber die SP und die Abkühlzeit ...«

Jetzt bekam er wohl die Quittung für den mächtigen Skill.

Die Vorbereitungszeit, die verzögerte Ausführung, all dies, um den Skill so durchschlagskräftig wie möglich zu machen. Dennoch war Motoyasu damit nicht durchgedrungen. Wie robust dieser Kirchenmann doch war!

Mein Self-Curse Burning war auch wirkungslos geblieben, ebenso Filos und Motoyasus Attacken.

»Heiliger Vater!«

»Wir bauen sofort eine magische Verteidigung auf!«

»Unser Gott, als Quelle deiner Macht, befiehlt dir: Ergründe die Wahrheit und schütze den Gesegneten! – Hochrangige Gruppenläuterungsmagie ›Burgmauer‹!«

Der Vater hatte seine Anhänger, die sich fortwährend mit ihrer

Unterstützungsmagie um ihn kümmerten. Wir hingegen fanden keine Zeit, uns selbst zu versorgen.

Und jetzt auch noch eine Wehrmauer! Eine Lichtbarriere, ganz wie eine Festung, entstand um den Kirchenmann herum.

»Hiaaaaah!«

Raphtalia griff mit Filo zusammen an, doch ihr Schwert prallte von der Barriere ab.

»Filo! Raphtalia! Ich will es auch versuchen ...«

Melty setzte ihre größte Stärke ein, ihren Zauber Aqua Slash, aber auch der war nur ein Tropfen auf dem heißen Stein.

Wir schienen überhaupt keinen Schaden zu verursachen.

Gerade ging mir auf, dass wir wohl den Heiligen Vater links liegen lassen und stattdessen die Anhänger der Drei-Helden-Kirche würden angreifen müssen, da ...

»So, genug mit dieser Farce. Ich denke, wir können es in Angriff nehmen ...«

Von der Spitze seiner Lanze sprühten Funken: Anscheinend war sein Skill nun einsatzbereit.

»Bringen wir es zu Ende. Gehabt euch wohl, Schildteufel und Hochstapler!«

Die Lanze erstrahlte, und der Vater lächelte, als sei ihm gerade ein Exorzismus gelungen.

»Mel!«

Filo sprang vor Mel. Raphtalia ergriff meine Hand.

»Das war's also ...«, murmelte Motoyasu, als hätte auch er aufgegeben.

»I... Ich bin die nächste Königin dieses Reichs«, schimpfte die Bitch im Angesicht ihres Todes. »Wie könnt Ihr es wagen ...«

Motoyasus Gefährtinnen verloren allesamt ihre Fassung und fingen zu heulen an.

Wenn überhaupt jemand die Attacke überleben konnte, dann ich …

Ich hatte keine Wahl: Ich musste nach vorn gehen und den Angriff auf mich nehmen.

Natürlich nicht, um diese Bande zu beschützen.

Mir ging es um alle, die an mich geglaubt hatten: Raphtalia, Filo und Melty.

Also hob ich meinen Schild und trat vor.

»Ich begleite dich.«

Raphtalia folgte mir. Nahm meine Hand.

Sie hatte bisher immer zu mir gestanden.

Ohne es zu ahnen, war sie vom Schildteufel gekauft und von ihm als Sklavin in die Welt des Krieges verschleppt worden.

»Tut mir leid … dass ich dich in all das mit hineingezogen habe …«

»Nein, Herr Naofumi. Ich glaub fest daran: Du kannst uns alle beschützen!«

»Hm … Ich weiß zwar nichts über den damaligen Lanzenhelden, aber das da ist doch bestimmt eine seiner Techniken.«

Ich war noch nicht bereit. Hier durfte es noch nicht enden.

Endlich hatte ich den Drahtzieher gefunden. Die Chance, mich zu wehren, war zum Greifen nah.

Brionac … War das nicht ein Lanzenkämpfer aus keltischen Göttersagen? Aber ich würde es dem Heiligen Vater schon zeigen und den Angriff blocken.

Er reckte die Lanze in den Himmel …

»Hundred Swords!«

»Shooting Star Bow!«

Plötzlich regneten unzählige Schwerter und ein Pfeil vom Himmel auf den Heiligen Vater herab.

»Was?!«

Er brach seinen Skill ab und verteidigte sich stattdessen mit einem anderen Skill, den wir schon gesehen hatten: Windmill.

Er blickte in die Richtung, aus der der Angriff gekommen. Und dort …

»Nanu? Ich dachte, Gott hätte euch gerichtet. Wieso seid ihr hier?«

Tatsächlich: Da standen Ren und Itsuki mit ihren Gefährten. Und ich hatte gedacht, sie wären tot. Nein, da waren sie, quicklebendig!

»So einfach lassen wir uns nicht umbringen«, rief Ren. »Hast wohl nicht nach unseren Leichen gesucht, was?«

»Es war haarscharf«, fügte Itsuki hinzu. »Aber irgendwie haben wir es dann doch überstanden.«

»Tja, wenn man einen so mächtigen Zauber loslässt, macht man sich wohl gar nicht die Mühe, nach Toten zu suchen. Und das war dein Fehler.«

Ich blickte mich unter all den Trümmern um, die der erste Angriff hinterlassen hatte.

Sie hatten recht: Bei einem Angriff, der einen solchen Krater hinterließ, war es doch eher unwahrscheinlich, dass man hinterher noch Leichen fand. Oder irgendwelche Spuren. Aber ich hatte dem Angriff standgehalten.

Mit diesem Gedanken blickte ich zu Ren hin, aber da spürte ich plötzlich eine mächtige Anziehungskraft.

Mein Schild des Jähzorns hatte seinen verhassten Feind gewittert.

Fitoria hatte es mir ja erklärt: Nun flammte der Zorn des Drachen auf und richtete sich gegen Ren.

Reiß dich zusammen … Du darfst jetzt nicht die Beherrschung verlieren.

»Sagt mal, wie ...«

Motoyasu blickte zu Ren und Itsuki hin, als wären sie Gespenster.

Mich wunderte eher, dass sich ausgerechnet jetzt alle Helden an diesem entlegenen Ort einfanden.

»Da waren Leute, die uns gerettet haben. Schatten haben die sich genannt oder so ähnlich.«

»Genau. Das war eine ziemlich knappe Angelegenheit.«

»Hä? Die, die uns Naofumis Aufenthaltsort verraten haben? Die müssten doch auf der Seite der Kirche stehen.«

Also doch. Darum hatten Motoyasu und seine Leute auf mysteriöse Weise gewusst, in welche Richtung wir unterwegs waren, und uns hier erwartet.

Die Schattenfraktion, die mit der Drei-Helden-Kirche kooperierte, hatte ihnen also einen Hinweis gegeben, wo sie uns finden würden.

Das musste bedeuten, dass ...

»Unsere Retter haben gesagt, sie operieren nicht als geschlossene Organisation.«

»Genau. Sie haben behauptet, sie würden auf Befehl der Königin handeln.«

Aha, das hieß also, dass uns auch unsere Schatten unterdessen geholfen hatten. Konnten wir also davon ausgehen, dass die Königin dem Kirchenvater feindlich gegenüberstand? Nun, da sich gezeigt hatte, dass die Drei-Helden-Kirche sich gegen alle vier Helden in Stellung gebracht hatte, kam es mir doch höchst unwahrscheinlich vor, dass die Königin mit ihm unter einer Decke steckte.

Aber dieser Auftritt der beiden in letzter Sekunde ... Dazu fielen mir direkt Manga ein.

Als wäre ganz genau geplant gewesen, wann sie in Erscheinung treten. Und Motoyasu schien in dem ganzen Szenario die Hauptrolle zu spielen.

War ich dann so etwas wie sein Antagonist? Das fand ich aber gar nicht lustig.

Ich wäre eine von diesen Nebenfiguren, die es gut meinten, aber ständig missverstanden wurden. Ja, ganz schön mangamäßig. Nur hatte ich bedauerlicherweise überhaupt keine Lust, Motoyasus Sidekick zu sein …

»Es ist bereits eine Strafexpedition auf dem Weg, um dich und deine Anhänger gefangen zu nehmen!«, rief Ren, wie um seinen Sieg zu erklären. »Also gib ruhig auf!«

Dem Kirchenvater war jedoch nicht die geringste Nervosität anzumerken.

»Sollen sie ruhig kommen, das bringt unseren Triumph nicht mehr ins Wanken. Es können noch so viele sein, die Zahl spielt keine Rolle mehr!«

Wieder machte er sich bereit, einen Skill anzuwenden.

»Was meinst du?«

»Na los.«

Die beiden Helden rannten auf den Heiligen Vater zu und ließen ihre Skills sprechen.

»Shooting Star Sword!«

»Shooting Star Bow!«

Klingen und ein Pfeil aus Licht regneten gleichzeitig auf den Kirchenmann nieder. Doch der stand nur mit unbewegter Miene da.

Die Barriere, die sein Replikat erzeugt hatte, schützte ihn auch vor diesem Angriff.

Auch Rens und Itsukis Gefährten waren dabei und ließen ihre Kampftechniken und Zauber los. Doch die Barriere um den

Vater hatte sich wieder verdichtet, und keinem der Angreifer gelang es, ihn zu verwunden.

»Nun, mehr kann man von diesen Hochstaplern wohl nicht erwarten.«

»Wa…«

»Das ist aber ärgerlich. Dass er noch so ein Ass im Ärmel hat …«

»Wollt ihr ihn nicht mal fertigmachen? Was macht ihr sonst hier?«

Sollte es gar nichts gebracht haben, dass sie hier aufgetaucht waren? Das war doch wohl ein Witz!

»Der denkt wohl, wir sind ohne Plan gekommen …«

»Scheint ja keine großen Stücke auf uns zu halten …«

Rens und Itsukis Waffen begannen zu strahlen. Es dauerte einen Moment, bis etwas geschah.

»Thunder Sword!«

»Thunder Shoot!«

Mit einem Klirren fiel der Schutzschild des Vaters in sich zusammen.

»Wir haben uns nur die nötige Zeit für diesen Angriff verschafft!«

Oha, sie hatten die Barriere durchstoßen, gegen die ich mit Self-Curse Burning nichts hatte ausrichten können. Die beiden waren doch ein anderes Kaliber als Motoyasu. Hatten wir nun doch eine Chance?

»Ich … könnte auch was machen, aber meine SP …«

»Hätte, hätte, Fahrradkette.«

Wenn er wirklich über so mächtige Skills verfügte, hätte er sie längst gegen mich eingesetzt. Oder sie hätten zu viel Zeit gebraucht, weil ich schon alarmiert gewesen war. Aber mit seinem Lieblingsskill, Shooting Star Spear, war ja auch kein Blumentopf zu gewinnen.

Jedenfalls war jetzt der Moment, um anzugreifen!

»Los, alle auf ihn!«

Alle reagierten auf Rens Kommando und liefen Sturm auf den Heiligen Vater.

»Ich zuerst!«, rief Filo.

Sie setzte sich sofort an die Spitze. Von uns allen war sie immer noch die schnellste.

»Haaaargh!« Motoyasu rannte auf den Vater zu und stieß mit seiner Lanze nach ihm. »Nimm dies!«

Ren tat es ihm gleich und schwang in weitem Bogen sein Schwert über dem Kopf.

»Lasst ihn nicht zur Ruhe kommen, Leute!«

Itsuki spannte seinen Bogen und schoss einen Pfeil ab.

»Herr Naofumi, ich greife ihn auch an.«

»Ich bin natürlich auch dabei!«

Raphtalia und Melty gingen zum Angriff über und zauberten.

Diese Angriffe ließ der Kirchenmann jedoch reglos über sich ergehen. Er schien sich nicht einmal verteidigen zu müssen.

Er hatte alle Helden samt ihrer Gefolgschaft gegen sich, Attacke um Attacke prasselte auf ihn ein, doch er blieb ungerührt stehen.

»Wie töricht ... Ihr glaubt ernsthaft, ihr könntet mich besiegen? Mich, der ich die legendäre Waffe besitze? Ihr könnt nicht das Geringste gegen mich ausrichten!«

Jede Wunde, die sich öffnete, wurde sogleich von den Anhängern mittels Heilmagie wieder geschlossen.

Das war äußerst ungünstig. Wir mussten ihn mit einem einzigen Angriff erledigen, sonst heilten ihn seine Untergebenen einfach wieder.

»Und nun stimmt bitte alle mit ein: Es ist Zeit für das Gericht!«

Die Gläubigen nickten und fingen an zu murmeln.

»Wer gemeinsame Sache mit den Betrügern macht, steht auf der Seite des Bösen.«

Wahnsinn. Er war wirklich ein Fanatiker. Er musste doch schreckliche Schmerzen haben.

»Und nun ist es Zeit für den Todesstoß.«

Der Kirchenvater wollte uns also endgültig vernichten.

Er fing an, einen noch mächtigeren Skill als vorher aufzuladen. Es ließ einen wirklich an Brionac denken.

»Naofumi«, sagte Ren.

»Was ist?«

»Lass ihn uns mit vereinten Kräften besiegen.«

»Auf eine Zusammenarbeit mit euch könnte ich eigentlich gut verzichten ...«

Dem Angriff konnten wir allerdings unmöglich entrinnen. Und gleichzeitig strickten sie auch noch an ihrem Gerichtszauber. Selbst ich würde das wohl nicht überstehen.

»Erst mal müssen wir die Typen hinter ihm loswerden. Sonst hat das nie ein Ende, das ist dir hoffentlich klar?«

»Jepp.«

Und schon rannten Ren und seine Leute auf die Kirchenanhänger zu.

Kleine Fische waren das allerdings nicht, dafür waren sie allesamt zu stark.

Die Helden, Raphtalia, Filo ... Alle fochten einen verzweifelten Kampf.

Unterdessen war der Skill des Kirchenvaters so gut wie aufgeladen, und noch immer drohte das Gericht.

»Ihr wahrhaft Gläubigen: Dies ist der heilige Krieg. Drum verzagt nicht, sondern gebt tapfer euer Leben hin – für die Gerechtigkeit!«

»Ja!«, riefen die Fanatiker.

Und dann brandeten sie auf uns zu.

Schwert, Lanze, Bogen und alle Gefährten attackierten sie. Doch sie drängten kaltblütig weiter heran, selbst als ihr Blut vergossen wurde.

Sie würden weiter voranstürmen, bis ihre Füße sie nicht mehr trügen. Und dann hätten sie immer noch ihre Hände, und wenn auch die ihren Dienst versagten, blieb ihnen noch die Magie.

Diese Fanatiker würden bis zum Augenblick ihres Todes weiter angreifen.

Sie sind völlig dem Wahn verfallen ...

»Mist ... Das nimmt kein Ende!«

Es waren einfach zu viele. Diese Menschenzahl ließ mich an einen Game-Klassiker denken, das die Geschichte der Drei Reiche zum Inhalt hatte.

Eigentlich ging es uns um den Heiligen Vater, aber er hatte zu viele Unterstützer auf seiner Seite.

Jeder für sich genommen wäre besiegbar gewesen, doch immer wenn einer stürzte, erfolgte ein Heilzauber, und sogleich schlossen sich die Reihen wieder.

In einem Game wäre jeder Besiegte aus dem Kampf ausgeschieden. Aber das hier war kein Spiel.

Wen wir nicht umbrachten, der wurde geheilt – nein, jeder Versuch zu töten war zwecklos.

Unmöglich war es wohl nicht, sie alle umzubringen, aber das würde entsprechend viel Zeit kosten.

»Ich geh auch mit in den Nahkampf. Jemand soll mich ernsthaft angreifen. Aber mein Konter erfasst auch meine Gefährten, also sucht hinterher schnell das Weite!«

Self-Curse Burning war mein einziges wirksames Mittel zum Angriff. Also musste ich mit ins Getümmel. Die Anhänger waren mit ihrem mächtigen Gerichtszauber beschäftigt und würden mich wohl nicht groß behindern können.

Wenn ich mich vollkommen meinem Zorn hingab, würde ich wohl die meisten in mein Feuer mit hineinziehen.

»Alles klar.«

»Na, dann wollen wir mal, was?«

Alle Gefährten wurden angewiesen, mit Unterstützungsmagie zu helfen oder, falls sie keine beherrschten, Störungen entgegenzuwirken und die Zauberer zu verteidigen.

Außer den Helden würde also niemand angreifen, denn alle anderen zauberten oder deckten ... Keine allzu aussichtsreiche Aufstellung.

»Los!«

An der Spitze rannte ich auf die Kirchenanhänger zu.

Mir mit meinen wenigen Angriffsmöglichkeiten blieb für den entscheidenden Schlag nur eine Wahl.

»Naofumi!«

Motoyasu stach mit seiner Lanze in meinen Schild, und augenblicklich wurde Self-Curse Burning getriggert.

»Uoooooooooh!«

Wer nicht mit dem Gerichtszauber beschäftigt war, versuchte, meinem Fluchfeuer seine heilige Magie entgegenzusetzen, aber es brachte nichts: Die Macht war einfach zu gewaltig, und ein Teil der Anhänger wurde von den Flammen verzehrt.

»Uaaaaaaaaaaaaaaah!«, schrien sie.

Der Fluch sorgte dafür, dass die Heilmagie verzögert wirkte. Wenn wir unterdessen weiter angriffen, müssten wir sie wohl bezwingen können.

Rasch ließ ich einen Air Strike Shield entstehen und machte ihn mit Change Shield zu einem Rope Shield. So konnte ich den Enterhaken benutzen, um der Nahkampfsituation zu entrinnen.

Die Sonderfunktion ließ sich genau so anwenden, wie ich es mir gedacht hatte: Ich schlang mir das Ende des Seils um den Arm und schwang mich daran in die hinteren Reihen zurück.

»Thunder Sword!«

»Lightning Spear!«

»Thunder Shoot!«

Die anderen Helden hatten sofort ihre mächtigsten Skills auf die Gläubigen abgefeuert.

Alles Skills, die auf Gewitter basierten.

Sie durchschlugen den Gottesmann und fegten auch die Anhänger, die hinter ihm standen, noch mit davon.

»Uaaaaaaaaaaah!«

Wie Herbstlaub wirbelten sie davon. Es sah jedoch so aus, als hätte der Vater kaum Schaden genommen. Wirkten die Skills etwa nicht auf ihn?

Wie stark war er denn nur, dieser Rädelsführer mit seiner legendären Waffe?

»Schluss mit dem Theater.«

Mit einem siegesgewissen Lächeln auf dem Gesicht richtete er seine Lanze auf uns.

»Drängt euch alle zusammen! Wir verwenden Naofumi als Schild!«

»Hey, lasst den Scheiß!«

Als hätten die Helden es vorher abgesprochen, sammelten sie sich alle hinter mir.

Toll, rennt nur alle hinter mich …

»Der Skill hat einen Streueffekt: Er teilt sich zigtausendfach und durchbohrt alles, was im Weg ist. Wenn alle an einer Stelle stehen, lässt sich der Schaden klein halten.«

»Verstehe ...«

»Na ja, eigentlich legt man vorher eine Zahl von Angriffszielen fest.«

Also war das so ein Skill, mit dem man jemanden herauspicken und ins Visier nehmen konnte? Lästig.

»Brionac!«

Nun ließ der Heilige Vater seinen Skill los und schleuderte ihn uns entgegen!

Ein blendend weißes Licht flammte auf und schoss auf uns zu.

»Du kriegst uns nicht klein!«

»Genau!«

»Leute, ich brauch jetzt eure Unterstützung!«

»Shooting Star Sword!«

»Shooting Star Bow!«

»Shooting Star Spear!«

Einer nach dem anderen ließen Ren, Itsuki und Motoyasu ihre Waffen aufleuchten und feuerten ihre Skills ab.

Die drei kometenhellen Lichter verschmolzen zu einer Art dickem Strahl.

Alle Gefährten nutzten ihre Angriffszauber, um die Attacke zu verstärken.

»Filo, Melty, ihr beiden macht auch mit!«

»Mhm!«

»Hilf du gefälligst auch mit, Naofumi!«

»Wie denn, Melty? Ich kann nur verteidigen! Dir geht's doch genauso, oder, Raphtalia?«

»Äh ... Ja«, sagte Raphtalia entschuldigend. »Ich glaube, ich habe keine Angriffszauber, die was bringen.«

Das lag daran, dass unsere Fähigkeiten so irregulär waren. Ich war aufs Verteidigen spezialisiert und schritt nur zur Tat, wenn die anderen Helden nicht mehr kompensieren konnten. Raphtalia konnte Illusionsmagie mit Licht und Dunkelheit verwenden, aber das erlaubte ihr eben nur, sich unsichtbar zu machen oder ein Licht zu entzünden.

Melty warf mir einen leicht unterkühlten Blick zu, unterstützte dann aber die Helden bei ihrem Angriff.

»Jetzt kommt's!«

Es knisterte, als die Energien aufeinanderprallten.

»Loooooooos!«

»Scheißeeeeeeee!«

»Haaaaaaargh!«

Der voluminöse Strahl, der sich aus den drei Kometen-Skills zusammensetzte, traf auf den Angriff des Heiligen Vaters, und es kam zu einem Ringen.

Auch die Gefährten leisteten mit ihrer Unterstützungsmagie einen kleinen Beitrag, um die Attacke unseres Feindes im Zaum zu halten.

»Ho ho ... Ist das etwa alles?«

Der Kirchenmann lächelte nach wie vor.

Hielt er sich etwa nur zurück?!

»Du dämlicher ... Noch nicht, noch haben wir nicht verloren!«

»Ganz genau! Wir sind immer noch hier!«

»Los, dreht den Saft weiter auf!«

Die drei legten all ihre verfügbare Kraft in den Angriff.

Wir drängten ihn zurück, wenngleich kaum merklich.

Sehr gut ... Doch aus irgendeinem Grund ließ mich eine unheilvolle Vorahnung nicht los.

»Gut, dann wollen wir mal«, sagte der Gottesmann in gleichgültigem Tonfall und speiste seinerseits mehr Energie ein.

Seine Waffe begann zu flackern, wurde abwechselnd schwarz und weiß.

Jetzt würde sich sein gewaltiger Schlag nicht länger abwenden lassen.

»Achtung!«

Scheiße! Jetzt sterbt mir bloß nicht, sonst weiß ich nicht weiter!

Wäre es doch nur zu einem günstigeren Zeitpunkt zu dieser Konfrontation gekommen ...

Ich stieß die Helden beiseite, womit ich ihre Skills unterbrach, und trat nach vorn.

Das Licht strömte in mich hinein ... Der Schmerz und der ohrenbetäubende Lärm schienen mich in den Wahnsinn treiben zu wollen. Das Gleißen schaffte es aber nicht über mich hinaus. Es war mir gelungen, meine Gefährten zu beschützen.

Schwer atmend stand ich da.

»Herr Naofumi!«

»Naofumi ...«

Ren blickte mich sprachlos an. Ebenso die anderen Helden und ihre Gefährten.

»Oho ...« Der Heilige Vater schwang locker seinen Stab. »Das hätte ich ja nicht gedacht, dass du den Angriff tatsächlich aushältst. Ein wahrer Schildteufel bist du!«

»G... Geht's euch gut?«

Mit verschwommenem Blick schaute ich mich um. Ich sah, dass sich v-förmige Furchen in den Boden gegraben hatten. Wäre ich nicht dazwischengegangen, gäbe es nun wahrscheinlich Tote. Zum Glück waren alle hinter mich gerannt und somit unversehrt geblieben.

»Heal, Stufe zwei!«, riefen mehrere Stimmen zugleich und sofort schlossen sich meine Wunden.

Die besten Skills der drei Helden hatten diesen Angriff abgeschwächt – aber wie mächtig er noch immer gewesen war!

»Verdammt ... Meine SP ...«

»Hier das gleiche.«

»Bei mir ebenso.«

Offenbar war der SP-Pegel bei allen niedrig, daher griffen sie nach ihren Seelenheiltränken. Um viele Punkte zu regenerieren, fehlte allerdings die Zeit.

In dem Moment hörte ich von fern her wütende Stimmen: Da kam jener Trupp angerannt, von dem Ren und die anderen gesprochen hatten. Der, der die Drei-Helden-Kirche unterwerfen sollte. Wenn sie sich geschickt anstellten, konnten sie es schaffen, den Helfershelfern des Kirchenmannes Einhalt zu gebieten.

»Nun, dann werden wir uns wohl erst einmal um diese Burschen kümmern müssen.«

»Was?! Hey, ihr!«, brüllte Ren. »Kommt nicht näher!«

Aber es war bereits zu spät. Der Heilige Vater verwandelte seine Lanze in ein Schwert und stieß es tief in den Boden.

Sofort begann die Erde zu beben, und zu den Füßen der anrückenden Soldaten quoll Magma daraus hervor.

»Uaaaaaaaaaaaaah?!«

Die Soldaten schrien und wurden wie Kiesel herumgeworfen.

Hatte der Kirchenvater sie etwa schon gestoppt? Wie ungeheuer mächtig er war!

»Ha ha ha ha ha ha, wie erfrischend! Solang ich diese Waffe führe, bin ich unbesiegbar. Niemand braucht mehr irgendwelche Helden! Oh ja, nun erhebe ich mich selbst zu einem Gott!

Hört her, meine Jünger: Richtet nun diese Bengel, die sich anmaßen, alte Götter zu sein!«

»Jawohl!«, riefen sie alle.

Gerade hatte ich geglaubt, dass sich unsere Lage endlich ein wenig gebessert hatte, und nun war das Heer, das den Kirchenvater hatte niederwerfen sollen, sang- und klanglos untergegangen!

Die Klinge seines Schwertes nahm die Gestalt eines Feuervogels an.

Das war womöglich ein noch mächtigerer Skill als Brionac.

Verdammt ... Sicher hatten die Soldaten nicht damit gerechnet, dass der Geistliche so etwas aus dem Hut zaubern würde. Wenn es blöd lief, würde er sie mit einem Schlag vernichten.

»Nun denn, lasst uns gemeinsam das Urteil vollstrecken!«

Sicher hatte er vor, seinen Angriff zeitgleich mit dem seiner Untergebenen auszuführen.

Wir hatten ein klein wenig Zeit gewonnen, doch jeden Moment würde der mächtige Schlag erfolgen.

»Das war's dann wohl ...«

Die anderen Helden waren kreidebleich. Sie hatten mit dem Sieg gerechnet, doch ihr Plan war am Ende doch zu unausgegoren gewesen ...

Ach nein, wären Ren und Itsuki nicht gewesen, dann wären Motoyasu und ich schon längst eliminiert worden. Das wäre schlimmer gewesen. Doch, sie hatten schon ihr Bestes gegeben.

Hatte denn auch ich mein Bestes gegeben? Oder konnte ich noch irgendetwas tun?

Was war denn mit meinem verfluchten Schild? Würde der uns noch aus unserer misslichen Lage retten können?

Immer und immer wieder hatte mich Fitoria vor ihm gewarnt – ein wahres Dilemma.

Wir mussten das hier überstehen, sonst gab es kein Später. Es wäre ohnehin mit uns allen vorbei, also konnte ich genauso gut alles auf eine Karte setzen.

»Ren, komm mal kurz.«

»Was ist? Hast du einen Plan?«

Mit fragendem Blick trat Ren näher.

Ich spürte, wie mein Schild bebte und pulsierte, immer schneller.

Wie versprochen hatte ich dagegen angekämpft. Aber im Schild des Jähzorns steckte der Kern des Drachen, den Ren umgebracht hatte.

Blitzartig sah ich die letzten Augenblicke des Untiers, und der Schild brüllte, wollte den Feind vor ihm in Stücke reißen.

Ja, genau so ... Mehr davon. Lass deinem Hass freien Lauf!

Dank Raphtalia hatte ich den Zorn des Schildes im Zaum halten können, doch nun wollte ich versuchen, ihn zu seiner maximalen Entfaltung zu bringen.

»Raphtalia, nimm meine ...«

»Ja.«

Ich ergriff ihre Hand und hielt meinen Schild in Rens Richtung.

Dann blickte ich zu der Bitch und Motoyasu hinüber und rief mir all die Dinge wieder ins Gedächtnis, die ich hatte vergessen wollen.

Erinnerte mich an jene Gefühle: wie sehr ich alles gehasst hatte, wie mein Zorn mich hatte alles vergessen lassen, wie die ganze Welt sich schwarz gefärbt hatte.

Befreiung von Emotionen führt zu Grow-up!
Curse Series, Schild des Jähzorns: Leistung gestiegen! Umwandlung in Schild des Ingrimms!

Schild des Ingrimms III
Fähigkeit nicht freigeschaltet … Ausrüstungsbonus: Skill »Change Shield (Angriff)«, »Iron Maiden«, »Blood Sacrifice«
Sonderfunktion: Dark-Curse Burning, Anstieg der Stärke, Drachenwut, Gebrüll, Krawall der Verwandten, Magie teilen, Gewand des Zorns (mittel)

Augenblicklich ertrank mein Herz in Finsternis.

Kapitel 10: Der Schild des Ingrimms

»…!«

Ich schickte einen lautlosen Schrei gen Himmel.

Der Hass! Aber was hasste ich? Na, alles! Die ganze Welt!

Ich war so sehr von Groll erfüllt, dass ich fürchtete, er würde mir den Verstand rauben.

Ja, vielleicht war es doch am besten, wenn ich diese Kraft nutzte, um alles niederzubrennen!

Ich sah nur noch rot und schwarz, und alles wurde Gegenstand meines Hasses.

»…!«

Irgendeine Stimme drang an mein Ohr, schien meine Wut ein wenig zu lindern, aber selbst das hatte keinen Sinn.

»…!«

Eine Berührung. Sie war mir lästig. Sollte ich sie mit Feuer vergelten?

»Meister, hasst du wirklich alles auf der Welt?«

Alle wollten mich nur aufs Kreuz legen, mich quälen, mich umbringen. Ich hasste sie alle!

»Wirklich? Denkst du wirklich so?«

Sag ich doch! Was denn?

»Dann hat es dir nicht gefallen? Die ganze Zeit, die du mit Raphtalia und mir verbracht hast?«

Die Stimme … kam mir vertraut vor.

Ein kleines Mädchen, das gelobt hatte, mir überallhin zu folgen. Die Treue hatte es mir geschworen, komme was wolle; alles wollte es für mich geben, auch wenn es dabei verletzt werden würde … Vor meinem geistigen Auge zogen all die Erinnerungen vorbei.

Dann ein Küken, das aus einem Ei schlüpfte, heranwuchs, und ich spürte immer mehr, wie sehr es mich mochte.

»Das ... ist ...«

»Gar nicht wahr, stimmt's? Du hast doch immer so viel für uns getan, Meister.«

Meine Sicht klärte sich, die Finsternis schien von mir zu weichen.

Etwas sickerte in mein Herz, als würde jemand Wasser auf die Flammen meiner Wut gießen.

»Und darum, Meister, fresse ich jetzt deinen Zorn und deinen Hass einfach auf.«

Plötzlich klärte sich mein Blick vollends, und ich sah mich um.

»Herr Naofumi!«

»Bist du in Ordnung?!«

Seit meinem Schrei konnten nur wenige Sekunden vergangen sein.

Raphtalias besorgte Stimme, Rens Hand auf meiner Schulter ...

»Meister, geht's dir gut?«

»Du hast mich zurückgehalten?«

»Mhm. Das war bestimmt schlimm für dich, oder, Meister?«

Filo hatte ihre Königinnenform angenommen und hielt mich von hinten umfasst. Ich blickte auf ihre Flügel hinab und sah, dass sie überall schwarze Brandwunden hatte. Der Grow-up, den der Schild des Jähzorns durchlaufen hatte, musste zu viel für sie gewesen sein. Das hatte bestimmt schrecklich wehgetan. Doch selbst unter Schmerzen machte sie sich noch Sorgen um mich.

»Ich, Raphtalia, Melty ... Alle, alle glauben an dich, Meister! Und darum musst du durchhalten.«

»Hm ... Stimmt. Du hast recht.«

Ich durfte mich nicht von meiner Wut mitreißen lassen.

Nur noch ein wenig länger, dann würde ich einen der Hauptschuldigen zermalmen können. Ich musste nur dies durchstehen, dann würde alles gut.

Dieser Mistkerl hatte uns alle – Melty und die Helden – für seine finsteren Zwecke ausgenutzt ... Und dafür würde ich ihn jetzt zur Rechenschaft ziehen!

»Los geht's.«

»Selbst in dieser Lage weißt du noch einen Ausweg?«

»Ja, mein stärkster Schild hat jetzt einen neuen tödlichen Skill.«

»Was ist das überhaupt für ein Schild? Der war vorher schon gruselig, aber jetzt ist er noch krasser.«

Mein Schild des Jähzorns II, der einem Drachen nachempfunden war, hatte sich in den Schild des Ingrimms verwandelt und barg nun noch größeres Unheil in sich.

Die Drachenfratze hatte sich in die eines Dämons verwandelt, die Ecken waren nun spitz.

»Dieser Skill könnte sich schon bald gegen euch richten. Und ihr müsst mir erst mal den nötigen Freiraum verschaffen, damit ich ihn überhaupt anwenden kann.«

»Also, du bist ja einer ... Na gut. Das eine Mal müssen wir uns wohl auf dich verlassen.«

»Stimmt wohl. Man kann ihm zwar nur schwer trauen, aber uns fehlen gerade die Mittel.«

»Alles oder nichts.«

»Und was die Magie angeht ... Na, irgendwas werden wir schon reißen.«

Die Helden nickten mir zu, dann brachten sie sich vor dem Gottesmann in Stellung.

»Oh weh, ihr wollt also sinnlos Widerstand leisten … Dem müssen wir wohl auch ein Ende setzen. Unsere Vorbereitungen sind nun ohnehin abgeschlossen. Sollen wir den Todesstoß vollziehen?«

Ich spürte, wie sich um uns herum Magie sammelte. Dann strahlte am Himmel ein konzentriertes Licht auf, bereit, auf uns niederzufahren.

»Los!«

Auf meinen Ruf hin stürmten die Helden auf den Heiligen Vater zu.

»Filo, lass mich aufsteigen und spring!«

»Okayyy!«

Wie geheißen nahm mich Filo auf ihren Rücken und sprang hoch in die Luft.

»Hochklassiger kollektiver Läuterungszauber ›Gericht‹!«, riefen die Anhänger.

Und dann kam von oben unsere Feuertaufe!

»Komm schoooooooooooooon!«

Ich hielt den Schild hoch. Und schon brauste das Licht auf mich hernieder. Die Verteidigung meines Schild des Ingrimms III jedoch hielt – nicht einmal ein Glimmen gelangte unter mich.

»Selbst der Gerichtszauber lässt dich unversehrt?! Wie ist das möglich?!«

Entgeistert blickte mich der Heilige Vater an. Das Grinsen war ihm anscheinend vergangen.

Ich zahlte einen hohen Preis, wenn ich den Schild verwendete. Da musste es schon auch etwas bringen.

»Dumm … Aber dies hier wirst du nicht abwehren!«

Er riss sein Schwert hoch in die Luft und ließ es anschließend niederfahren.

»Phoenix Blade!«

Aus seiner Klinge kam ein Feuervogel und flog geradewegs auf mich zu.

»Vergiss es!«

Ich riss den Schild hoch.

Filo wusste ohne ein Wort, was mir durch den Kopf ging, und begann zu murmeln.

Die Beschwörungsworte tauchten vor meinem geistigen Auge auf. Die Auslösebedingungen für Gewand des Zorns (mittel) ...

»Der Held des Schildes und sein Gefolge, als Quelle deiner Kraft, befehlen wir dir: Ergründe die Wahrheit, schlucke das Feuer und verwandle es in Energie! – Wrath Fire!«

Nun würde der Zorn uns nützlich sein.

Der Phönix erreichte uns, wollte um sich schlagen und alles verbrennen, doch dann verwandelte er sich in bloße Energie.

»Wa... Habt ihr meinen Skill gerade aufgesogen?«

Unter den Attacken der Helden und Filos kraftvollen Tritten brach der Schutzschild des Gottesvaters im Nu in sich zusammen.

»Los geeeht's!«

Jetzt kam Filos tödliche Attacke!

Sie war zwar in ihrer Königinnenform, bewegte nun aber ihre Flügel wie bei dem Rotationsangriff, den sie gegen Fitoria eingesetzt hatte.

Was gegen Fitoria der Finishing Move hätte sein sollen, hatte nun genug Kraft, um es im ernsten Kampf gegen den Kirchenvater einzusetzen.

Der verwandelte sein Schwert in die Lanze zurück und wirbelte sie herum.

Was würde das wohl werden? Ich hatte ein ungutes Gefühl.

»Der Bewusstseinszustand des Nicht-Selbst?«, rief Motoyasu verblüfft.

Das musste auch wieder ein hochrangiger Lanzen-Skill sein.

»Eurem Gott dürft ihr euch nicht widersetzen. Und dieser Gott bin ich!«

Alles außer Filos Angriff prallte ab, und Licht strömte aus der Lanze hervor.

»Aaah ...«

»Aua!«

Das Licht rief Schmerzen in mir hervor, als würde ich von innen heraus zerrissen.

War das ein Konterskill?! Was für ein hartnäckiger Mann ...

»Aber uns stoppst du damit nicht!«

»Soso.«

Diesmal verwandelte er die Lanze in einen Bogen und machte einen weiten Schritt zurück.

»Willst wohl abhauen, was? Filo!«

»Mhm! High Quick!«

Schon hatte sie ihn eingeholt und trat nach ihm. Ehe sie ihn jedoch treffen konnte, war er plötzlich einfach verschwunden.

Ich würde ihn jedoch nicht entkommen lassen. Wir würden ihm hier und heute ein Ende bereiten.

Aber wo war er? Oder eher: Welcher von ihnen war er?!

Plötzlich sahen nämlich alle seine Anhänger genau wie er aus.

»Mirage Arrow?!«, rief Itsuki aus. »Das ist ein Illusionsskill, mit dem man den Gegner von sich ablenken kann. Passt auf!«

Verflucht ... Hieß das, wir konnten unser Angriffsziel nicht ermitteln?

Plötzlich tauchten überall um uns her falsche Kirchenväter auf, als hätte sich unser Feind dutzendfach vermehrt.

»Ho ho ho! Da habt ihr mir einen kleinen Schrecken versetzt. Aber nun bringen wir die Sache allmählich zum Abschluss.«

Die unzähligen Gottesmänner spannten alle gleichzeitig ihre Bögen.

»Das ist der mächtigste einfache Skill. Und du, Schildteufel, sollst ihn nun am eigenen Leib erfahren!«

Die vielen Bögen erstrahlten.

Scheiße, ich würde den Angriff zwar aushalten, bekäme so aber keine Gelegenheit zum Kontern.

»Ich, die Königin, als Quelle deiner Macht, befehle dir: Ergründe die Wahrheit und fange sie in Käfigen aus Eis! – All Icicle Prison, Stufe drei!«

Plötzlich froren die vielen Kirchenväter von den Füßen aufwärts bis zur Taille ein.

Gleich darauf verwandelten sie sich in rascher Folge in ihre eigentlichen Gestalten zurück.

»Jetzt.«

Wer war das?! Egal, ich hatte keine Zeit, mir darum Gedanken zu machen. Nun galt es, den Gottesmann umzulegen – den wahren, das Original.

Blood Sacrifice!

Wieder tauchte in meinem Gesichtsfeld eine Inkantation auf. Ich sagte sie so auf, wie ich sie vor mir sah: »Dies soll die Strafe des törichten Missetäters sein: Der Schrei des Opfers an Gott! Brüllend möge er zermalmt werden zwischen den Kiefern des Drachen, geboren aus meinem Fleisch! – Blood Sacrifice … Argh!«

W… Was geschieht mit mir?!

In dem Moment, als ich den Skill auslöste, strömte überall Blut aus meinem Leib. Mein Fleisch riss auf und meine Knochen knirschten, als wollten sie bersten.

War das etwa … ein Selbstmordskill?!

Als der Kirchenvater sah, dass ich mich selbst schwer verwundet hatte, trat ein Lächeln auf sein Gesicht.

Im nächsten Moment jedoch … tauchte aus dem Boden unter ihm so etwas wie ein riesiges kupferfarbenes verrostetes Tellereisen auf. Nur hatte es die Gestalt eines Drachenkopfes. Anders als bei einer gewöhnlichen Falle gab es viele Paare von Fangbügeln, als wären es die Zahnreihen eines der Erde entwachsenen fleischfressenden Ungetüms.

»Wa…«

Mit einem scharfen metallischen Geräusch schnappte die Drachenkopffalle zu.

»Hieaaaaah …«

Sein Schrei drang zwischen den monströsen Kiefern hervor und hallte inmitten der Trümmer wider.

Im Inneren der Falle sah ich kurz roten Sprühnebel und einen schwarzen Schatten aufblitzen.

»Was? Damit wollt ihr mich …«

Nach dem ersten Biss war der Gottesmann zwar schwer verwundet, aber immer noch am Leben. Er wollte einen Skill wirken, um die Falle zu zerstören – doch es war zu spät. Ein zweites, drittes Mal schnappte die Falle zu und im Replikat der heiligen Waffen zeigten sich Risse. Beim vierten Schnappen war das Klirren zerspringenden Metalls zu hören. Wie zum Hohn schnappte der Drache immer wieder zu.

Wieder und wieder … immer schneller.

Wie … grauenvoll.

»Keuch … Hust … H… Hil… G… Gott …«

Und dann versank das Ungetüm, mit dem Heiligen Vater in der Schnauze, von dem nunmehr praktisch nur noch Fleischbrocken

übrig waren, wieder in der Erde, als hätte sich das Loch eines Ameisenlöwen unter ihm aufgetan.

»…«

Mit angehaltenem Atem standen wir da und sahen uns das Schauspiel an.

Die Skills der Curse Series waren wirklich allesamt blutrünstig. Ob es daran lag, dass diese Schilde so tief in die eigene Seele eindrangen?

Nachdem ich dies mitangesehen hatte, konnte ich Fitorias Worten nur beipflichten. Nun war auch mir klar, dass dies in der Tat nichts war, das man gewohnheitsmäßig anwenden sollte.

»D… Der Teufel hat den Heiligen Vater besiegt …«, war es hoffnungslos aus den Reihen der Gläubigen zu vernehmen.

»Nun seid ihr am Ende!«

Die Strafeinheit, mittlerweile wieder auf den Beinen, rückte unter Kampfschreien vor und machte sich daran, die Kirchenanhänger gefangen zu nehmen.

Nun war uns der Sieg sicher.

Aber … Während ich noch dem Soldatentrupp nachblickte, glitt ich von Filos Rücken herunter.

Dieser neue Skill, Blood Sacrifice, der mit dem Schild des Ingrimms dazugekommen war … Ungeheuer mächtig, durchaus, aber ich hatte einen hohen Preis bezahlt …

»Meister?!«

Filo, beschmiert mit meinem Blut, hob mich besorgt auf.

Irgendwann musste sich mein Schild in den Chimera Viper Shield zurückverwandelt haben.

»So schlimme Wunden … Wer war das? Bitte, jemand muss dem Meister helfen!«

Auf ihren Schrei hin kam eine Frau herbeigeilt, anscheinend die Kommandantin der Truppe.

»Mutter?!«, rief Melty bestürzt aus.

An der Spitze der Soldaten bot sich mir ein vertrauter Anblick ... Diese Gestalt glich tatsächlich aufs Haar jener Person, die mir damals zusammen mit Melty über den Weg gelaufen war. Mit Verlaub.

Die Mundpartie war hinter einem Fächer verborgen, aber es bestand dennoch kein Zweifel.

»Eure Taten waren beeindruckend anzusehen, Held des Schildes.«

Sie musste diejenige sein, die den Kirchenvater festgenagelt hatte.

»Hört alle her! Die Behandlung des Schildhelden hat höchste Priorität! Dies ist ein königlicher Befehl: Sorgt dafür, dass er überlebt!«

»Jawohl!«, kam es aus ihrem Gefolge.

Eine Einheit von Heilern kam zu mir und begann mit ihren Beschwörungen.

»Heal, Stufe drei.«

Ich wurde von Licht umhüllt. Aber ... mein Schmerz schien kein bisschen nachzulassen.

»I... Ist das ein Fluch? Aber ... so etwas Mächtiges ...«

Die Heiler machten erschrockene Gesichter. Unterdessen begannen sie, Beschwörungen zu murmeln, um den Fluch aufzuheben. Auch wurde ich mit Weihwasser besprengt.

Dennoch ... Es schien sich keine Wirkung einstellen zu wollen.

»Das müssen wir genauer untersuchen. Schnell! Du auch!«

Eilig verschwanden die Heiler, Filo im Schlepptau.

»Uh ...«

Mein ganzer Körper schrie vor Schmerzen. Aber ich durfte jetzt nicht ohnmächtig werden. Ich wusste schließlich noch nicht, ob die Königin Freund oder Feind war.

»Du… bist … die Königin?«

»Ja, ich bin die Königin des Reichs Melromarc: Mirelia Q. Melromarc. Bitte verzeiht … Ich bin erst so spät hier gewesen, um Euch zu helfen …«

»Kann man … wohl sagen.«

Aber hatte sie nun überhaupt irgendwelche Macht? War sie die wahre Herrscherin des Königreichs? Hatte sie ein vollständiges Bild von der Situation?

Ich wollte ihr so viel sagen. Auch Dinge, die der Groll mir eingab, wie: Dein Ehemann und deine Tochter sind absoluter Abschaum.

»Wirklich … All dies hier ist meine Schuld.«

»Mutter …«

»Mama, warum entschuldigst du dich bei so einem?«

Als die Königin sah, wie die Bitch anklagend mit dem Finger auf mich zeigte, begann sie zu beben und eine blaue Ader erschien auf ihrer Stirn.

»Malty … Bereite dich innerlich schon einmal vor: Wenn wir zurück im Schloss sind, habe ich dir einiges zu sagen.«

Die Luft schien förmlich zu knistern.

Obwohl der Zorn der Königin nicht mir galt, lief es mir eiskalt über den Rücken.

Sie schnippte mit den Fingern: Ein Schatten tauchte hinter der Bitch auf und hielt sie fest.

»Aber Mama, warte doch mal!«

»Bring diese Närrin zum Schweigen.«

»Jawohl!«

»Wie kannst du es wa… Hmpf!«

Schon war das Miststück geknebelt und wurde abgeführt.

»W… Was macht ihr mit Main?«, begehrte der völlig verdatterte Motoyasu auf.

»Ich bin Mains … Maltys Mutter. Und aufgrund meiner Autorität wird sie nun aufs Schloss gebracht. Alsdann, meine Helden, die heutige Schlacht ist vorbei. Lasst uns ausruhen und gemeinsam heimkehren.«

Angesichts der Ausstrahlung der Königin wussten weder Motoyasu noch die anderen Helden etwas zu erwidern. Nun, nach dem harten Kampf war niemand in der Stimmung, irgendwelche Beschwerden vorzubringen.

»Alsdann, Held des Schildes … Naofumi Iwatani. Wir wollen Eurer Heilung den Vorrang geben. Schont Euch daher bitte unbedingt! Wir werden augenblicklich alle Vorkehrungen treffen.«

Die Heilergarde kam mit allerlei Mitteln zu mir: Magie, Arzneien, Weihwasser …

Mir war, als läge ich in einem Rettungswagen meiner Welt und würde in Windeseile zum Krankenhaus gebracht.

»A… Aber …«

Wieso bist du überhaupt hier? Solltest du nicht in jenem Königreich im Südwesten sein? Alle möglichen Fragen dieser Art gingen mir durch den Kopf.

»Wir haben viel zu besprechen: Warum ich mich ständig im Ausland aufhalte und Euch nicht beschützen konnte, und wie es kommt, dass ich nicht im Reich südwestlich Melromarcs war, sondern die Strafexpedition angeführt habe … Dennoch gilt es nun erst einmal, Eure Wunden zu heilen.«

»Herr Naofumi!«

Raphtalia kam weinend angelaufen, anscheinend voller Sorge um mich, und drückte sich an mich.

»Ich dachte, mir bleibt das Herz stehen! Dir geht es doch gut, oder?!«

»Hmmm … Na ja …«

Ich hatte schon den Eindruck, dass meine Wunden ziemlich tief waren. Selbst das Aufstehen fiel mir schwer, mein ganzer Körper schmerzte und ich fühlte mich schrecklich matt.

Als Filo erfuhr, dass ich außer Gefahr war, kam sie in ihrer Menschenform, Melty an der Hand, zu mir, als ich gerade in die Kutsche verfrachtet werden sollte.

»So schwere Wunden …« Ein Heiler sah, dass auch Filo schlimm verletzt worden war und überall schwarze Brandwunden hatte. »Schnell, hierher!«

»Nein! Ich will beim Meister bleiben!«

Offenbar machte Filo sich mehr Sorgen um meine Wunden als um ihre eigenen und wollte sich nicht behandeln lassen.

»Filo, mach dir keine Sorgen«, sagte Melty sanft und streichelte ihr beruhigend über den Kopf. »Naofumi wird von den Heilern gut versorgt.«

»Aber … Meister …«

»Naofumi würde es bestimmt gar nicht gefallen, wenn du dich nicht behandeln lässt. Meinst du nicht auch?«

Filo legte argwöhnisch den Kopf schief und blickte in meine Richtung.

Sie nun wieder. Sonst dachte sie immer nur an sich, und jetzt gab sie plötzlich die Glucke.

»Schon gut«, brachte ich mühsam hervor. »Werde du erst mal wieder gesund.«

Da nickte Filo, gab nach und ließ sich von den Heilern verarzten. Statt Heilmagie sprachen sie Zauber, die effektiv gegen Flüche waren.

»Was ist das nur für ein mächtiger Fluch ...«, flüsterte einer der Heiler.

Tja, das war er wohl tatsächlich ...

Dies war nun einmal der Tribut, den die Curse Series forderte.

Weil diese Schilde so leistungsstark waren, hatte ich sie während entscheidender Situationen immer wieder verwendet. Was die Nebenwirkungen betraf, unterschied sich Blood Sacrifice jedoch gewaltig von den anderen Flüchen. Fitoria hatte es ja bereits gesagt: Man riskierte, sich selbst zugrunde zu richten.

»Rasch, bereitet ›Heiligtum‹ vor!«

War das nicht jener Zauber, der mein Self-Curse Burning unschädlich gemacht hatte?

Diese Leute waren doch nicht alle Anhänger der Drei-Helden-Kirche ... Welcher Religion gehörten sie wohl stattdessen an? Vielleicht der Schildkirche? Bestimmt verfügten sie über große Macht ...

Während ich solchen zerstreuten Gedanken nachhing, wurden mir allmählich die Lider schwer.

»Herr Naofumi!«

»Naofumi!«

Raphtalia und Melty rüttelten an mir.

»Was ist denn los?«

»Bleib bitte bei Bewusstsein.«

»Was soll das? Ihr tut ja so, als ob ich gerade sterbe. Mir geht's gut, ich geh schon nicht drauf.«

Nun, ich befand mich schon in einem lebensbedrohlichen Zustand ... Aber ich hatte ganz bestimmt nicht die Absicht, an so einem Ort zu sterben. Ich war dennoch ganz schön erledigt.

Ich wollte nur ... ein bisschen schlafen.

Aber das durfte ich nicht. Wir waren noch lange nicht in Sicherheit. Andererseits konnte ich in dieser Verfassung ohnehin so gut wie nichts tun.

Aber was, wenn nun …

»Raphtalia, wenn irgendwas ist, schnapp dir Filo und hau mit Melty ab.«

»Verstanden. Aber dich nehmen wir dann auch mit, Herr Naofumi.«

»Tut mir leid … Morgen kann ich wohl kein Frühstück machen … Lasst mich nur ein bisschen schlafen …«

Während ich noch sprach, wurde mir schwarz vor Augen und ich glitt in einen Traumzustand hinüber.

»Herr Naofumi! Nicht einschlafen! Herr Naofumi …«

Kapitel 11: Die Königin

Zwei Tage waren vergangen.

»Uh ... Was ist da so schwer?«

Ein leises Schnarchen.

»Mhmmm ... Meister ...«

»Filo ... So groß ...«

Als ich aufwachte, stellte ich fest, dass Raphtalia und Filo an meine Schultern geschmiegt schliefen, und auch Melty lag im selben Bett.

»Was ist hier denn los?«, schimpfte ich, selbst noch halb im Schlaf. »Sofort aufwachen!«

Wie sie mich alle drei bedröppelt anblickten, war schon irgendwie zum Schießen.

Ich war notfallmäßig in eine große Stadt in der Nähe von Schloss Melromarc gebracht worden, wo man mich behandelt hatte

Der Fluch meines Skills Blood Sacrifice saß noch tief, und selbst in dieser Klinik, die auf solche Dinge spezialisiert war, konnten sie die Auswirkungen nicht völlig neutralisieren.

Als ich fragte, was ich tun müsste, um wieder zu genesen, sagte man mir, dieser Fluch sei mit Magie und Medizin allein nicht zu bezwingen. Man müsse warten, bis er von selbst ausheilte.

Die äußerlichen Verbrennungen und Wunden waren fort, meine Gesundheit an sich wiederhergestellt. Aber jene Mattigkeit dauerte noch fort.

Als ich einen Blick in meinen Status warf, sah ich, dass alle Werte bis auf meine Verteidigung um 30 Prozent gesunken waren.

Dieser Fluch schien zu bewirken, dass meine Leistung bis zur völligen Genesung gemindert sein würde.

Bei dem Skill bekam man zwar etwas für seinen Einsatz, aber unpraktisch war das schon.

»Wie lange wird es dauern?«

»Schätzungsweise einen Monat.«

Einen ganzen Monat ... Das war aber lang. Dann wäre ich ja erst kurz vor der nächsten Welle wieder auf dem Damm.

»Wie ist denn seine Verfassung?«

Die Königin war erschienen, um sich nach meinem Zustand zu erkundigen, während ich gerade mit den Absurditäten dieser Welt haderte.

Es wirkte, als würde sie sich um meine körperliche Gesundheit sorgen.

»...«

Ich vertraute ihr noch nicht ganz, aber ... Nun, immerhin hatte sie veranlasst, dass man mich behandelte, als ich nicht bei Bewusstsein gewesen war. Und nun erfragte sie bei dem Heiler der Klinik meine Krankengeschichte.

»Verstehe. Dann darf er mich wohl begleiten, nicht wahr?«

»Wo soll's denn hingehen?«

»Na, aufs Schloss. Liegt das nicht auf der Hand?«

Sie hatte wieder ihren Fächer vorm Mund, aber auf ihrer Stirn zeigte sich erneut jene Ader. Diese Königin konnte einen ganz schön unter Druck setzen.

»Mutter, warum bist du so wütend?«

Melty verbarg sich hinter mir und sondierte zitternd die Lage.

Es herrschte eine komische Atmosphäre. So war die Königin also, wenn sie zornig war?

»Du lässt mich aber nicht hinrichten, oder?«

»Wer denkt denn an so etwas Törichtes? Ich finde nur, dass Ihr dabei sein solltet, Herr Iwatani.«

»Wobei?«

»Das erfahrt Ihr auf dem Schloss. Ihr dürft Euch schon einmal darauf freuen. Es hat sich außerdem so viel angestaut, worüber wir sprechen müssen. Darf ich darauf hoffen, dass Ihr mir auf alle meine Fragen Antworten geben werdet?«

Diese Königin. Wie sie sich bemühte, Bedingungen zu schaffen, die ich nicht ablehnen konnte, nur um mich ins Schloss zu bekommen.

Zu gern hätte ich abgelehnt, aber ich brauchte ihre Hilfe, um meine Weste reinzuwaschen.

Melty hatte mir ja schon einiges erzählt.

Die Königin war auf den Dreckskönig und die Bitch wahnsinnig wütend. Hatte sie nicht sogar ihre Wut an den Porträts der beiden ausgelassen?

Ich bekam eine vage Vorstellung davon, was sie vorhaben könnte.

Ob sie meinen Erwartungen gerecht wurde, würde man abwarten müssen. Jedenfalls fand ich im Moment keinen guten Grund, um ihr den Wunsch abzuschlagen – abgesehen davon, dass sie die Frau des Drecksacks und dazu noch die Mutter der Bitch war.

»Hm ...«

Ob ich Melty zuliebe einwilligen sollte?

Ich seufzte. »Hm, dann komm ich wohl mal mit ...«

»Herr Naofumi?!«, rief Raphtalia besorgt aus.

»Was soll ich denn machen? Ich habe gar keine Wahl. Sie hat mir schließlich diese Behandlung ermöglicht. Insofern scheint sie zumindest nicht unsere Feindin zu sein.«

»Ja, und ich möchte wirklich gern, dass Ihr zugegen seid.«

Von diesem Typ Mensch bekam man Hilfe, wenn die Interessen übereinstimmten. Ich kannte ihre Ziele nicht, aber wenn sie sich als Feindin entpuppen würde, würde ich eben meinen Schild des Ingrimms noch einmal einsetzen.

»Wir haben die Kutsche des Göttervogels für Euch verwahrt. Ihr sollt sie mitsamt Gepäck zurückbekommen.«

»Echt?!«, platzte Filo dazwischen.

»Aber ja! Sie steht vor dem Krankenhaus. Sieh ruhig selbst nach.«

»Au jaaa! Melty, komm mit!«

»Mhm!«

Filo und Melty rannten aus dem Krankenzimmer.

Das musste wahre Kutschenliebe sein. Als die Mädchen hinaus waren, blickte ich die Königin an.

»Ganz wohl ist mir nicht dabei, ehrlich gesagt.«

Ich konnte nicht erkennen, was wirklich hinter ihrer Güte steckte. Da beschlich einen natürlich das Gefühl, dass die Sache irgendeinen Haken haben könnte.

Die Königin hatte sich gegen die Drei-Helden-Kirche gewandt und ließ nun auch noch dem Schildteufel eine Vorzugsbehandlung zuteilwerden. Dafür hätte wohl jeder gern einen guten Grund gehört.

Es lag wohl kaum an meinem hingebungsvollen Kampf gegen die Wellen des Untergangs. Nein, so etwas Ehrenhaftes war es ganz sicher nicht.

Ich musterte die Königin eindringlich, um ihr wahres Motiv zu ergründen ... Aber da begann plötzlich ihre Hand mitsamt dem Fächer darin zu beben. Was war mit ihr?

»Aultclay ... Malty ... Glaubt bloß nicht, dass ich mit euch fertig bin ...«

Melty hatte recht gehabt: Die Königin kochte vor Wut.

Plötzlich erschien einer ihrer Schatten, holte Bilder vom Drecksack und der Bitch hervor und hängte sie an die Wand.

Die Königin hob eine Hand, pfählte die Porträts mit Eismagie und fackelte sie gleich darauf mit Feuermagie ab.

»Das genügt noch nicht. Rasch … Ich kann es kaum erwarten, ihre furchtverzerrten Gesichter zu sehen.«

Wieder diese Stirnader, und wie die Königin nahezu qualmte … Sie wurde mir direkt unheimlich.

Mit Fumie* konnte man dies vielleicht nicht gleichsetzen, aber man erkannte doch immerhin, wie sehr sie mit ihrem Ehemann und ihrer Tochter abgeschlossen hatte, wenn sie schon ihre Porträts verbrannte.

Das Gefühl verstand ich sehr gut. Also schön, ich wollte mich bemühen, ihr zu vertrauen, zumindest für den Moment.

»Dann komme ich mal deiner Aufforderung nach.«

»Vielen Dank, Herr Iwatani.«

Nun, da sie meine Einwilligung hatte, lächelte sie. An diesem Lächeln konnte ich ihren starken Willen ablesen.

»Oho! Malty und Melty beehren mich zugleich! Schön, dass ihr den Schild besiegt habt und zurückgekehrt seid. Aber warum ist Malty gefesselt und hat einen Knebel im Mund?«

Als wir das Schloss betreten hatten, hatte die Königin bestimmt, dass die Bitch und Melty vorangingen und alle anderen folgten.

Auch die anderen Helden waren dabei. Wenngleich es ihnen nicht zu schmecken schien, dass ich unter uns Jungs im Moment Oberwasser hatte.

Laut beschwert hatte sich keiner, denn die Königin hatte gleich mit großer Geste erklärt, dass die Beendigung dieses Vorfalls vor allem mein Verdienst gewesen sei.

* Japanische Bezeichnung für Bilder, die die Obrigkeit während der Edo-Zeit einsetzte, um Christen ausfindig zu machen. Um zu beweisen, dass man nicht dem christlichen Glauben angehörte, wurden Verdächtige dazu aufgefordert, auf diese Bilder zu treten. Weigerten sie sich, wurden sie verhaftet.

Übrigens hatten wir auch erfahren, was unterdessen aus der Drei-Helden-Kirche geworden war.

Das Wissen um den Tod des Kirchenvaters hatte in der Schlossstadt noch nicht die Runde gemacht und auch das Gotteshaus selbst war dem Anschein nach noch offen ... in Wahrheit aber wohl gesperrt. Offenbar wurden gerade alle Beteiligten verhaftet und fortgebracht.

»Weil niemand ihr Gerede ertragen kann. Vielleicht sollten wir den Knebel bei der Gelegenheit auch gleich festnähen.«

Forschen Schrittes betrat die Königin den Thronsaal.

Als dem Drecksack klar wurde, dass sie mich im Schlepptau hatte, entgleisten ihm die Gesichtszüge.

»Was hat der Kerl hier zu suchen? Exekutiert ihn, sofort!«

»Das erlaube ich nicht!«

Offenbar hatte das Wort der Königin ein höheres Gewicht. Jedenfalls setzte die königliche Garde seinen Befehl nicht in die Tat um. Zu schwanken schienen sie zwar schon, aber ein Blick seitens der Ritter der Königin genügte, und sie blieben kerzengerade stehen.

»Das ist doch ... Das ist eine Hochstaplerin! Nehmt sie gefangen!«

»Du ... erkennst mich nicht einmal mehr ... Ich bin mit meiner Geduld am Ende. Ich, die Königin, als Quelle deiner Macht ...«

»Was?! Aber diese Formel ...«

»Befehle dir: Ergründe die Wahrheit und fange ihn in einem Käfig aus Eis! – Icicle Prison, Stufe drei!«

Plötzlich war der König in Eis eingeschlossen.

Man sah zwar noch, wie der Drecksack den Mund auf und zu klappte, aber seine Stimme drang nicht nach außen.

»Unfassbar ... Wie kann man nur so verblöden?«

Sie ließ ihren Fächer zuschnappen, und der Eiskäfig löste sich in Luft auf.

»Das Niveau der Magie, die Qualität ... Du bist ganz sicher meine Gemahlin! Aber was ist denn überhaupt los?!«

Der Drecksack glotzte die Königin an, als könnte er nicht glauben, wen er vor sich hatte.

»Hat dich etwa der Schild ...?«

Natürlich. An allem Schlechten, was ihm widerfuhr, konnte nur ich schuld sein.

Es reichte mir bereits. Genau aus diesem Grund hatte ich gar nicht erst mitkommen wollen.

»Mitnichten. Du glaubst doch nicht etwa immer noch, dass der Held des Schildes über derartige Kräfte verfügt?«

Sie war unterdessen zu ihm getreten, und ... verpasste ihm eine Ohrfeige!

Der Drecksack sah aus, als könnte er nicht fassen, dass man ihn gerade geschlagen hatte. Er zitterte wie Espenlaub und starrte aus irgendeinem Grund mich an.

»Ich weiß nicht, wie oft ich dir noch sagen soll, dass Herr Iwatani nichts damit zu tun hat.«

»Hmpf!«

Sie knallte ihm noch eine.

Und ehe er ein Wort sagen konnte, hatte sie ihm noch eine gezimmert.

»Du bist nur mein Platzhalter, während ich nicht im Land bin. Dennoch missachtest du wieder und wieder meine Anweisung, die Helden nicht ungleich zu behandeln. Willst du denn unbedingt einen Krieg heraufbeschwören?«

»A... Aber ...«

»Dein Aber kannst du dir sparen! Jetzt müssten eigentlich alle zusammenhalten und sich gegen die Wellen wappnen – und was tust du?«

Die Königin hatte offenbar nicht vor, sich irgendwelche Widerworte von dem Drecksack anzuhören. Sie rammte ihn ungespitzt in den Boden.

Ich bekam den Eindruck, dass sie damit den anderen Helden demonstrieren wollte, wer hier das Sagen hatte.

»Nun, ich denke, wir sollten uns einander erneut vorstellen. Ich bin die Königin Melromarcs, Mirelia Q. Melromarc. Aultclay mag Euch wichtiger erschienen sein, aber er ist nur mein Stellvertreter, also glaubt ihm lieber kein Wort.«

»A… Aha.«

»Sehr … erfreut.«

»Ist ja … irre.«

Das waren die Reaktionen der anderen Helden. Alle drei waren sichtlich geplättet.

»Ich möchte mir gern herausnehmen, heute ein wenig von Eurer Zeit zu beanspruchen.«

»Worum geht es denn?«

»Das besprechen wir beim Essen.«

»Ähm … Und Main?«

Motoyasu schien sich Gedanken um die Bitch zu machen, die immer noch geknebelt dastand.

»Ihr Gerede wird gerade nicht benötigt, darum lasse ich sie schweigen. Ist das so weit klar?«

»A… Aber … Ist das nicht ein bisschen hart?«

»Ganz und gar nicht. Wenn Ihr Euch aber unbedingt ihre Ausflüchte anhören wollt … soll es mir recht sein.«

Die Königin schnippte mit den Fingern und Fesseln und Knebel lockerten sich. Hektisch streifte das Miststück den Knebel und das Seil ab.

»Grrr …«

Dem Drecksack war es offenbar unangenehm, dass die Helden so etwas Hässliches mitansahen, daher der Unmutslaut.

»Was gibt’s da zu knurren? Ich bin noch nicht fertig mit dir!«

»Das ist nicht meine Schuld! Das war alles der Schild!«

»Genau, genau!«, pflichtete die Bitch dem Drecksack bei. »Mama! Dieser Wüstling hat versucht, mich zu vergewaltigen!«

»Und weiter?«

»Und weiter ... sagst du?! Mama, es war für mich das erste Mal! Kümmert dich das denn gar nicht?!«

»Seit wann bist du denn noch Jungfrau? Oder dachtest du etwa, ich wüsste nichts davon? Du hast deine Jungfräulichkeit verloren, als ...«

»Wie bitte?!«, rief Motoyasu ungläubig.

»D... Das stimmt nicht! Motoyasu ist der Erste!«

»Du hast also tatsächlich geglaubt, ich wäre ahnungslos? Erbärmlich! Ja, vielleicht hätte es noch eine Rettung für dich gegeben, wenn du tatsächlich etwas mit Herrn Iwatani angefangen hättest, dem Helden des Schildes ...«

Die Königin warf mir einen flüchtigen Blick zu.

Ich? Mit diesem Miststück?

»Das soll wohl ein Scherz sein!«

»Du bist demnach bereits aus dem Rennen. Wir müssen unsere Hoffnungen in Melty setzen. Die beiden haben gemeinsam Freud und Leid durchgemacht. Aussichtslos ist es wohl nicht.«

Wie ungerührt sie mit so etwas Ungeheuerlichem herausplatzte.

»Bist du noch bei Trost?«, entfuhr es dem Drecksack. »Melty ist doch noch ein Kind!«

»Ja, genau!«

Einer Ansicht mit dem Drecksack zu sein, bereitete mir zwar

körperliche Schmerzen, aber was sollte das denn, mich plötzlich mit Melty verkuppeln zu wollen?

Hm? Was war das? Wieso guckten mich Ren und Itsuki so komisch an?

Die Sache kam für mich doch völlig überraschend! Ich hatte bestimmt keinen Lolita-Komplex. So tief würde ich nicht sinken, ein Kind zu begehren!

»Wirklich, Mutter! Was redest du nur?«

»Wovon sprecht iiihr?«

»Davon solltest du lieber nichts wissen, Filo.«

Ja, die beiden sollten eigentlich gar nicht dabei sein.

»Doch, wir sollten Melty unbedingt Herrn Iwatani, unserem geschätzten Schildhelden, zur Frau geben.«

»Also, das ist doch wohl ...«

»Begreifst du es denn nicht? Das ist doch die ideale Gelegenheit, nach langen Jahren endlich unseren Erzfeind niederzuringen!«

»Inwiefern?«, fragte der König verwundert.

»Ja, inwiefern?«

»Genau, das würde uns auch interessieren.«

Ren und Itsuki wollten es also ebenfalls wissen.

»Nun ...«

Ich glaubte, die Antwort bereits zu kennen. Und als die Königin uns die Sache anschließend darlegte, fand ich meine Vermutung bestätigt.

In Schildwelt verehrte man anscheinend den Helden des Schildes. Das machte das Reich gleichsam zum natürlichen Feind Melromarcs. Wenn es der Königin nun gelänge, mich zu ihrem Schwiegersohn zu machen, dann wäre Melromarc im Besitz des Heiligen, den das Volk von Schildwelt anbetete. Ihre tieferen Beweggründe kannte ich zwar nicht, doch in jedem Fall wollte sie wohl eine Atmosphäre schaffen, die es ihr ermöglichte, die Bürger Schildwelts auf ihre Seite zu ziehen. Sie musste nur dem arglosen Schildhelden Honig ums Maul schmieren, und wenn am Ende noch ein Kind dabei herausspränge, wäre das Glück vollkommen.

Hinterher würde man sich schon irgendwie einig, und es würden freundschaftliche Bindungen geknüpft. Faktisch würde Schildwelt auf diese Weise zu Melromarcs Vasallenstaat.

»Für so etwas willst du deine Tochter benutzen?«, rief Itsuki entrüstet und machte einen Schritt nach vorn. »Tut dir das nicht in der Seele weh?«

»Benutzen ... Wo liegt denn das Problem? Gibt es in den Heimatwelten der Helden etwa keine politischen Hochzeiten?«

»In der Vergangenheit vielleicht! Aber das ist nichts, bei dem wir einfach ein Auge zudrücken könnten.«

»Ich sage Euch, es besteht überhaupt kein Anlass zur Sorge. Man sieht doch auf Anhieb, dass Melty und Herr Iwatani sich prächtig verstehen ... Melty, du musst dir alle Mühe geben, Herrn Iwatanis Herz zu erobern!«

»I... Ich will aber nicht!«

Meltys Gesicht war hochrot geworden beim Heiratsgerede der Königin.

Nun, dass es ihr nicht gefiel, in ihrem jungen Alter für politische Zwecke benutzt zu werden, konnte ich ihr nicht verdenken.

Und von mir konnten sie wohl auch kaum verlangen, irgendwelche Anstrengungen für den Aufschwung Melromarcs zu unternehmen.

»Aha? Den Schatten zufolge sollst du gute Aussichten haben.«

»Was für Blindfische.«

»Wie bitte?! Willst du damit sagen, ich sei nicht attraktiv? Ah ...«

»Was denn? Stört's dich so sehr, wenn du als Kind gesehen wirst?«

Schwieriges Alter.

»Nun, wenn sie es so zur Schau tragen, kann man wohl nichts machen.«

Was fiel Itsuki denn ein, uns plötzlich seinen Segen zu geben.

»Held des Bogens! Warum gebt Ihr plötzlich nach?«

»Na ja, wenns doch Hoffnung gibt ... Du wirst schließlich irgendwann mal Königin sein, oder nicht?«

»Ich habe nicht die Absicht, hier den Rest meines Lebens zu verbringen.«

»Das macht nichts ... Solang Melty nur mit Eurem Kind gesegnet wird.«

Davon wollte ich überhaupt nichts hören.

Ich durfte mich also gern wieder in meine Heimatwelt verdrücken. Hauptsache die Königsfamilie bekam ihr Kind vom Schildhelden.

Zu solchen Mitteln wollten sie also greifen, um in der Außenpolitik Vorteile zu erlangen? Was für eine groteske Idee. Ich war doch wirklich in einem Manga gelandet.

»An alledem sind nur mein Mann und meine Tochter schuld, die mit ihrer Unfähigkeit all die schönen Chancen verspielt haben. Dass du damals allein mit Herrn Iwatani losgezogen bist, war doch ein guter Anfang! Du hättest ihn auf deine Seite ziehen können, ihn zähmen ... Dann hättest du dir mittlerweile den Platz der zukünftigen Königin gesichert.«

»Wer fängt denn was mit so einem Troll an? Er hat versucht, mich zu vergewaltigen!«

Fing das Miststück schon wieder an?

Es wurde wirklich Zeit, ihr ihre Grenzen aufzuzeigen ...

»Er ist kein Troll!«, riefen Raphtalia, Filo und aus irgendeinem Grund sogar Melty alle auf einmal.

Was wird das denn, Mädchen? Und vor allem du, Melty!

»Was? Ich hab nur die Wahrheit gesagt. Dass ihr wütend seid, beweist nur, dass ihr es genauso seht.«

»Sehr schön. Damit wäre dann wohl auch unbestreitbar bewiesen, dass du keine Jungfrau mehr bist.«

»So ein Schwachsinn! Du kannst ja Herrn Motoyasu fragen. Ich war sehr wohl noch Jungfrau.«

»Malty, wenn du schon lügst, dann bitte auch so, dass es nicht auffliegt. Dem Helden der Lanze kannst du vielleicht was vormachen, aber mich täuschst du ganz gewiss nicht … Deine schlechte Angewohnheit, andere ständig hereinzulegen, die hattest du ja schon immer …«

Die Predigt der Königin wollte kein Ende nehmen. Die Bitch tat jedoch nur so, als würde sie zuhören, das sah jeder, der Augen im Kopf hatte.

Sicher bekam sie ständig solche Standpauken zu hören und war dagegen längst abgestumpft.

»Deine kleine Schwester wurde in eine Intrige verwickelt, und du hast ihr nicht beigestanden. Doch damit nicht genug: Du wolltest von der Angelegenheit profitieren und sie eigenhändig der Kirche ausliefern.«

Was? Hatte die Bitch sich etwa nur auf die Seite der Kirche geschlagen und war gar nicht die eigentliche Drahtzieherin? Und der König ebenso?

Sollten die beiden in Wahrheit tatsächlich bloß Idioten …

»Du hast bestimmt geglaubt, damit sei dir der Thron sicher.«

»D… Das ist nicht wahr!«

Oh … Sie dachte bestimmt an jene Beschwörungsformel zurück.

Klar hatte die Bitch mit ihrer Formulierung von sich selbst gesprochen.

So etwas hätte sie nicht von sich gegeben, wenn sie nicht davon überzeugt gewesen wäre, tatsächlich die Thronerbin zu sein. Als ich das gehört hatte, war mir die Spucke weggeblieben.

»Genau!«, sprang ihr Motoyasu bei. »So ein Mädchen ist Main nicht!«

»Sie belügt Euch nur«, zeigte sich die Königin unbeeindruckt.

»Nein, es ist alles wahr!«

»Nun, dann werden wir die Wahrheit wohl ans Licht bringen müssen.«

Auf einen Wink der Königin packten Ritter die Bitch an den Schultern. Ein Hofmagier brachte ein Tintenfläschchen, das mir bekannt vorkam. Mit dieser Tinte konnte man jemanden als Sklaven registrieren.

»W… Was hast du vor?«

Offenbar hatte Motoyasu die bedrohliche Atmosphäre im Raum gespürt.

Die Schlosssoldaten schirmten die Bitch vor ihm ab, und der Magier begann mit seinem Ritual.

Die Königin stach sich mit einer Nadel in den Finger und ließ ihr Blut in die Tinte tropfen.

Nun … begriff ich, was sie vorhatte.

»N… Nein! Lasst mich los!«

»Sobald deine Unschuld bewiesen ist, kommst du wieder frei. Die Helden werden das sicher auch verstehen.«

Unmöglich, dachte ich. Aber dann sah ich, wie Ren und Itsuki nur fassungslos dastanden und zusahen. Selbst die Bitch hatte begriffen, was ihr nun blühte. Sie wehrte sich verzweifelt, aber die Männer hatten sie fest im Griff. Motoyasu hingegen schien zunächst keinen Schimmer zu haben, aber dann ging ihm wohl zumindest auf, dass gerade etwas Unwiderrufliches vor sich ging, und er hob seine Lanze.

»Hört aaaaaaaaaauf!«

Nichts da.

»Shield Prison!«

Ich nutzte die Chance und verwandelte meinen Schild in den Schild des Ingrimms, wobei ich meinen Zorn unterdrückte ... oder eher regulierte.

Ren und Itsuki wollten einen Schritt vorwärts machen, aber als die Soldaten ihnen den Weg versperrten, zauderten sie.

»N... Nein! Bleibt mir vom Leib! Habt ihr vergessen, wer ich bin?«

»Du bist die erste Prinzessin«, sagte die Königin. »Aber wir wollen doch alles daran setzen, deine Unschuld zu beweisen, nicht wahr?«

Sie ließ ihre Hand sinken und gab somit das Zeichen.

Der Magier tropfte dem Miststück die Tinte auf die Brust, und ein Muster grub sich in ihre Haut.

»Aaaaaaaaaaaaaaaaaaah!«

Nachdem die Bitch eine Weile geschrien hatte, verschwand es, als wäre nichts geschehen.

Dies war anders als bei Raphtalia: Bei ihr war so etwas wie eine Tätowierung erschienen, aber vom Sklavensiegel der Bitch war bereits nichts mehr zu erkennen.

»Dies ist ein hochgradiges Sklavensiegel. Normalerweise ist es unsichtbar, aber unter bestimmten Bedingungen erscheint es und bestraft seinen Träger.«

Dann funktionierte es ja wie Filos Monstersiegel, nur eben angewandt auf einen Menschen.

»Die Bedingung wäre ein Angriff gegen Herrn Iwatani. Es ist dir verboten, ihn anzurühren!«

Die Bitch hatte Tränen in den Augen und starrte ihre Mutter böse an.

»Was hast du mit Main gemacht?!«

Motoyasu war wieder frei. Schützend stellte er sich vor das Miststück und funkelte die Königin an.

»So, Malty ... Nun eine ganz einfache Frage: Hat Herr Iwatani versucht, dich zu vergewaltigen?‹«

Geschickt ... So konnte sie sie zu einem Geständnis zwingen. Etwas Ähnliches hatte ich in der Vergangenheit auch einmal mit Raphtalia gemacht.

Sie war nicht in der Lage, falsche Aussagen von sich zu geben. Denn wenn sie nun log, würde das Sklavensiegel zuschlagen, und dann würde sie Qualen erdulden müssen.

Natürlich nur, wenn das Siegel echt war. Alles hing davon ab, ob man der Königin selbst vertrauen konnte.

»Ja, hat er!«, rief die Bitch und zog trotzig die Augenbrauen hoch.

Sofort erschien das Sklavensiegel und sie fasste sich an die Brust.

»Aua! Aua! Aua!«

Sie konnte die Schmerzen nicht ertragen und brach zusammen.

»M... Main!«

Motoyasu half ihr auf, aber die Auswirkung des Siegels riss nicht ab.

»Das hört erst auf, wenn du die Wahrheit sagst.«

»Sch... Schon gut. Der Held des Schildes hat nicht versucht, mich zu vergewaltigen! Hat er nicht! Ich habe gelogen!«

Sobald sie ihre Lüge gestanden hatte, verschwand das Siegel.

»Da schau an. Also hast du doch gelogen!«

»Was soll das?«, brauste Motoyasu auf. »Du hast sie doch nur gezwungen, das zu sagen!«

Nun, aus Motoyasus Sicht musste die Königin wie der Bösewicht aussehen.

»Unter dem Deckmantel der Behauptung, dass das ein Sklavensiegel sei, hast du sie gezwungen zu lügen!«

»Nun, dann registrieren wir doch vorübergehend Euch ebenfalls als Maltys Meister. Dann werdet Ihr ja sehen, wie das Siegel wirkt.«

»O… Okay! Ich werde ihre Unschuld beweisen!«

Motoyasu tat es der Königin gleich: Er ließ sein Blut in die Tinte tropfen und strich sie der Bitch auf die Brust.

»Nun müsstet Ihr eigentlich verstanden haben, wie das mit der Sklavenregistrierung funktioniert. Ansonsten lest bitte selbst die entsprechenden Stellen nach.«

Motoyasus Augen zuckten, als würde er etwas mit dem Blick verfolgen.

Dann hatte er sich wohl vergewissert. Er nickte und fragte die Bitch: »Main. Hast du ehrlich geglaubt, dass Naofumi dich vergewaltigen will?«

»J… Ja! Aua! Aua!«

Ihre neuerliche Lüge hatte das Siegel abermals getriggert. Sie wälzte sich auf dem Boden.

»A… Aber …«

Motoyasu wurde kreidebleich.

»Und da gibt es ja noch mehr, nicht wahr? Hast du nicht auch Herrn Iwatanis Geldbeutel gestohlen?«

»So was mach ich doch nicht! Aaaaaaah!«

Anscheinend konnte sie nicht anders, als zu lügen … Ungläubig sah ich zu, wie sie sich vor Schmerzen krümmte.

»Und bei der Hetzjagd auf Herrn Iwatani warst dann wohl auch du diejenige, die auf dem Berg das Feuer gelegt hat?«

Davon wusste sie also auch. Darauf käme man nur, wenn man die wahre Natur der Bitch ganz genau kannte.

»Hab ich ni... Aaaaaaah!«

Ihre Schreie wurden immer gequälter. Wenn sie es nicht bald gut sein ließ und einfach alles gestand, würde sie noch sterben. Aber sie konnte wohl nicht aus ihrer Haut.

»Main soll das Feuer gelegt haben?!« Motoyasu begann zu beben. »D... Das kann nicht sein! So was würde sie niemals tun!«

»Ihr solltet es lieber einsehen, Herr Kitamura: Dieses Mädchen ist eine notorische Lügnerin. Sie versteckt sich gern hinter irgendwem, um andere zu erniedrigen.«

»So ist sie nicht! Das ist alles nur seine Schuld!«

Motoyasu zeigte mit dem Finger auf mich.

Offenbar verstand er nicht den Unterschied zwischen Vertrauen und blindem Glauben. Er begriff nicht, dass er auf sehr dünnem Eis stand.

»Hinter alledem steckte meine Tochter Malty. Mithilfe der Macht meines Gatten Aultclay hat sie Herrn Iwatani in eine Falle gelockt.«

Motoyasu überließ sich weiterhin ganz seiner Wut und hielt den Finger auf mich gerichtet. Ren und Itsuki nickten jedoch langsam. Sie hatten es wohl endlich eingesehen.

»Wenn man das alles so hört ...«

»Gibt es sonst keine Beweise?«

»Doch, doch, unzählige! Wenn Ihr Euch vergewissern wollt, werde ich sie Euch gern alle vorlegen.«

»Die Königin ist sich ihrer Sache sicher«, überlegte Itsuki. »Nun, Main hat ja auch beim jüngsten Vorfall ihre Finger im

Spiel gehabt. Dass sie Melty angegriffen hat, obwohl sie sie eigentlich hätte beschützen müssen ... Was für ein Plan steckte wohl dahinter?«

»Melty ist die erste Thronerbin. Wäre Melty nicht mehr, wäre sie an ihre Stelle als Thronerbin getreten.«

»Verstehe.« Ren nickte mehrmals. »Ja, das klingt einleuchtend.«

Nun, ich hatte ihn ja schon vor längerer Zeit gewarnt.

Auch Itsuki, der so gern den Hüter der Gerechtigkeit spielte, nickte nun.

»Ihr schlagt euch auf Naofumis Seite?«

»Was denn sonst? Sie hat sich ja schon damals bei eurem Duell mit ihrer Magie eingemischt. Wie lange willst du noch so tun, als würdest du nichts mitbekommen? Und überhaupt kommt einem die ganze Sache mit eurem Kampf im Nachhinein fragwürdig vor.«

»Und gleich am nächsten Tag, als wir unser Geld kriegen sollten, hat sie irgendwelche Gründe gesucht, ihm das streitig zu machen. Das lässt sich alles nicht wegreden.«

Endlich war ihr wahrer Charakter ans Licht gekommen.

Nun wehte der Wind für mich so langsam in eine günstigere Richtung. Es sah ganz so aus, als wäre meine Unschuld bewiesen.

»Und nun zu dir, Aultclay.«

Als sie zu dem Drecksack hinsah, zuckte der zurück.

»Was hast du getan? Statt die Wahrheit zutage zu fördern, hast du den Helden des Schildes, dem unser Reich besonderen Schutz hätte angedeihen lassen müssen, mittellos und allein fortgejagt ... Da bin ich tatsächlich sprachlos. Früher hättest du dich beherrscht und großzügig verhalten, ganz gleich wie zuwider es dir gewesen wäre.«

»D... Das ist alles die Schuld vom Schild!«

»Malty ist nicht vergewaltigt worden. Es ist bewiesen, dass alles gelogen war. Was hast du dazu zu sagen?«

»Grrr … Der Schild war's!«

Fiel ihm nichts anderes ein? Wie lange wollte er die Sache denn noch mir zuschieben? Dieser Drecksack.

Auf diese Weise goss er doch nur Öl ins Feuer.

»Wirklich … Früher hättest du mehr Einsicht gezeigt … Du warst ein völlig anderer Mensch!«

Die Königin legte sich die Hand an die Stirn. War sie über jeden Zorn hinaus und hatte einfach nur noch genug von ihm?

»Anscheinend habt ihr beide nichts zu eurer Verteidigung vorzubringen.«

Die Bitch und der Drecksack schauten woandershin, als ginge sie das alles nichts an. Jedenfalls hatte ich nicht im Geringsten den Eindruck, als wollten sie sich entschuldigen oder so etwas.

Allmählich wurde ich ärgerlich. Warum mutete mir die Königin das alles zu? Es war doch abzusehen gewesen, dass die beiden keinerlei Reue zeigen würden.

Warum sprach sie eigentlich auf den Dreckskönig kein Sklavensiegel? Gab es dafür einen besonderen Grund?

Nun … Vielleicht war es bei ihm nicht nötig, weil er nicht so verlogen wie das Miststück war?

»Ich hatte gehofft, es gäbe einen anderen Weg, als diese Worte auszusprechen … Doch es bleibt mir wohl nichts anderes übrig.«

Die Königin klappte ihren Fächer auf und wieder zu, dann richtete sie ihn auf die beiden und sagte: »Ich werde euch beiden auf ewig euren Status als Angehörige der königlichen Familie entziehen.«

»Was?!«

»Mama?!«

Sowohl der Drecksack als auch die Bitch zeigten sich schockiert. Offenbar war die Strafe höher ausgefallen, als sie erwartet hatten.

Ich fand sie angemessen. Hach, nun wurde es lustig. Davon wollte ich gern mehr sehen.

»Herr Naofumi … Was gibt's denn da zu grinsen?«

»Ist das nicht klar?«

»Na ja, schon, aber …«

»Mutter … meint es tatsächlich ernst.«

»Hmmm?«

Filo legte den Kopf schief. Sie hatte offensichtlich keinen Schimmer, was das alles zu bedeuten hatte. Sie war eben doch nur ein Vogel. Außer fressen, Melty und Kutschen hatte sie nichts im Kopf.

Was dachte ich überhaupt über Filo nach? Ich verpasste ja die amüsante Vorstellung.

»Aber warum?«

»Euer Verhalten geht weit über alles hinaus, was sich noch mit Nachsicht behandeln ließe. Hättet ihr ehrliches Bedauern gezeigt, hätte ich Herrn Iwatani vielleicht um Vergebung bitten können, aber so …«

»Du glaubst, ich würde denen vergeben?«

»Nun, mir schwebte dies und jenes vor, wie die beiden Euch hätten zeigen können, wie aufrichtig leid es ihnen tut.«

Aufrichtig … Das klang zwar schon interessant, aber eigentlich war ich sehr zufrieden mit dem Ausgang.

»Wenn ich nicht mehr zur Königsfamilie gehöre, was wird dann aus diesem Reich?!«

»Ach, deswegen mache ich mir keine Sorgen. Um es deutlich zu sagen: Ihr seid ohnehin eine Schande für dieses Reich.«

»Uah …«

»Redet so eine Mutter über ihr Kind?«, rief Motoyasu zornentbrannt.

»Begreift Ihr es nicht? Man erntet, was man sät. Vielmehr hat sich doch gezeigt, dass Melty die geeignete Thronfolgerin ist. Und du, Malty, hast verloren.«

Nun, das stimmte wohl: Melty auf den Thron zu setzen schien erfolgversprechender.

Sie mochte ein wenig unbesonnen sein, aber während der jüngsten Vorgänge war sie sehr gereift. Nur mir quakte sie aus irgendeinem Grund ständig die Ohren voll.

»Unsere Verbündeten werden es kaum schweigend hinnehmen, wenn ich aus der königlichen Familie verstoßen werde.«

»Die wurden längst zum Schweigen gebracht. Wenn du glaubst, ich hätte während der letzten drei Monate nur tatenlos zugesehen, dann irrst du dich gewaltig.«

»Wa…«

Dem Drecksack hatte es vor Schreck die Sprache verschlagen. Er klappte nur immer wieder den Mund auf und zu.

»Und wieso hast du überhaupt eigenmächtig die Beschwörung der Helden angeordnet? Reden wir doch erst mal darüber.«

»Was soll das heißen?«

»Hat das bei Euch Helden keinerlei Verdacht erregt? Dass die mächtigste Person des Reichs bei der Beschwörung nicht zugegen war?«

»Doch, schon.«

Ihrem Reden und Verhalten nach erschien sie mir nicht wie der Typ, der wichtige Dinge anderen überließ. Sie wäre gerissener vorgegangen, hätte uns alles schmackhafter gemacht, um uns für ihre Zwecke einzuspannen. Mich zumindest, gerade in diese Welt geworfen, hätte sie leicht um den Finger wickeln können. Dann hätte sie mich vielleicht sogar zu einer Zweckehe verleiten können, getarnt als Liebe.

»Über dieses Problem müssen wir zuerst sprechen: Auf der Weltkonferenz war eigentlich beschlossen worden, dass Melromarc erst als viertes Reich mit der Heldenbeschwörung an der Reihe wäre.«

»Moment mal!«

Was sagte sie da? Aber das war doch ein waschechter Skandal!

Mehrere Reiche beschworen die Helden? Und es gab eine festgelegte Reihenfolge?

Demnach hatte dieses Reich eine Ungeheuerlichkeit begangen.

»Erklär mir das mal genauer.«

»Gern.«

Folgendes legte uns die Königin dar:

Es hatte eine Konferenz gegeben, bei der sich die Herrscher aller Reiche versammelt und sich über die Verheerungen durch die Wellen überall auf der Welt ausgetauscht hatten.

Natürlich waren manche Reiche, wie Melromarc und Schildwelt, wie Katz und Hund gewesen, doch gab es da nun einmal jene Prophezeiung. Es galt, etwas gegen das drohende Ende der Welt zu unternehmen. Mehr oder weniger erklärten sich also alle bereit, bis auf Weiteres die Streitigkeiten auf Eis zu legen.

Und auf jener Konferenz war also beschlossen worden, dass Melromarc als viertes Königreich die Heldenbeschwörung in Angriff nehmen würde.

Übrigens erschien bei so einem Ritual im Allgemeinen wohl nur ein Held. Und in vielen Fällen blieb es sogar ganz erfolglos.

Natürlich beinhaltete die Vereinbarung, dass die Reiche einander die Helden ausleihen würden.

»Und wie kam's dann dazu, dass dieses Reich alle Helden allein gerufen hat?«

»Im Regelfall benutzt man für die Zeremonie bestimmte Fragmente von Reliquien. Und die rituelle Heldenanrufung erfolgt während einer festgesetzten Zeit …«

Aber dann hatte der König offenbar in Abwesenheit der Königin einen Alleingang unternommen und die Beschwörung eigenmächtig veranlasst.

»Die Drei-Helden-Kirche war von alters her als Religion tief in unserem Reich verwurzelt. Meines Wissens nach war das immer eine relativ konservative Organisation. Doch dann haben sie plötzlich einen großen Ehrgeiz an den Tag gelegt.«

»Aber das Ganze ist dann doch ein ziemlich großes Problem, oder?«

Die Helden sollten eigentlich die ganze Welt retten, waren aber nur von einem Reich gerufen worden.

»Ja … Es kam natürlich zu einem Sturm der Entrüstung gegen uns.«

»Was hast du dir eigentlich dabei gedacht, dem Typ da das ganze Reich zu überlassen? War dir nicht klar, dass er vielleicht einen Krieg auslöst?«

Das war doch ein Riesenreinfall. Er war die völlig falsche Wahl gewesen.

Ren und Itsuki nickten, waren offenbar meiner Ansicht. Ihre Gefährten sahen jedoch so aus, als hätten sie etwas beizusteuern.

Darüber hatte ich schon von Melty einiges gehört. Sie hatte von jenem fähigen Typen gesprochen, der Raphtalias Heimatort verwaltet hatte und bei der ersten Welle umgekommen war.

»Was soll denn das hei…«

»Sei still«, donnerte die Königin

Der Drecksack schwieg.

»So ein schlechter Mensch ist Mains Vater nicht!«, protestierte Motoyasu.

»Das siehst du nur so, weil er dich begünstigt hat. Uns leuchtet es ein.«

»Stimmt, ich hatte auch immer den Eindruck, dass du ’ne Sonderbehandlung kriegst.«

»Das war ebenfalls höchst problematisch. Schon vor den Wellen war ich für die Diplomatie verantwortlich. Daher vertraute ich das Reich einem vortrefflichen Innenpolitiker an, meiner rechten Hand.«

»Aber?«

»Er ist in der Welle umgekommen … Jener Mensch genoss auch bei den Subhumanoiden hohes Ansehen …«

»Darf ich was fragen?«

»Nur zu, Herr Amaki.«

»Wie ist ein Adliger, der Subhumanoide begünstigt, überhaupt in seine Position gekommen, in diesem Reich, wo Subhumanoide ausgegrenzt werden?«

Die Königin tippte sich mit dem Fächer an den Mund. Dann antwortete sie: »Wir wollten einen Krieg gegen Schildwelt vermeiden. Darum haben wir politische Maßnahmen vorangetrieben, um Frieden mit den Subhumanoiden zu schließen. Ebenso wurde in Schildwelt eine Schutzzone für Menschen errichtet.«

So war das also: Damit es nicht zu einem Krieg kam, hatten sie vorgetäuscht, auf die Subhumanoiden zugehen zu wollen.

»Eigenartig, dass unsere Fragen so freimütig beantwortet werden«, sagte Itsuki und blickte die Königin argwöhnisch an.

»Wir haben Euch gewaltsam hier hergeholt. Versteht es als Zeichen des größtmöglichen guten Willens seitens der Repräsentantin dieser Welt. Ihr Helden werdet wohl kaum bereit sein, mit uns zu kooperieren, wenn wir Euch nicht mit der größten Aufrichtigkeit begegnen, habe ich nicht recht?«

Itsuki und Ren blickten einander an, dann nickten sie.

»Allerdings ... haben die Helden der Lanze, des Schwertes und des Bogens durch Aultclay bereits reichlich guten Willen erfahren. Bitte vergesst das nicht, sollte fortan eher der Held des Schildes begünstigt werden.«

»O... Okay.«

»Sicher, da Naofumi eigentlich unschuldig war, war das so nicht gerecht. Das sehe ich durchaus ein.«

»Kehren wir zum Thema zurück. Wegen Aultclay ist die Subhumanoiden-Schutzzone verwüstet worden.«

Ohne Vorwarnung trat die Königin dem Drecksack kräftig auf den Fuß.

»Gnnnn ...«

»Die Nachricht hat mich an meinem Aufenthaltsort zur selben Zeit erreicht wie die, dass du die komplette Heldenbeschwörung durchgeführt hast!«

Sie verpasste ihm noch ein paar Ohrfeigen.

»Uff ...«

»Und meine verlässlichen Gefolgsleute? Die degradiert mein törichter, nichtsnutziger Gatte einfach! Und dann häufen sich mit einem Mal die rätselhaften Todesfälle und unsäglichen Zwischenfälle. Und wer steckte hinter alledem? Die Drei-Helden-Kirche!«

»Keuch!«

»Und gleich am Tag, nachdem du die Helden auf den Weg geschickt hast, richtet sich plötzlich all dieser Argwohn ausgerechnet gegen den Schildhelden!«

»Ächz!«

»Diskriminiert hast du ihn! Deswegen standen wir mehrfach auf der Schwelle zum Krieg, begreifst du das eigentlich?«

»Hust!«

»Und was ging da eigentlich in dir vor, als du nach der zweiten Welle die Sklavin des Schildhelden beschlagnahmt hast?«

Ui ... Die rastet ja völlig aus.

»Wegen deines Alleingangs gab es sowohl in Schildwelt als auch in Schildfrieden Aufstände, und es herrschte Kriegsstimmung!«

Irgendwie ... hatte ich Mitleid mit der Königin.

Alle waren tot oder fort, auf die sie sich verlassen hatte, und sie hatte ganz allein vor der Herkulesaufgabe gestanden, das Reich zu beschützen.

Wahnsinn. Sie musste eine ungeheure Redekunst an den Tag gelegt haben, um die Lage unter Kontrolle zu halten.

Dennoch wirkte sie gerade wie eine Mittzwanzigerin, die ihrem Mann aus purer Hysterie eine Ohrfeige nach der anderen verabreichte.

Andererseits ... war sie die Mutter von Melty und der Bitch. Offenbar machte sie sich nur so jung zurecht.

»Zu guter Letzt: Wie egoistisch von dir zu verlangen, dass Melty dich besucht!«

»Uff!«

»Diese Forderung aus heiterem Himmel ... Das haben dir doch sicher die Leute in deinem Umfeld eingeflüstert?! Und nun schau dir nur an, was dabei herausgekommen ist!«

Die Königin war außer sich vor Zorn.

»Ich werde die Drei-Helden-Kirche zur Irrlehre erklären. Die Landesreligion Melromarcs soll von jetzt an die Vier-Heiligen-Lehre sein!

»W... Was sagst du da? Du willst unsere Tradition verwerfen, die wir seit der Reichsgründung pflegen?«

»Häretiker, die nur Probleme verursachen, haben keine Existenzberechtigung!«

Vier-Heiligen-Kirche?

»Und was ist das?«

»Eine Religion, in der man alle vier Helden gleichermaßen verehrt«, erklärte Melty.

Nun, die musste es ja eigentlich auch geben, wenn in so vielen Ländern die Legende vorherrschte, dass vier Helden kämen, um die Welt zu retten.

»Ursprünglich hat sich die Drei-Helden-Kirche von der Vier-Heiligen-Kirche abgespalten. Wie es weiterging ... Dafür müsste ich die ganze Reichsgeschichte aufrollen.«

»Jetzt wird mir einiges klar ...«

Wenn es in Schildwelt eine Religion gab, die den Schildhelden verehrte, dann wäre es nur natürlich, dass in anderen Reichen Glaubensrichtungen vorherrschten, die alle vier Waffen zum Inhalt hatten.

Melromarc hasste also den Schildhelden, weil Schildwelt, das Reich, mit dem man schon so lange im Streit lag, ihn verehrte.

So war also die Drei-Helden-Kirche entstanden: indem ein Heiliger des Feindeslands zum Teufel, seine Religion zur Ketzerei und die eigene Religion zum wahren Glauben erklärt worden war.

»Puh ...«

Nach einer Weile hielt sich die Königin den Fächer vor den Mund und blickte sich zu mir um – sie hatte wohl mit ihrem Geschimpfe und den Ohrfeigen ihr Gemüt hinreichend gekühlt. Obwohl ich das eigentlich gern selbst gemacht hätte.

»Da ist noch so viel mehr, aber … Das erzähle ich Euch alles später, Herr Iwatani.«

»Ach … Solche Heldengeschichten reißen mich eh nicht vom Hocker.«

»Main und der König sind keine schlechten Menschen! Das ist alles gelogen!«

Motoyasu hatte die ganze Zeit geschmollt. Nun machte er einen Schritt nach vorn und sah so aus, als wollte er einen Aufstand machen.

Fing der schon wieder an …

»Nun, an vielem ist aber was dran. Immerhin wollten die uns ebenfalls umbringen, das ist Fakt. Das ist doch eigentlich Beleg genug dafür, dass sich das alles so zugetragen hat.«

»Jupp. Wir haben an verschiedenen Orten Nachforschungen angestellt und nach der jetzigen Beweislage besteht absolut kein Grund, Naofumi schlecht zu behandeln. Eher sieht's so aus, als hätte er sich einen guten Ruf im Reich erarbeitet. Das hat nichts mit irgendeinem Gehirnwäscheschild zu tun. Ich glaub, das haben Naofumi und seine Leute ganz allein geschafft.«

Itsuki und Ren waren also auf meiner Seite.

»Wegen meiner Fahrlässigkeit hat sich eine Seuche ausgebreitet und Naofumi war derjenige, der sich darum gekümmert hat. Ich habe also ausreichend Grund, ihm zu glauben.«

»Ja, und nachdem ich den Kirchenvater mit seiner Waffe gesehen habe, ist mir auch klar, wer uns damals die Belohnung für unseren Auftrag streitig gemacht hat.«

»Grrr …«

Motoyasu hatte die Hand zur Faust geballt und starrte mich böse an.

»Herr Kitamura, ehe Ihr weitere Einwände vorbringt, beschafft bitte die nötigen Beweise.«

»Verstanden. Ich mach mich sofort an die Arbeit. Komm, Main, wir gehen!«

»Es tut mir leid, aber Ihr müsst Euch gedulden: Mein Gespräch mit Malty ist noch nicht vorbei.«

Sofort näherten sich die Schlossritter, um Motoyasu aus dem Thronsaal zu geleiten.

»A... Aber ... Main!«

»Held der Lanze: Wir bitten Euch untertänigst, Euch nun zurückzuziehen.«

Und so wurde Motoyasu mit aller gebotenen Höflichkeit aus dem Thronsaal geschmissen.

An so einem Ort würde er ja wohl kaum anfangen zu randalieren.

»Ständig fängt der von was anderem an.«

»Ganz schön dreist.«

»Das hat sich Motoyasu alles selbst eingehandelt. Insofern sollten wir uns da vielleicht raushalten.«

Itsuki war ja selbst aufgefallen, dass Motoyasu begünstigt worden war. Bestimmt hatte er deswegen keine Einwände.

»Erst einmal muss ich nun Versäumtes nachholen und meinen Mann und meine Tochter angemessen bestrafen.«

Der Drecksack und die Bitch erbleichten. Jetzt war wohl die Rechnung fällig.

»Das passt euch beiden wohl nicht?«

»Selbstverständlich nicht!«

»Genau! Mama! Ich habe nichts Böses getan!«

»Hast du es schon vergessen? Du bist nicht mehr meine Tochter. Ich habe dich im wahrsten Sinne des Wortes verstoßen.

Von jetzt an ist es mir gleich, was …« Dann kam ihr anscheinend eine Idee. »Nein. Du wirst alle deine Schulden gegenüber dem Reich begleichen und dazu noch ein Bußgeld zahlen.«

Die Bitch bekam ein Papier überreicht, auf dem eine Geldsumme geschrieben stand, woraufhin sie noch weißer um die Nase wurde.

Sie war also nicht nur liederlich, sondern auch noch eine Verschwenderin. Wie ich es mir gedacht hatte.

»Du weißt genau, dass ich das nicht bezahlen kann!«

»Das ist das Geld, das du wegen jeder Kleinigkeit von der Gilde eingefordert hast. Plünderst die Schatzkammer, wie es dir passt … und erwartest noch, dass du damit durchkommst! Für die Brandstiftung bist du ebenfalls verantwortlich, dafür gibt es einen Aufschlag. Von jetzt an wirst du dem Reich zu Diensten sein – wie eine Sklavin.«

»Das ist ungerecht!«

»Wenn es dir nicht gefällt, kannst du ja versuchen, zusammen mit den Helden die Welt zu retten. Streng dich ordentlich an, dann denk ich vielleicht noch mal darüber nach.«

Nachdem sie das Miststück zum Schweigen gebracht hatte, blickte sie nun den König an.

»Und was guckst du eigentlich so unbeteiligt? Das gilt ebenso für dich, Aultclay!«

Der Drecksack zuckte zusammen. Nein, er war der Königin ganz und gar nicht gewachsen.

Könnte sich ruhig ein bisschen mehr ins Zeug legen, der Typ!

»Es sei dir überlassen, ob du bei den Wellen an vorderster Front für unser Reich kämpfst oder dich so weit herablässt, dich als Abenteurer durchzuschlagen.«

»Du … bist doch meine Frau, und die Königin. Ich musste immer zu allem schweigen … Kennst du kein Erbarmen?«

Wer sollte ihn denn bitte zum Schweigen gebracht haben? Die Drei-Helden-Kirche vielleicht? Ich etwa? Wollte er die Bitch den Wölfen zum Fraß vorwerfen?

»Genau! Gib uns noch eine Chance, Mama!«

»Mein Mitleid euch gegenüber ist erschöpft. Ach ... Da fällt mir doch etwas Schönes ein!«

Die Königin winkte mich zu sich. Gehorsam trat ich vor.

»Herr Iwatani, wie soll ich die beiden bestrafen? Eigentlich ist es doch Euer Recht, darüber zu entscheiden.«

»Wenn das so ist ... Dann sollen sie sterben. Todesstrafe!«

Kapitel 12: Der Moment der Abrechnung

Die Antwort kam geradezu reflexartig. Unbewusst musste ich wohl doch noch immer voller Hass sein.

Von meiner Warte aus schien es ehrlich keine andere Wahl zu geben, als die beiden umzubringen. Anders würde ich meinen Groll niemals los.

»Die Todesstrafe? Nun, immerhin waren sie die Rädelsführer hinter all dem Chaos.«

»Eben. Das sind ja anscheinend auch Straftaten internationalen Rangs.«

Itsuki und Ren waren in dieser Hinsicht offenbar ganz schön kaltblütig.

Nun, für sie waren das bloß Fremde, für die sie keinerlei Verantwortung trugen, insofern war das leicht gesagt.

»Grrr! Du wagst es …!«

»Das soll doch wohl ein Scherz sein …«

Die Königin hob eine Hand und brachte die beiden zum Schweigen.

»Werdet Ihr denn wirklich … zufrieden sein, wenn sie tot sind?«

Die Königin lenkte nun ihre unheimliche Aura in meine Richtung.

Ein Schauer lief mir eiskalt über den Rücken. Unheilvoll … Wenn man mit dieser Frau sprach, begriff man erst die wahre Bedeutung dieses Wortes.

»Sagen wir, wir richten sie hin. Wäre es dann nicht amüsant, sie vorher nach Herzenslust zu peinigen? Und wenn sie glauben, sie hätten es endlich hinter sich, dann erst bringen wir sie um?«

»Also, ich … Sprich erst mal weiter.«

»Ich will damit sagen: Sie umzubringen wäre mir zu halbherzig. Man könnte sie zwingen, sich nützlich zu machen, ihnen wie Hunden die Köpfe tätscheln, sie gefügig machen … Das ist durchaus erfreulich!«

Wie gefühllos sie über ihre Familie sprach. Sollte etwa sie der eigentliche Abgrund dieses Königreichs sein?

»Ist sie die eigentliche Drahtzieherin? Mir kommt es gerade so vor.«

»Schon, oder? Wollen wir lieber zurücknehmen, was wir gesagt haben?«

Jetzt ändert doch nicht plötzlich eure Meinung, ihr Möchtegernhelden!

»Wir sollten es als letzte Gnade unsererseits ansehen.«

»Hm … Da ist schon was dran.«

Also erwartete sie von mir, dass ich von einem Todesurteil absah. Alles andere würde sie gutheißen.

»Wenn ich nach dem Skandal mit der Drei-Helden-Kirche mit eiserner Hand ehemalige … Na, sagen wir mal ›Angehörige‹ der Königsfamilie einfach so exekutieren ließe, dann könnte das Melromarcs Ruf in den anderen Reichen in Mitleidenschaft ziehen.«

»Aber ist es nicht auch ein Zeichen gegenüber den Ländern, wenn zwei solche Versager für all das Leid, das sie auf der Welt verursacht haben, gekreuzigt werden?«

»Schiiiiild … Du waaagst es!«

Aber die Königin beachtete das Gezeter des Drecksacks nicht weiter.

»Unter gewöhnlichen Umständen vielleicht. Aber für Aultclay gilt das nicht.«

»Wieso?«

»Weil dieser Narr früher einmal ein fabelhafter König war. Ja, früher … Jetzt mag er nur noch senil sein, aber sein Name ist auch außerhalb des Reichs weithin bekannt, deswegen werden wir ihn wohl nicht hinrichten können …«

Ich wusste zwar nicht, was der Drecksack Tolles geleistet haben sollte, aber die Logik verstand ich im Großen und Ganzen schon. Er war einfach zu populär.

Dass die Königin überhaupt bis jetzt mit ihm verheiratet geblieben war, lag bestimmt auch an seinem übergroßen Einfluss.

Hatte er in der Vergangenheit solches Ansehen erlangt, dass sich unter ihm alle vereinigen konnten? Er hatte ja selbst gesagt, dass seine Verbündeten zu der Angelegenheit nicht schweigen würden.

Wenn ihm dieser Ruhm vergangener Tage geraubt und beschmutzt würde und er dennoch weiterleben müsste … Ich würde auf ihn herabblicken können. Das wäre vielleicht auch ganz reizvoll.

»Na gut, dann machen wir's, wie du sagst.«

»Vielen Dank.«

»Ich will aber, dass die beiden die Hölle auf Erden erleben. Das ist doch wohl das Mindeste.«

»Selbstverständlich … Nun, mit welcher Strafe wollen wir beginnen?«

Tja, was nur … Irgendetwas, was sie nicht umbrachte.

»Man könnte ihnen natürlich die Arme und Beine ausreißen, aber …«

»Herr Naofumi …«

Raphtalia blickte mich eindringlich an.

Ich hätte sicher das Recht dazu, im Hinblick auf den Schaden, den ich erlitten hatte. Aber es kam mir schon auch ein bisschen übertrieben vor.

Aber was sonst? Jetzt gab es kein Zurück mehr.

Ich konnte doch die Gelegenheit nicht verstreichen lassen, nachdem sie endlich gekommen war.

»Herr Nao...fumi ...«

Die Bitch kam mit Tränen in den Augen und zusammengelegten Händen zu mir, um mich anzuflehen. Raphtalia und Melty sprachen mich ebenfalls so an, aber sie betonte meinen Namen anders. Bei ihr schwang eine gewisse Verachtung mit, oder bildete ich mir das nur ein?

Nun flossen die Tränen in Strömen, sodass ihre Augen glänzten. Außerdem waren ihre Wangen leicht gerötet.

Wenn man nach dem bloßen Augenschein ging, mochte man es für Reue halten.

Ganz großes Theater war das. Aber nur wer ihr wahres Wesen nicht kannte, würde sich davon täuschen lassen.

Ob sie dieses Gesicht auch gemacht hatte, als sie sich an Motoyasu herangeschmissen hatte?

Mir ging auf, dass sie gerade zum ersten Mal meinen Namen ausgesprochen hatte ...

»Du wirst doch nicht etwa Rache üben wollen? Vergeltung ruft nur mehr Vergeltung hervor. Übe dich in Geduld, Herr Naofumi! Und wenn du noch die Königin um Nachsicht bitten könntest ...«

»Boah ...«

Ren blickte das Miststück schockiert an. Ob es Itsuki auch so ging? Jedenfalls kratzte er sich die Wangen, offenbar um Worte verlegen. Melty hatte eine Hand an die Stirn gelegt und ließ den Kopf hängen. Raphtalia hatte die Augen zu Schlitzen verengt und wirkte gänzlich angewidert. Filo ... stand mit schiefgelegtem Kopf da.

Und ich?

Puh ...

»Hmmm ...«

An dem Tag wurden Kutschen, Filolials, Reitdrachen und alle möglichen anderen Vehikel ins ganze Reich ausgeschickt, um die Kunde restlos in jedes Dorf und jede Stadt zu tragen:

»Aultclay, König Melromarcs, und Prinzessin Malty werden für die jüngsten Vorfälle zur Rechenschaft gezogen und sollen von nun an bis in alle Ewigkeit ›Drecksack‹ und ›Bitch‹ heißen! Wer sie mit falschem Namen anspricht, aus welchen Gründen auch immer, wird hart bestraft.«

In Windeseile wurden in allen Städten, Gemeinden und Dörfern Schilder mit diesem Wortlaut aufgestellt.

Davor drängten sich die Leute, und ungeachtet ihrer Stellung oder Herkunft entfuhr ihnen allen dasselbe Wort:

»Was?!«

»Du Narr! Glaubst wohl, das lassen wir uns gefallen?«

»Was fällt dir ein, uns so etwas anzutun? Teufel!«

Das Miststück hatte das Gesicht zu einer wütenden Grimasse verzerrt.

Von jetzt an würden die Leute, wenn sie auf die beiden Bezug nahmen, ständig Worte wie »Bitch-Prinzessin«, »Dreckskönig« und ähnliches verwenden.

Hach, welch eine Freude! Dass ich diesen Augenblick noch erleben durfte …

»Man erntet, was man sät …«

»Das sehe ich genauso. Klar, es ist eine grausame Strafe, aber durchaus angemessen.«

Ren und Itsuki hatten im rechten Moment ihre Sprache wiedergefunden.

»DUUUUUUUUUUUUUU …«, brüllte der Drecksack, das Gesicht röter als je zuvor.

»Ha ha ha! Genau das Gesicht wollte ich sehen!«

Ob nun im Privaten oder im Öffentlichen, von nun an würden ihn alle nur noch unter seinem neuen Namen führen: »Drecksack.«

»Vergeltung ruft nur noch mehr Vergeltung hervor ... Sich in Geduld üben. Ausgezeichnete Worte hast du da gefunden. Und die kannst du sogleich in die Tat umsetzen, Mal... Ach, nein – Bitch.«

»Das reicht! Das werde ich dir nie verzeihen!«

Das Miststück sah so aus, als würde sie am liebsten auf mich losgehen, aber die Wachen ließen das nicht zu.

»Ah, die Bitch braucht ja noch einen Abenteurernamen, nicht wahr? Was machen wir denn da ...«

»›Flittchen.‹«

»›Flittchen‹, sagt Ihr?«

Ren und Itsuki hatte es anscheinend die Sprache verschlagen. Sie wirkten ein wenig konsterniert. Ich konnte es ihnen nicht verdenken.

»Nun, dann soll dies künftig ihr registrierter Abenteurername sein. Deinen vorigen Namen wird dann wohl leider keine Einrichtung und auch sonst niemand mehr verwenden können.«

»Ich bring dich um! Bei der erstbesten Gelegenheit bring ich dich um!«

Ihre Worte ließen keinen Zweifel an der Aufrichtigkeit ihrer Mordabsichten aufkommen, aber in mir war nichts als Heiterkeit.

Geschieht dir recht!

»Tu, was du nicht lassen kannst. Aber wenn du Hand an mich legst, blüht dir wohl doch noch die Todesstrafe!«

»Genau darum habe ich ihr ja ihre Privilegien aberkannt. Wenn sie etwas Derartiges versucht, würde sie es wegen des Sklavensiegels mit dem Leben bezahlen.«

So war das also. Exekutierte die Königin ein Mitglied der königlichen Familie, kompromittierte sie sich selbst. Nachdem sie sie jedoch verstoßen hatte und das zudem gemeinhin bekannt geworden war, konnte sie sie durchaus hinrichten lassen, falls sie irgendwelchen Ärger verursachte. Außerordentlich effizient. So etwas gefiel mir.

Überdies war der Bitch die Einschränkung auferlegt, mich nicht direkt angreifen zu können. Vielleicht hatte die Königin ihr damit ja eine Kostprobe davon geben wollen, wie ich mich fühlte, so ganz ohne Angriffskraft.

»Ui, ui, ui, ob das nicht doch etwas weit geht?«, warf Itsuki ein, aber das kümmerte mich nicht weiter.

»Hach, wie erfrischend!«

»Nun, Herr Iwatani, Ihr hattet doch eine Bedingung für eine Zusammenarbeit gestellt. Die sollten wir wohl auch erfüllen.«

»Was meinst du?«

»Vor all dem Tumult sollt Ihr von dem Drecksack verlangt haben, er möge Euch auf Knien darum anflehen?«

Die Königin klatschte in die Hände. Daraufhin ergriffen Schatten und Ritter den Drecksack und die Bitch und zwangen sie auf die Knie.

»He, lasst das! Für wen haltet ihr mich?«

»Genau! Ich ...«

»Abenteurerin und General seid ihr, nicht wahr?« Die Königin ließ keine Beschwerden gelten, verwies die beiden in ihre Schranken. »Sie sollen sich niederwerfen. Dir, Bitch, muss ich das wohl nicht zweimal sagen, richtig? Wenn du nicht gehorchst, bekommst du das Sklavensiegel zu spüren.«

»Aber ... Meine Königin! Das ist doch ... Aufhören ... Nein, ich verneige mich nicht! Ich weigere mich ... Uoooooooh!«

»Jetzt reicht's aber. Warum sollte ich mich vor dem ver... Aaaaaaah! Auaaa!«

Es erforderte viele Hände, um den Drecksack und die Bitch mit den Gesichtern zu Boden zu pressen.

Dem Miststück war das so zuwider, dass es nicht aufhörte, sich zu sträuben, obwohl dies das Siegel nur weiterhin befeuerte.

Beide hatten jeweils einen Schatten neben sich. Auch sie verneigten sich bis zum Boden und sprachen: »Ich bitte Euch ...«

»UOOOOOOOOOOOOOH!«

»AAAAAAAAAAAAAAAAAH!«

Bei dem Geschrei des Drecksacks und der Bitch war nichts zu verstehen.

»Bringt sie zum Schweigen!«

Die Königin ließ die beiden knebeln.

»Hmmmmmmmmmpf!«

»Mhmmmmmmmmm!«

Sie strampelten mit aller Kraft, aber sie waren in der Unterzahl und somit chancenlos.

»Ich bitte Euch hiermit in aller Form, Held des Schildes, steht uns bei!«

»Held des Schildes, bitte kämpft für unser Reich!«

Die Stimm-Imitationen der beiden waren der Knaller.

»Ist es so genehm?«

»Genehm? Also ...«

Dass man sie zwang, sich hinzuwerfen und zu betteln ... Erfreulich anzusehen war es ja, aber ... Nun ja, wahnsinnig erfreulich sogar. Dennoch entsprach es nicht ganz dem, wonach ich verlangt hatte.

»Nun, vielleicht geht es nicht anders, wenn die beiden keine Einsicht zeigen.«

»Ist das nicht ein bisschen übertrieben?«

Itsuki und Ren standen daneben und gaben ihren Senf dazu.

Meinetwegen, solang sie sich nicht einmischten. Sollten sie ruhig mit eigenen Augen sehen, wer hier die Bösen waren.

Der Drecksack und die Bitch versuchten weiterhin, sich loszureißen, und brüllten ob der Demütigung so irrsinnig, dass ich schon erwartete, sie würde jeden Moment der Schlag treffen

Nach einer Weile beruhigte sich der Drecksack und ihm wurde der Knebel abgenommen. Er wirkte irgendwie ... wie eine geschändete Frau. Geistesabwesend blickte er ins Leere, und eine einzelne Träne lief ihm über die Wange.

War es eine solche Erniedrigung für ihn, sein Haupt vor mir beugen zu müssen?

Oh, nun ging Ren zu ihm und fuchtelte ihm vor den Augen herum. Offenbar zum Schluss gekommen, dass der Drecksack nichts wahrnahm, kehrte er an seinen Platz zurück. Die Bitch strampelte weiter.

»Nun, haben wir die beiden erst mal genug gepeinigt?« Die Königin hob die Hand und befahl: »Schmeißt sie aus dem Thronsaal.«

»Jawohl!«, kam die vielfache Antwort.

Und dann wurden die beiden hinausgescheucht.

Als ich mich umblickte, hatte Raphtalia einen schwer zu deutenden Ausdruck auf dem Gesicht. Melty blickte höchst mürrisch drein. Filo sah eigentlich ganz fröhlich aus ... Es war auf einen Blick zu sehen, dass ich in ihrer aller Achtung ein wenig gesunken war. Sie äußerten sich zwar nicht, schienen aber im Stillen zu denken, dass ich zu weit gegangen war.

»Dies soll vorerst der Bestrafung genug sein. Herr Amaki und Herr Kawasumi, bitte ruht Euch zusammen mit Euren Gefährten im Schloss aus. Ihr, Herr Iwatani, erweist mir hoffentlich weiter die Ehre: Wir haben noch einiges zu bereden.«

»O... Okay ...«

»Können wir Menschen, die so was machen, überhaupt trauen? Ich weiß ja nicht recht ...«

»Warte mal, die haben im ganzen Land Chaos angerichtet, da sind sie noch gut weggekommen. Das sieht nur so hart aus, wenn man's aus nächster Nähe mitansieht.«

»Mag schon sein.«

Unter derartigen Erwägungen kehrten Ren, Itsuki und ihre Gefährten dem Thronsaal den Rücken.

»Nun, da ich die beiden dergestalt bestraft habe, möchte ich erneut um Eure Kooperation ersuchen.«

»Na ja ...«

Nachdem sie so viel für mich getan hatte, fielen mir wenig Gründe ein, aus denen ich hätte ablehnen können.

Ich konnte mich natürlich darauf berufen, dass ich mein Vertrauen nicht in jemanden setzen würde, der seine Familie so schlecht behandelte. Aber es ging hier ja nicht um irgendjemanden. Die beiden hatten es definitiv verdient.

»Worüber sollten wir zuerst sprechen? Ach ja: über die legendären Helden.«

Die Königin begann zu erzählen.

»Mir gefällt die Überlieferung von den vier heiligen Helden recht gut. Wenngleich sie sich von der Tradition dieses Reichs unterscheidet.«

»In welcher Hinsicht?«

»Ihr habt doch sicher durch Eure Gespräche mit Melty schon eine ungefähre Ahnung?«

Da musste ich ihr wohl zustimmen.

»Wie Ihr bereits wisst, kommt in den Sagen dieses Reichs kein Schildheld vor. Das wurde alles penibel umgeschrieben. Stattdessen ist dort vom Teufel die Rede.«

»Echt?«

Mir fiel das *Traktat der Waffen der vier Heiligen* wieder ein, in dem ich gelesen hatte, bevor ich in diese Welt beschworen worden war: Darin war keine Beschreibung des Schildhelden zu finden gewesen.

Zunächst hatte ich angenommen, dass diese Ereignisse durch mein Erscheinen in dieser Welt erst eingeleitet werden müssten, aber ... Wahrscheinlich hatte jenes Buch einfach die Überlieferung dieses Königreichs unverändert wiedergegeben ... oder?

Irgendetwas daran war eigenartig. Ich hatte das Gefühl, dass irgendwo in meinen Schlussfolgerungen ein Fehler lag, aber bis auf Weiteres würde ich es so hinnehmen.

»Mit seinen edlen Taten vermittelte der Held des Schildes zwischen den Menschen und den Subhumanoiden. Es kam auch zu Feindseligkeiten den anderen Helden gegenüber, doch letzten Endes söhnte man sich aus.«

Aha, dann trauten die Subhumanoiden dem Helden des Schildes also bedingungslos, weil er ihrer Überlieferung zufolge ein Verbündeter war.

»Wie Ihr ebenfalls wisst, haben in unserem Reich die Menschen die Vorherrschaft. Es gab zwar eine Schutzzone, aber das Leben der Subhumanoiden war dennoch hart.«

»Ja ...«

Dass die Subhumanoiden hier eine Sklavenkaste darstellten, wusste ich, nachdem ich mich nunmehr schon länger als drei Monate hier aufhielt.

»Wegen dieser Umstände haben wir zu Schildwelt ein außerordentlich schlechtes Verhältnis und liegen schon seit Langem immer wieder mit ihnen im Krieg.«

Melromarc stand Schildwelt gegenüber, wo die Subhumanoiden herrschten und die Menschen versklavt wurden. Ja, diese Reiche waren zweifelsohne wie Wasser und Öl.

Von der ideologischen Warte her konnte man kaum damit rechnen, dass die Völker gut miteinander auskamen.

»Ferner ist Euch sicherlich auch klar, dass die Religion Schildwelts sich von der Vier-Helden-Lehre abgespalten hat und man dort ausschließlich den Schildhelden anbetet.«

»Ich hatte es mir gedacht. Das ist also tatsächlich so?«

»Ja ... Und wie entstand nun die Drei-Helden-Kirche? Das könnt Ihr Euch sicher auch denken.«

Sowohl Melromarc als auch Schildwelt hatten sich von der Vier-Heiligen-Lehre abgespalten und jeweils die Drei-Helden-Kirche und die Schildkirche gegründet. Und der Königin zufolge hatte man sich dann lange bekriegt. Aber das hieß doch, dass ...

»Dann bin ich ja mitten ins Feindesland beschworen worden!«

Einen Heiligen des Feindes wohlwollend zu behandeln, lag wohl nicht in der Natur des Menschen.

Dann war in den heiligen Schriften der Drei-Helden Kirche doch sicher vom teuflischen Gebaren des Schildhelden die Rede. Das war den Religionen meiner Welt gar nicht so unähnlich: Der Gott des feindlichen Glaubens wurde nicht anerkannt.

Ja, solche Geschichten kamen immer wieder vor.

Dass der Drecksack mich so sehr hasste ... Hing das vielleicht damit zusammen, dass er auf dem Schlachtfeld gegen Schildwelt gekämpft hatte?

»Unsere Nachforschungen geben eindeutig Aufschluss darüber, dass alles auf die Umtriebe der Drei-Helden-Kirche zurückzuführen ist. Von den nötigen Anstrengungen meinerseits reden wir lieber nicht.«

»Mitgefühl hab ich schon.«

»Herzlichen Dank.«

»Nun … Dir war dieser Teil klar, oder, Melty?«

»J… Ja!«

»Es existiert noch ein schweres Problem: Es gibt eine Zeremonie, mit der man messen kann, wie schlimm die Situation wegen der Heldenbeschwörung ist.«

»Aber es sind alle vier auf einmal beschworen worden!«

»Ja … Dadurch ist die ganze Angelegenheit zum obersten Punkt auf der Tagesordnung geworden.«

»Wenn das ein derart großer Fauxpas ist, warum haben die anderen Reiche dann nicht angegriffen?«

»Meiner Verhandlungen wegen … allerdings nicht ausschließlich. Hieran hattet auch Ihr und die anderen Helden einen großen Anteil.«

»Mutter hat große Mühen auf sich genommen. Tatsächlich hat sie deswegen sogar Fieber bekommen.«

»Hey, Melty.«

»W… Was?«

»Was redest du so höflich? Plappere doch drauflos wie sonst auch. Ist ja direkt unheimlich.«

»Wie bitte?!«

»Hi hi, sollte Melty etwa endlich eine altersgemäße Seite von sich gezeigt haben? Als Mutter kann ich mich nur darüber freuen. Anders als ihrer großen Schwester war ihr ihr Auftreten in der Öffentlichkeit immer sehr wichtig, und so konnte sie nie ganz sie selbst sein.«

»D… Das stimmt doch gar nicht, Mutter!«

»Du solltest nach Möglichkeit, bis du erwachsen bist, mit Herrn Iwatani befreundet bleiben, um dich selbst besser kennenzulernen.«

»Mutter!«

Melty wurde schon wieder ärgerlich. Nun, das alles brachte uns ohnehin nicht weiter.

»Warum hat die Drei-Helden-Kirche erst kurz vor ihrem Ruin versucht, mich umzubringen?«

»Sie haben wohl lange darauf gehofft, dass ihre drei Götter den Schildteufel vernichten würden.«

»Ach, sie wollten warten, bis die anderen Helden stark genug sind?«

»Die Helden sind nicht besonders – wie soll ich es sagen – vorausschauend. Die Kirche dachte sich wohl, dass es gelingen würde, sie entsprechend zu manipulieren.«

»Hm, das kann sein.«

Die steckten immer noch in dieser Wahrnehmung fest, dass das alles ein Videospiel sei. Von sich aus kamen sie nicht darauf, irgendjemanden zu verurteilen oder ihre eigenen Gefährten zu verdächtigen. Man musste sie schon mit der Nase darauf stoßen, dass sie getäuscht worden waren.

»Natürlich war auch ich nicht untätig. Für Euch ist übrigens eine große Zahl von Einladungen eingegangen.«

»Tatsächlich …«

Mir fiel wieder ein, was Melty in Erfahrung gebracht hatte: Dass ich in meiner schwierigen Phase allen geraten haben soll, mir nicht zu nahe zu kommen. Die Königin sah mir wohl an, dass ich im Bilde war, und nickte.

»Nun, deswegen kamen sie meinen vielen Ausflüchten wohl auch irgendwann auf die Schliche.«

»Was für Ausflüchte?«

»Dass die Helden gerade Anstrengungen unternehmen, um die Korruption in unserem Reich zu beseitigen.«

In dieser Situation einen Krieg abzuwenden, musste ihr beträchtliche Anstrengungen abverlangt haben.

Da ich auch schon in Webgames Gilden moderiert hatte, hatte ich selbst schon erlebt, wie Mitglieder außer Kontrolle gerieten.

Es war eine Plackerei, solche Brände löschen zu müssen. Normalerweise schmiss man diejenigen dann einfach raus. Bestimmt schrecklich, wenn das keine Option war.

»Ausschlaggebend war, dass ihr all die Probleme gelöst habt, die die anderen Helden verursacht hatten.«

Dass ausgerechnet ich so fleißig den Feuerwehrmann gespielt hatte, hatte den Glauben im ganzen Reich ins Wanken gebracht.

»Warum wussten die anderen Helden nichts davon, dass nur der Held des Schildes diskriminiert wurde?«

»Herr Kitamura hatte immer die Bitch um sich, und Herr Amaki und Herr Kawasumi haben anscheinend über ihre Gilde falsche Informationen vermittelt bekommen. Die Menschen glauben am ehesten das, was sie von Vertrauten erfahren.«

Sie hatten also ... einfach für wahr gehalten, was sie in ihrem direkten Umfeld gehört hatten. Nun, wahrscheinlich war ihnen kaum was anderes übrig geblieben, da ihnen die Details gefehlt hatten, um zu einem vernünftigen Urteil zu gelangen.

Wenn sie gewusst hätten, dass das alles Betrüger waren, hätten sie wohl nicht auf sie gehört und stattdessen für mich Partei ergriffen.

Sie waren jedoch nicht im Bilde gewesen, daher hatten sie die Informationen auch nicht groß hinterfragt. Aber bei Ren und Itsuki war es nun wohl doch angekommen.

»Endlich hatte ich die Belagerungssituation aufgelöst und wollte heimkehren, und dann dieser Vorfall. Ich hatte nicht damit gerechnet, dass die Drei-Helden-Kirche das Replikat der Waffen der vier Heiligen in ihren Besitz gebracht haben könnte.«

Aber selbst wenn sie vorher davon Wind bekommen hätte … Was genau hätte sie tun wollen?

»Was war der Heilige Vater doch für ein Narr … Hätte er bei Eurem Angriff seine Waffe in den Schild verwandelt, wäre er vielleicht mit dem Leben davongekommen …«

»Das hätte er also auch gekonnt?«

»Ja. Ich habe aber auch gehört, dass jede der Waffen nur ein Viertel der Leistungsfähigkeit der eigentlichen Waffen besessen haben soll.«

»Nur ein Viertel, ja?«

Ein Viertel unserer Stärke, nachdem wir komplett hochgelevelt hatten … Ich konnte es mir kaum vorstellen.

Da hatten doch bestimmt nur irgendwelche halb vergessenen Überlieferungen ein Eigenleben entwickelt … Wenn ich allerdings daran dachte, wie mächtig Fitoria gewesen war, dann schien es durchaus möglich.

Um ehrlich zu sein, waren wir vier einfach viel zu schwach. Wenn wir nicht jede Sekunde nutzten, um stärker zu werden, würden wir gegen die kommenden Wellen nichts ausrichten können.

»Der Drecksack ist wegen der langen Friedenszeit verweichlicht. Er war einmal äußerst tüchtig, doch nun muss er jemanden schon sehr verabscheuen, damit er auf kluge Gedanken kommt.«

Ah … Also hatte er tatsächlich jenes Überwachungsnetz aufgespannt, weil er nicht wollte, dass ich nach Schildwelt ging.

»Von nun an … Nun ja, ich habe vor, Euch mit allen erdenklichen Mitteln zu unterstützen. Wollt Ihr dennoch nach Schildwelt reisen, ihnen die Wahrheit verraten und damit einen Krieg heraufbeschwören?«

»Hmmm …«

Bedeutete das, dass die Königin mich beschützen musste, ganz gleich, was sie von mir hielt?

Um ehrlich zu sein … hätte ich am liebsten Lebewohl gesagt. Aber ich hatte mit Fitoria eine Abmachung getroffen.

Was die Curse Series anging, durfte ich Fitorias Worte nicht außer Acht lassen.

»Ich möchte Euch übrigens im Vorhinein erklären, was passiert, wenn Ihr Euch dafür entscheidet, gen Schildwelt oder Schildfrieden aufzubrechen.«

»Hm?«

Was wollte die Königin mir denn nun erzählen?

»Zuerst werden sich Euch wohl Prinzessinnen, Adelstöchter und Subhumanoidenfrauen aller Art aufdrängen, und Ihr bekommt einen Harem.«

»Ich kotz gleich!«

Wollten die mich dann alle rumkriegen und Kinder von mir? Nach allem, was ich mit der Bitch erlebt hatte, rief so etwas nur Ekel bei mir hervor.

Ich wollte nicht einmal in die Nähe solcher Frauen voller hintergründiger Absichten.

»Man wird Euch wohl jeden Wunsch erfüllen. Befehlt, dass sie unser Reich angreifen, und sie werden bereitwillig für Euch in den Tod gehen.«

Hm … Das wäre vielleicht ganz nützlich. Aber einen Harem …

Sollte ich mich … damit arrangieren? Aber … wenn ich am

Leben bleiben wollte, würde ich zwangsläufig mit den anderen Helden kooperieren müssen und sollte daher wohl mit ihnen ziehen. Ob sie mich allerdings nach Schildwelt begleiten würden …

»Bis dahin wäre es ja noch in Ordnung. Aber in allen Reichen sind die Mächtigen und die Kirche verdorben.«

»Was?«

»Eine Krankheit unbekannter Ursache … Leider ist der arme Herr Iwatani …«

»Okay, verstehe …«

»So erging es jedenfalls einem in der Vergangenheit beschworenen Schildhelden.«

Davon hätte ich lieber nichts gewusst.

Das Volk mochte den Schildhelden anbeten, aber der Oberschicht gefiel es deswegen noch lange nicht, wenn er bei ihnen machte, was er wollte.

Wahrscheinlich fanden sie es überhaupt nicht lustig, wenn jemand ahnungslos aus einer anderen Welt zu ihnen kam und bei ihnen alles durcheinanderbrachte.

Nun, das konnte ich zwar nachvollziehen, aber sterben wollte ich natürlich nicht. Was sollte ich also tun?

»Übrigens haben sich Euch doch Abenteurer mit heuchlerischen Einladungen genähert, oder?«

»Ja …«

Da war ich gerade erst ein paar Tage in dieser Welt gewesen. Sie hatten behauptet, meine Gefährten werden zu wollen, und anschließend Geld gefordert. Ich hatte ihnen die Ballonstrafe angedeihen lassen.

»Einige Tage darauf fand man die Leichen dieser Abenteurer.«

»Wa…?!«

Das hörte ich aber gar nicht gern.

»Dann wurde vor einigen Tagen der Kommandant der Ritter von irgendjemandem angegriffen und kam dabei ums Leben. Der Täter ist noch nicht gefasst. Wahrscheinlich ...«

In Schildwelt ging es aber heftig zu.

Sollte das etwa heißen, dass ... ich in Schildwelt den Himmel und die Hölle zugleich erleben würde?

Natürlich stand nicht fest, dass alles, was die Königin mir erzählte, auch den Tatsachen entsprach.

»Ich glaube, es wäre sicherer für Euch, in dem Land zu verweilen, dessen Vertrauen Ihr Euch eigenhändig verdient habt.«

»...«

Ich hatte jedoch auch Gründe, nicht gemeinsame Sache mit der Königin machen zu wollen.

Selbst mit all ihrer Macht und ihrem guten Zureden konnte sie das Leid, das ich erfahren hatte, nicht ungeschehen machen. Die Disziplinarmaßnahmen, ihre Erklärungen, das schien zwar indirekt alles zu meinen Gunsten zu geschehen, aber es war andererseits wohl auch selbstverständlich für die Machthaberin eines Reichs.

Mir das alles als reine Güte verkaufen zu wollen, um dann meine Hilfe einzufordern, ging doch ein bisschen weit.

Ihre Fähigkeiten musste ich anerkennen, aber ich traute ihr trotzdem nicht. Sagen konnte man viel.

Sie hatte das alles bloß getan, weil sie in Schwierigkeiten wäre, wenn ich in ein anderes Reich verschwand. Wenn zudem ihre Logik zutraf, dann würde man mich nicht nur in Schildwelt oder Schildfrieden, sondern in allen Reichen herzlich willkommen heißen.

Warum sollte Melromarc etwas Besonderes sein?

»...«

Während ich noch über die Zukunft nachgrübelte, sank die Königin vor mir auf die Knie.

»Ich trage die Verantwortung für allen Schaden, der Euch bisher widerfahren ist. Mir ist bewusst, wie eigensinnig meine Worte klingen.«

Und dann verneigte sie sich tief.

Melty war sprachlos, und auch Raphtalia machte große Augen. Selbst Filo schien zu spüren dass etwas Ungeheuerliches vor sich ging.

»Doch leider bleibt mir … nein, diesem Reich keine andere Wahl mehr, als Euch um Hilfe zu bitten. Beschwichtigt es Euren Zorn, wenn ich meinen Kopf hinhalte, so will ich dies gern tun. Soll auch ich einen neuen Namen annehmen, so erkläre ich mich dazu bereit.«

»Mutter …«

»Daher bitte ich Euch: Habt ein Einsehen mit uns. Ich, Mirelia Q. Melromarc, stehe mit meinem Namen dafür ein, fortan Widrigkeiten, wie Ihr sie habt durchmachen müssen, zu unterbinden. Mit einem magischen Pakt werde ich schwören, Euch noch mehr zu begünstigen.«

Diese Frau …

Den Drecksack und die Bitch hatte sie unbedingt verschonen wollen, aber sie selbst war bereit zu sterben …

Die Köpfe der beiden Arschgeigen hätte ich mir gern anbieten lassen, aber am Kopf der Königin hatte ich kein besonderes Interesse.

In einer solch heiklen Lage war Melromarc also, international gesehen? Demnach hielt ich das Geschick des Reichs in meinen Händen. Wenn ich wollte, konnte ich womöglich sogar die ganze Welt aufstacheln und den Untergang Melromarcs herbeiführen. Aber …

»Dieses eine Mal.«

»Wie meinen?«

»Uns hat schon einmal einer deiner Schatten gerettet. Außerdem hast du uns geholfen, den Kirchenvater auszuschalten.«

»Das heißt also ...«

»Dieses eine Mal will ich dir vertrauen. Ein nächstes Mal wird es nicht geben, ungeachtet des Grundes.«

»Ich danke Euch.«

Abermals neigte sie tief ihr Haupt vor mir.

Vielleicht machte ich es ihr zu leicht. Aber alles anzuzweifeln brachte mich auch nicht weiter.

Mir fiel Fitorias Ermahnung wieder ein. Wir Helden hatten keine Zeit, untereinander zu streiten. Täten wir es dennoch, würde jener gewaltige legendäre Filolial kommen und uns alle umbringen.

Unsere eigentlichen Feinde waren nicht irgendwelche Königreiche, sondern die Wellen. Wir konnten nicht zulassen, dass die Länder einander bekriegten und dann von den Wellen überrascht und niedergemacht wurden.

Vor allem durften wir nicht vergessen, dass bei der letzten Welle drei Helden besiegt worden waren. Wir hatten schon genug Feinde, wir brauchten gewiss nicht noch mehr.

Meine Lage hatte sich verändert. Es stand nun nicht mehr zu befürchten, dass ich ständig hinterrücks angegriffen würde.

Es kümmerte mich zwar nicht, was aus dieser Welt werden würde. Doch wenn wir die Wellen bezwangen, dürfte ich in meine Welt heimkehren.

Nun konnten wir uns darauf konzentrieren, uns gegen die Wellen zu wappnen ... den Kampf gegen Glass.

Allein das war doch als Riesenfortschritt anzusehen, ein gutes Ergebnis.

Die Königin erhob sich, öffnete ihren Fächer, verbarg ihre Mundpartie und sagte: »Dürfte ich Euch bitten, vor den anderen Helden geheim zu halten, was wir hier besprochen haben? Auch Helden sind nur Menschen. Wenn sie den Eindruck gewinnen, dass ich Euch derart begünstige …«

Ja, es waren sicherlich viele Dinge zur Sprache gekommen, über die ich mit den anderen dreien nicht würde sprechen können. Bei Ren und Motoyasu war ich nicht sicher, aber wenn Itsuki das erführe, würde er bestimmt ausrasten.

Ich war nur froh, dass sich, falls nun nichts Großes mehr dazwischenkäme, wenigstens meine Lage verbessern würde.

»Na schön. Und die Jungs …«

»Ja. Für sie übernehme ich fortan die Verantwortung und kümmere mich um sie.«

»Na, dann habe ich wohl endlich einen Feind weniger …«

»Es tut mir ehrlich leid … Ihr wurdet von Unbekannten gegen Euren Willen herbeordert und zum Kampf genötigt, und ich kann nicht mehr für Euch tun … Bitte vergebt mir.«

»Sprechen wir nicht mehr davon. Jetzt müssen wir nach vorn schauen. Und du willst mit den dreien bestimmt auch irgendwas besprechen?«

»Ja, aber ich schlage vor, darüber reden wir gemeinsam beim Dinner, an dem ihr hoffentlich auch teilnehmt.«

»Einverstanden.«

Epilog: Freunde für immer

Die Königin gab ihren Untergebenen Anweisungen und stieg dann eine Treppe im hinteren Bereich des Thronsaals hinauf.

»Melty … Gehen wir.«

»Oh … Na gut.«

Dann wandte sich Melty zum ersten Mal seit unserer Ankunft hier mir zu.

»Danke, dass du mich beschützt hast …« Sie murmelte noch etwas in der Richtung, es tue ihr leid, dass sie nicht so recht aus sich heraus hatte gehen können.

Ich war zwar nicht schwerhörig. Aber warum konnte sie nicht lauter sprechen? Ich fragte noch einmal nach.

»Hm? Was hast du gesagt?«

»Ach, aber ich bin auch erleichtert. Wenn man dich um sich hat, ist man ja nie sicher.«

»Was sagst du da?«

Was fiel ihr ein, mir sarkastisch zu kommen! Aber sie war ja auch eine Prinzessin …

Melty wandte sich von mir ab und Raphtalia zu.

»Hey, ignorier mich nicht einfach!«

»Raphtalia, danke, dass du mich beschützt hast. Ich werde meine Mutter bitten, dass sie den Wiederaufbau der Schutzzone vorantreibt, in der du gelebt hast.«

»Das wäre schön!«

»Auf unseren Reisen ist mir schmerzlich bewusst geworden, wie schlecht das Verhältnis zwischen den Subhumanoiden und den Menschen ist. Ich will unbedingt dafür sorgen, dass sie in diesem Reich friedlich zusammenleben können!«

»Hey, wir waren noch nicht fertig miteinander! Melty!«

»Naofumi, du störst.«

Als sie einfach mit Filo weitermachte, wollte ich mich erneut beschweren, aber dann verkniff ich es mir doch. Ich sah nämlich, dass diesem tapferen Mädchen plötzlich Tränen über die Wangen liefen.

»Was hast du, Melty? Tut dir das weh?«

»Ach, nein … Mir geht's gut, mach dir keine Sorgen, Filo. Es ist nur, dass … wir jetzt nicht mehr zusammen sein können.«

»Gehst du irgendwohin?«, fragte Filo verlegen.

Sie spürte wohl ausnahmsweise einmal, was gerade um sie her vor sich ging.

»Melty lebt in einer anderen Welt als wir. Sie wird wohl nicht mehr mit uns herumreisen können.«

Es wäre wohl wirklich zu schwierig, die Thronfolgerin überallhin mitzuschleifen.

»Echt?«

Nun sah Filo Melty an, als wollte sie ebenfalls losweinen.

»Ja.«

»Können wir uns nicht mehr sehen?«

»Doch, das schon. Sooft wir wollen. Aber ich kann wohl nicht mehr mit euch auf Reisen gehen.«

Melty blickte die Königin an.

Die nickte, offenbar derselben Ansicht.

»Aber … dann müssen wir uns ja trennen.«

»Ja«, sagte Melty mit tränenerstickter Stimme. »Aber immer, wenn du in der Stadt bist, können wir uns treffen.«

Es war nicht zu übersehen, dass unsere gemeinsame Reise großen Eindruck auf Melty gemacht hatte.

»Das will ich aber nicht! Meister, ich will, dass Melty bei uns bleibt!«

»Wir haben sie gerettet, wie du wolltest. Sei nicht so ein Baby.«

»Aber …«

»Ja, Filo, du musst jetzt vernünftig sein.«

»Uuuh …«

Melty nahm Filos Hände in ihre.

»So viel Zeit ist gar nicht vergangen, aber … Es kommt mir vor, als wären wir schon immer Freundinnen gewesen.«

»Mel …«

»Ich bin auch traurig, dass ich Abschied von dir nehmen muss. Aber es gibt vieles, was nur du schaffen kannst. Und andere Dinge kann nur ich tun.«

»Ich will trotzdem nicht, dass du weggehst!«

»Filo …«

Nun brach sie wirklich in Tränen aus. Melty legte ihr eine Hand an die Wange.

»Sei nicht traurig. Wenn wir uns sehen wollen, wissen wir, wo wir einander finden. Du bleibst für immer meine Freundin. Meine beste Freundin!«

»Auch wenn wir ganz woanders sind, ja? Stimmt das auch?!«

»Ja! Wo ich auch bin, ich bleibe deine Freundin!«

»Versprochen?«

»Versprochen!«

Wie gut sich die beiden in der kurzen Zeit angefreundet hatten. So hatte Filo, dieser eigensinnige Vielfraß, gelernt, für eine Freundin einzustehen.

Ja, es war eine wunderbare Freundschaft. Das war eine wirklich wichtige Begegnung gewesen, fand ich.

Wenn die Wellen einmal vorbei wären, so beschloss ich innerlich, würde ich Filo Melty anvertrauen.

Sie würde sich immer gut um sie kümmern, und andersherum ebenso.

Wie schön, dass die beiden einander gefunden hatten.

Während Raphtalia die beiden reden sah, griff sie nach meiner Hand. Und wortlos hielt ich ihre.

Ja, es war mir gelungen, alles um mich her zum Besseren zu wenden. Ich hatte das Gefühl, nun endlich an der Startlinie zu stehen.

Wenn man nur daran dachte, wie ich verleumdet, ohne eine Münze fortgejagt und unterdrückt worden war ... Alles war in Unordnung gewesen. Aber von nun an würde alles anders.

Ich hatte jetzt einen ebenso guten Stand wie die anderen Helden ... Ach was, besser noch.

Doch bisher hatte sich die Zahl meiner Feinde nur um eins verringert. Das fundamentale Problem – die Wellen – bestand noch immer unvermindert einer Lösung. Dennoch wollte ich glauben, dass nun alles weit besser war als zuvor.

»Ach, nein ...«

Ich wollte es nicht nur, ich konnte es auch.

So empfand ich, als ich meine Gefährtinnen ansah.

Kurzgeschichte:
Der ängstliche Filolial

»Argh … Wie stark dieses Monster ist!«

»…«

Fitoria schlug sich wacker gegen das Ungeheuer, das die Welle hervorgebracht hatte.

»Sollen wir … das Feld räumen?«

»Meinst du denn, wir schaffen es weg?«

Fitoria sammelte Kraft, dann trat sie das Ungeheuer, das aus der Welle gekommen war.

»Kwaaaaaaah!«

Der Tritt war übermäßig stark gewesen. Doch ihr Gegner war ja auch entsprechend zäh … Ungeschlagen wurde er in die Welle zurückgeschleudert und verschwand.

Ein gewöhnlicher Mensch wäre sofort gestorben. Dieser Gegner schien das jedoch … ausgehalten zu haben.

Das Monster war wie ein Ball aus Energie gewesen. Fitoria hatte erwogen, ihre Waffe zu benutzen, doch so mächtig war das Monster dann doch wieder nicht gewesen, um zu so ernsthaften Maßnahmen greifen zu müssen.

Die Welle kam zur Ruhe und der Riss schloss sich wieder.

Für diese Welle war Fitorias Drachensanduhr zuständig gewesen. Es war ihre Aufgabe, die Wellen in jenen Sphären aufzuhalten, zu denen die Menschen keinen Zugang hatten. Darum … hatte sie der Held der Vergangenheit gebeten.

»Puh …«

»Herrin Fitoriaaa! Du hast das Monster besieeegt!«

Ihre untergebenen Filolials erwiesen ihr Ehre und erklärten, dass sie alle anderen Wellenmonster ausgemerzt hatten.

»Danke für eure harte Arbeit.«

Fitoria blickte dorthin, wo eben noch der Riss gewesen war.

Warum nahmen sich die vier heiligen Helden nicht aller

Wellen auf der Welt an?

Wie verantwortungslos. Dem würde Fitoria vielleicht nachgehen müssen. Sonst würde es ihnen auf Dauer nicht gelingen, die Welt zu verteidigen.

Ihren Untertanen zufolge war die Heldenbeschwörung vorgenommen worden. Dennoch regten sie sich nicht.

Noch konnte Fitoria sich mit Mühe selbst um ihren Zuständigkeitsbereich kümmern, aber die Menschen hatten ohne die Helden in ihren Bezirken schwer zu kämpfen.

Sie waren doch eigens dafür beschworen worden. Was taten sie nur?

Sie verstand es nicht.

»Wie schreeecklich!«, riefen viele Stimmen.

»Hm?«

Da kamen jene Untergebenen angelaufen, die jenes sonderbare Mädchen hatten fortbringen sollen. Es hatte versucht, Fitoria zu beschützen, als sie unerkannt die Welt bereist hatte.

»Habt ihr sie ordentlich abgeliefert?«

Das Mädchen hatte Fitorias Freundin werden wollen, und es hatte gekämpft, um sie zu verteidigen, als sie in ein Drachenrevier geraten war. Heutzutage war so etwas ausgesprochen selten. Die Menschen wollten andere zumeist nur unterjochen. Sie nutzten die Filolials nur aus, schunden sie mit harter Arbeit und war jemand stärker als sie, dann schlugen sie ihn in die Flucht.

Fitoria hatte sich früher viel mit Menschen abgegeben, doch irgendwann war sie dessen überdrüssig geworden.

Wie es der letzte Wille des Helden gewesen war, hatte sie zusammen mit allen anderen die Welt verteidigen wollen, hatte jenes alte Versprechen einhalten wollen, doch die Menschen hatten sie und ihre Untertanen fortgejagt ...

Wenn es keine Helden gab, dann hatte es absolut keinen Wert, sie zu verteidigen.

»Ah, das haben wir ganz vergessen!«

Innerlich seufzte sie. Warum hatten ihre Untertanen nur ein so schlechtes Gedächtnis?

Sie fasste sich an die Stirn.

»Warum seid ihr dann überhaupt aufgebrochen?«

»A... Aber ...«

»Nichts aber. Lasst euch nicht zu sehr gehen, sonst verbanne ich euch!«

Aus Fitorias Sippe verstoßen zu werden, das war für die Filolials ... wohl gleichbedeutend mit dem Tod.

Sie war für alle wilden Filolials zuständig.

Filolials, die aus dieser Zuständigkeit herausfielen, waren keine Filolials mehr.

Am Wegesrand sterben war das Beste, was sie noch erwarten konnten. So mächtig war Fitorias Schutz.

»B... Bitte nicht! Zeigt Gnaaade!«

»Und? Was ist nun so schrecklich?«

»Ach ja, das! Wir haben jemanden gefunden, der Euch ähnlich sieht!«

Sie spürte, wie die Strähnen auf ihrem Kopf zuckten.

Ein Filolial, der so aussah wie Fitoria in ihrer Königinnengestalt ... Das war der Beweis, dass er von einem der vier heiligen Helden aufgezogen worden war.

Vor allem war es der Beweis, dass eine Kandidatin geboren worden war, um Fitorias Nachfolge als Königin anzutreten.

Und somit ... auch der Beweis, dass jene Helden tatsächlich existierten.

»Wie sah sie aus? Was hatte sie für eine Farbe?«

Zuallererst musste sie das Erscheinungsbild in Erfahrung bringen.

»Äääähm ... Weiß. Aber ihr lief Wasser aus dem Schnabel.«

»Gar nicht waaahr! Rot war die! Und sie hatte ganz viele Flügel.«

»Nein, sie war rosa. Und sie hatte mehrere Köpfe.«

»Seid ihr sicher, dass das ein Filolial war?«

Vor ihrem geistigen Auge sah Fitoria eine neue Königinnenkandidatin ... Ein weiß-rot-rosa-getüpfeltes Gefieder, dazu viele Köpfe und Flügel.

Und dieses Ungetüm galoppierte kreischend auf sie zu.

Zitternd hielt sich Fitoria den Kopf und kauerte sich zusammen.

Aber solche Filolials gab es doch gar nicht.

Wenn jedoch ein Held ihn aufgezogen hatte, dann war es vielleicht doch möglich. Fitorias Vater war ebenfalls ein Held gewesen ... Und auch ihre wahre Gestalt unterschied sich von der eines gewöhnlichen Filolials.

Hatte der Held sich dieses Resultat erhofft? Oder war dieser Filolial eine Art Mischling?

Eine Königin, die mehrere Köpfe und viele Flügel hatte, wollte sie lieber nicht kennenlernen. Geschweige denn zur nächsten Königin machen, zu ihrer Nachfolgerin.

Zudem sah Fitoria nicht so furchterregend aus.

Dass sie Fitoria ähnlich, aber zugleich auch ganz anders sein sollte, ließ sie stutzen.

»Was machen wir jetzt, Königin?«, wollten ihre Untertanen wissen.

Wenn sie sich nun unschlüssig zeigte, gab sie kein gutes Beispiel ab.

»Hmmm ...«

Sie hatte sich gerade erst gefragt, was die Helden eigentlich trieben. Sie beschloss, nachsehen zu gehen und sich selbst zu vergewissern.

»Dann wollen wir diese neue Anwärterin mal kennenlernen. Trefft alle Vorbereitungen!«

»Roger!«, riefen sie.

Und so nahm Fitoria ihre gewöhnliche Filolialform an, und sie begaben sich in ein Reich namens Melromarc, wo die Königinnen-Anwärterin gesehen worden sein sollte.

»Und was machen wir jeeetzt?«, riefen sie.

»Wenn wir alle zusammen unterwegs sind, fallen wir den Menschen auf. Wir zerstreuen uns und versuchen einzeln, die Helden ausfindig zu machen.«

»Guuut«, riefen sie.

Nachdem Fitoria ihre Anweisungen erteilt hatte, machte auch sie sich an die Nachforschung.

In solchen Momenten ... war es immer noch am besten, einen Nutz-Filolial zu befragen.

Die hielten sich stets an der Seite der Menschen auf und wussten, was diese so taten. In dieser Hinsicht unterschieden sie sich von wilden Filolials wie Fitoria.

Also ging sie an den Rand einer Filolial-Weide und fragte einen Filolial, der sich in der Nähe aufhielt.

Pechschwarz war er, und hatte etwas Böses im Blick.

War das etwa ein Namensschild an seiner Brust? Da stand in Menschenschrift »Black Thunder« geschrieben.

»Du da.«

»Was?! Wer bist du denn? Was willst du von Black Thunder? Oh?«

Der schwarze Filolial unterbrach sein impertinentes Gefrage und starrte Fitoria an.

»Du bist aber eine Süße. Wie wär's? Wenn du mein sein willst, befehle ich meinem Halter, dich zu meiner Mätresse zu machen.«

Das war anscheinend nur so ein Jungvogel, der rein gar nichts über Filolials wusste.

Als sie sich umblickte, sah sie, wie ein älterer Filolial eilig herbeigelaufen kam.

Aber sie musste dem Burschen dennoch Manieren beibringen.

Entschlossen schwang sie ein Bein aufwärts und verwandelte nur einen Teil davon zurück.

»Aua ...«

»Sieh genauer hin, mit wem du es zu tun hast und benimm dich dementsprechend. Sonst nimmt das noch ein böses Ende mit dir.«

Na, das war mal ein sattes Geräusch gewesen. Sie sollte ihn lieber rasch heilen.

»Hiiiiiiiiieh!«

Black Thunder klemmte die Schwanzfedern ein und nahm Reißaus.

»Ihr seid doch die Königin!« Der alte Filolial ließ den Kopf hängen und flehte: »Bitte, vergebt uns!«

»Schon gut, ich bin nicht böse. Aber ich will schon darauf hinweisen, dass der Junge schlecht erzogen ist.«

»Nach Eurer Disziplinierung wird er sein Handeln bestimmt überdenken.«

»Hoffentlich ...«

Fitoria bekam von dem alten Filolial etwas zu essen. Besonders gut schmeckte es nicht. Es rief allerdings wehmütige Gefühle in ihr wach, denn Geschmackserlebnisse dieser Art waren für sie nicht alltäglich.

Sie würde wohl nie vergessen, wie schrecklich lecker manche der Dinge waren, die Menschen machten.

Jener Held, mit dem Fitoria ihre Vereinbarung getroffen hatte, hatte oft für sie gekocht. Es hatte immer so gut geschmeckt.

»Ich habe gehört, dass in dieser Gegend die vier heiligen Helden und eine potenzielle künftige Königin gesehen wurden. Weißt du, wo ich sie finde?«

»Das ist wahr, aber ...«

Er erzählte ihr von den Gerüchten, dass in diesem Reich Helden beschworen worden seien. Der Held des Schildes soll ein Verbrechen begangen haben und deswegen verstoßen worden sein. Und er hatte ein Mädchen mit indigoblauem Haar bei sich. Aber die ganze Sache war angeblich nur eine Verschwörung.

Hmmm ...

»Und was hat das mit der Königinnen-Anwärterin zu tun?«

»Nur, dass der Schildheld als Einziger gerade einen Filolial aufzieht. Ich habe es selbst gesehen. Sie sah nett aus.«

»Tatsächlich?«

»Ihr Gefieder ist pfirsichfarben.«

»Und wie viele Köpfe und Flügel hat sie?«

»Normal viele.«

Diese Untertanen ... Haben also doch nur wieder Unsinn erzählt.

»In welche Richtung ist er unterwegs, weißt du das?«

»Nun ... Also, so genau ...«

»Verstehe ... Dann entschuldige die Störung.«

»Erweist uns bald wieder die Ehre!«

Sie ließ den betagten Filolial stehen und versammelte wieder ihre Untertanen um sich.

Auch die hatten unterdessen Informationen gesammelt. Vor allem wollte jemand gesehen haben, wie der Schildheld Richtung Südwest geflohen sei.

Das hieß, auch sie musste diese Richtung einschlagen: In den Südwesten Melromarcs.

Wo waren sie wohl gerade?

Doch in dem Moment …

»GROAAAAAAAAAAAAAAAAAAAAAAAAR!«

Ihr lief ein Schauer über den Rücken, eine instinktive Reaktion auf das Brüllen eines Ungetüms in der Ferne.

Als sie in die Richtung blickte, sah sie, wie ein bösartiges Monster, mit einem Splitter des Drachenkaisers im Leid, durch die Mauer einer Menschenstadt brach.

Und vor ihm galoppierte die rosafarbene Filolial-Königin davon. Auf ihrem Rücken saß ein Mensch mit einem Schild.

Das waren sie! Den Blick auf die Heldengruppe geheftet, rannte Fitoria auf sie zu.

Als sie genauer hinsah, überwältigte sie ein Nostalgiegefühl.

Ja, damals, am Tag ihrer Geburt … Ihr Held hatte sie angesehen und gelächelt.

Bei dem Anblick spürte sie, wie eine allumfassende Wärme sich auf sie senkte.

Ja, dieser Mann mit dem Schild war definitiv einer der Helden.

Zugleich spürte sie jedoch einen tiefen Zorn in ihm, der an Trauer erinnerte. Bestimmt führte er die Curse Series mit sich.

Der Fluch jener Waffen bescherte ihm große Macht. Fitoria hatte dies oft mitangesehen.

Aber er forderte auch einen entsetzlichen Tribut, und die Seele war es, die den größten Schaden nahm.

Sicher hatte der Held mit dem Schild eine tiefe seelische Wunde davongetragen, und dadurch war die Curse Series erwacht.

Sie wollte versuchen, sein verwundetes Herz zu heilen. Wollte ihm helfen.

Sie war aufgewühlt, beruhigte sich jedoch rasch wieder und wurde kalt wie Eis.

Die Welt hatte keine Zeit für so etwas.

Sie sah dem Schildhelden und seiner Gruppe einschließlich des pfirsichfarbenen Filolials zu, als sie den Kampf gegen den Dinosaurier mit dem Drachenkaisersplitter aufnahmen.

Ja, der Filolial mit dem rosa Gefieder war ganz sicher eine Anwärterin.

Sie hatte wirklich nur einen Kopf, und abgesehen von der Größe und der Färbung ähnelte sie Fitoria.

Allem Anschein nach war sie jedoch keine besonders starke Kämpferin.

Jetzt mach ich mir ernsthaft Sorgen.

»Sanctuary.«

Ehe Fitoria sich am Kampf beteiligte, sprach sie einen Zauber, der verhindern würde, dass irgendjemand floh.

Sie hatte viele Fragen.

Warum nahm er nicht an den Wellenschlachten überall auf der Welt teil? Und was war mit den anderen Helden los?

Die ganze Welt setzte ihre Hoffnung in die Helden. Es reichte nicht, einfach nur in diesem Reich aktiv zu sein.

Fitoria fasste den Entschluss, sich im Namen der Welt die Hände schmutzig zu machen … sollte es nötig werden.

Denn dies hatte sie an jenem fernen Tag ihrem Helden versprochen …

The Rising of the Shield Hero

Die Königin

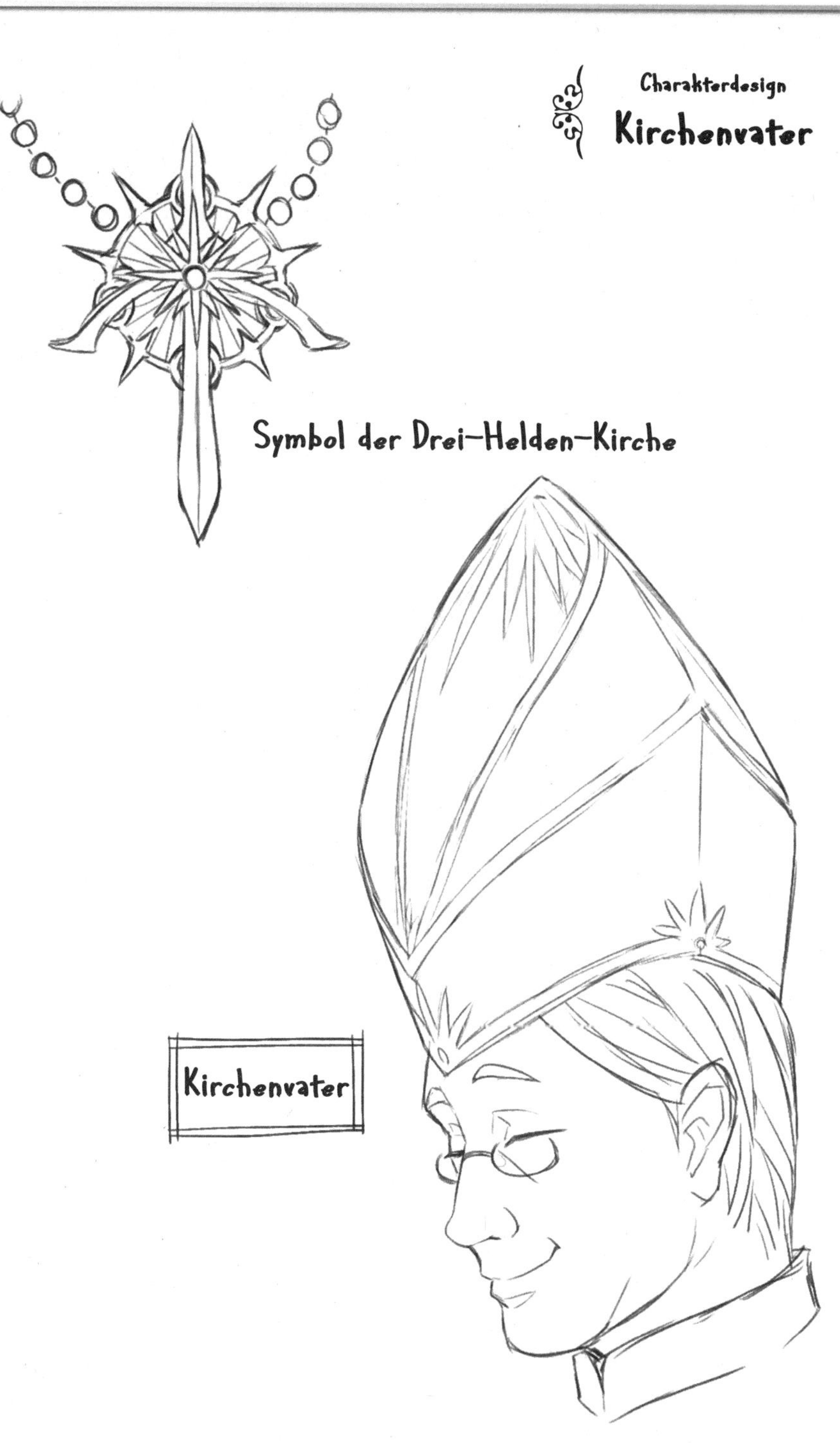
Charakterdesign
Kirchenvater
Symbol der Drei-Helden-Kirche
Kirchenvater

Charakterdesign
Königin
Mirelia

Charaktordesign

Fitoria in ihrer Menschenform

Fitoria (Königinnenform)

Charaktordesign

Fitoria in ihren Vogelformen

Fitoria (Filolialform)

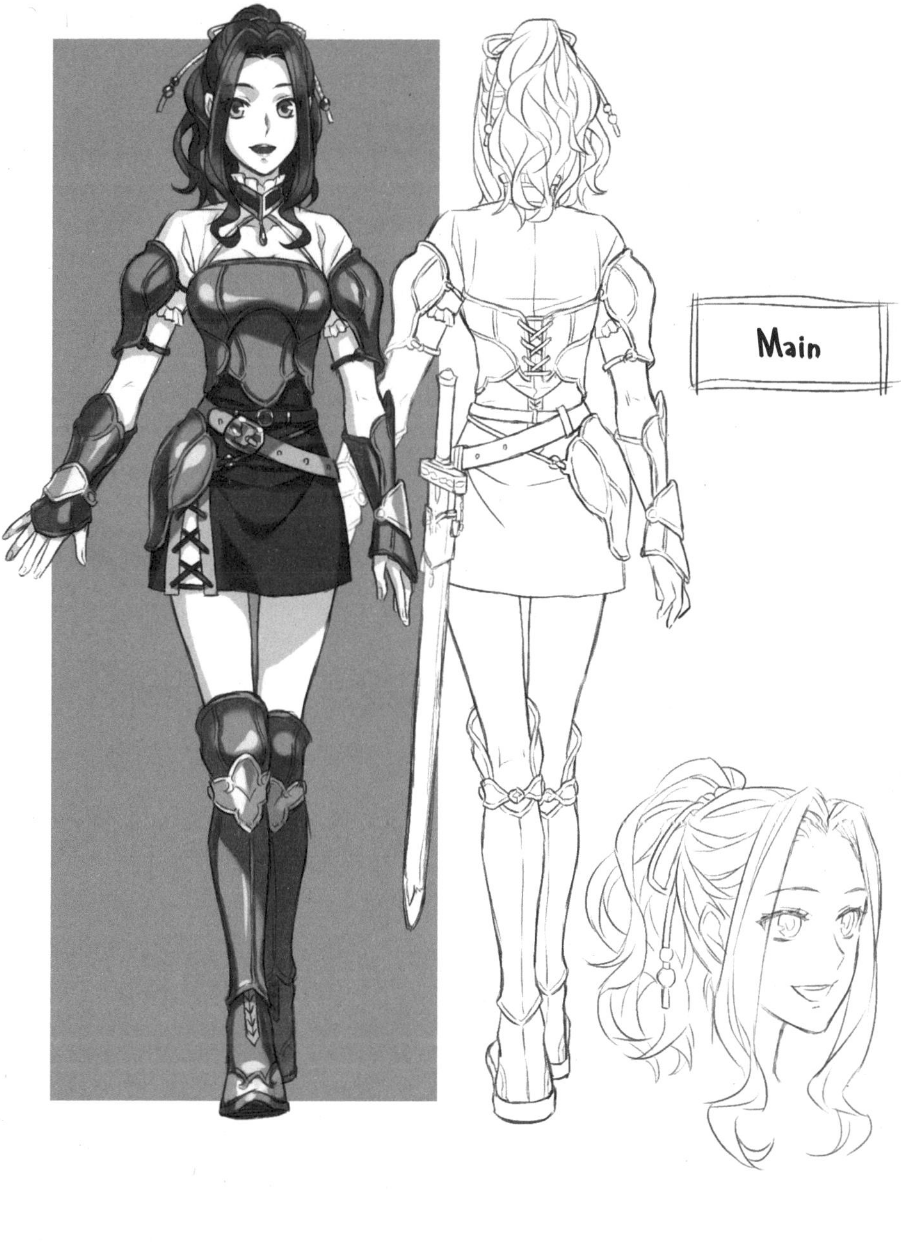

Charakterdesign

Main

Main

Autorenprofil: Yusagi Aneko

Stammt aus der Präfektur Kanagawa. Die Liebe zu Videospielen und zum Lesen gipfelte in dem Wunsch, Romane zu schreiben.
Verfasste *The Rising of the Shield Hero* und veröffentlichte die Geschichte im Netz. Vom ersten Moment an fieberten die Fans jedem neuen Kapitel entgegen.
Debütierte im August 2013 bei *MF Books.*
»Ich komme von ganz unten und will nach ganz oben.«

TOKYOPOP GmbH
Hamburg

TOKYOPOP
1. Auflage, 2022
Deutsche Ausgabe/German Edition

Übersetzt von Bernd Sambale

TATE NO YUUSHA NO NARIAGARI Vol.4

First published in Japan in 2014 by KADOKAWA CORPORATION, Tokyo.
German translation rights arranged with KADOKAWA CORPORATION, Tokyo
Through TUTTLE-MORI AGENCY, INC., Tokyo.
Illustrationen: Seira Minami
Design: ragtime

Redaktion: Simone Meinecke
Lettering und Herstellung: Mathias Neumeyer
Umschlaggestaltung: Anja Winteroll, Annika-Meyer Wülfing
Druck und buchbinderische Verarbeitung:
CPI–Clausen & Bosse GmbH, Leck
Printed in Germany

Wir achten auf die Umwelt.
Dieses Produkt besteht aus FSC®-zertifizierten
und anderen kontrollierten Materialien.

ISBN 978-3-8420-7361-6

www.tokyopop.de

THE RISING OF THE SHIELD HERO

Kyu Aiya / Yusagi Aneko / Seira Minami

Held der Verteidigung

Der Nerd Naofumi soll die unbekannte Fantasy-Welt, in die er beschworen wurde, vor dem Untergang bewahren. Doch als unbeliebter, weil auf Verteidigung spezialisierter, »Held des Schildes« muss er seine Tauglichkeit erst einmal unter Beweis stellen und der Verachtung seiner Mitstreiter und Schutzbefohlenen mutig entgegentreten!